KB132232

달세뇨

달세뇨

김재진 장편소설

문학동네

산에게, 바람에게
길을 찾는 모두에게

일러두기

이 소설은 대체로 외래어 표기법에 따랐으나, 일부는 작가의 의도를
존중하여 관습적 표기를 허용했습니다.

차례

시간의 바퀴

어느 겨울 아침 첫 문장을 썼다.

그녀는 멀리 있고, 나는 내가 누구인지 묻고 다녔다. 산에는 눈이 왔고, 끊었던 커피를 다시 마시기 시작하며 나는 누군가에게 문자를 보냈다. 내가 누구인지 나는 나에 대해 아는 것이 없다. 방 안가득 데이비드 M. 베일리의 〈자바산 커피 중독자Java Junkie〉가 은어처럼 튀는 동안 노래 대신 나는 시간을 듣고 있다.

데이비드 M. 베일리.

악성 뇌종양을 극복한 가수.

앨범에 적힌 그의 이력을 보며 나는 세상 모든 것이 어쩌면 그렇게 극복해야 할 대상일지 모른다고 생각했다. 아무것도 극복할 대상이 없는 사람은 성자 아니면 바보다.

햇살은 따사롭고 햇살 아래 놓인 시간은 조각조각 빛난다.

직렬이 아닌 병렬로 경험되는 시간 속에 이제 내게 남은 것은 별로 없다. 숲을 키우고 누군가를 성장시켰던 그것들. 책과 책 사이에 꽂혀 네루다는 먼지 앉은 시인이 되었고, 누군가 보내온 문자는 열어보지도 않은 채 삭제될 뿐 어디를 기웃거려봐도 나를 기다려줄 시간은 없다.

'시가 내게로 왔다.'

네루다는 그렇게 썼다. 나는 이렇게 쓸 수밖에 없다.

'그녀가 내게로 왔다.'

그녀……

그녀에 대해 설명하기 위해 그녀가 팔로했던 사람들이나 페이스북을 검색해야 할 이유는 없다. 미래는 오지 않은 현재이고, 과거는 떡갈나무처럼 머릿속으로만 자란다. 누군가에게 이해되기 위해 사람들은 누군가를 사랑해야 했고, 누군가를 이해하기 위해 나는 또 누군가를 검색해야 했다.

2012년 어느 날을 병렬된 시간의 경험 속에 버려두자. 시간은 과거로부터 출발해서 현재를 지나 미래로 달려가는 직행열차 같은 것이 아니다. 그것은 직선이 아니라 병렬되어 있는 사건들로 구성되어 있다. 순차적으로 일어나는 사건에다 사람들은 시간이란 이름을 붙여놓았다.

그러나 그 모든 것이 다 순차적으로 일어나는 것은 아니다. 존재의 어떤 차원에서 시간은 순차적으로 진행되지 않는다. 순서대로라고 착각할 뿐 그것은 동시에 일어나는 어떤 것이다. 과거와 현재와 미래가 마치 함께 굴러가는 삼륜차의 바퀴처럼 한꺼번에 굴러가고 있는 것이다. 과거 옆에서 현재가 굴러가고, 현재 옆에서 과거가 진행중이며, 또 미래라는 바퀴 옆에서 과거와 현재의 바퀴가 함께 굴러간다는 사실을 도대체 어떻게 설명할 수 있겠는가?

한꺼번에 굴러가면서 그것들은 또 한순간에 바뀌고 만다. 지금 현재라고 부르는 이 순간은 어느새 과거가 되고, 또 미래가 된다. 지금 이 순간을 살고 있지만 우리는 과거와 미래에 동시에 걸쳐 있다.

그러나 시간이 병렬이면 어떻고 직렬이면 또 어떻단 말인가? 무엇이 먼저고, 무엇이 나중인지 그런 것은 지금 내겐 상관이 없다. 그것이 널려 있건 수직으로 세워져 있건, 거꾸로 가건 바로 가건, 흘러가건 정지되어 있건, 내가 저항할 수 있는 일은 아무것도 없다.

삶의 무게에 눌려 사람들은 버둥대고, 어디가 끝이며 어디가 시작인지 알 수 없는 세월의 바퀴에 치여 상처날 뿐 내가 누구인지 알고 있는 사람은 없다. 내가 누구인지 알게 되는 그 순간 나는 광활한 우주 속에 혼자 남겨진 절대적 고독 속으로 빠져들 것이다.

그것은 허무의 심연을 건너가는 배 같은 것이다. 망망대해를 혼자서 건너가는 배. 페르시아의 시인 하피즈는 이렇게 노래했다.

외로움의 칼이 당신을 더 깊숙이 베게 하라.
외로움이 당신을 발효시키고 맛을 내게 하라.

뮤

책상 위에 놓인 카메라를 집어든다. 렌즈를 통해 저장되는 빛의 기억. 동영상 속에서 그녀는 느리게 움직였고, 움직임마다 생생한 호흡이 느껴졌다. 처음 무대 뒤에서 그녀를 안던 순간의 박수 소리가 잠들어 있던 몸을 깨운다.

뮤,

그녀는 자신을 그렇게 불렀다. 무대에 서 있는 뮤를 보기 전까지 나는 그녀가 화가인 줄 알았다. 그녀는 사람들의 입에서 피어오르는 말의 색깔을 본다고 했다. 사람들이 내뱉는 말에서 색깔과 모양을 본다는 것이다. 사람들의 언어는 각자 고유한 빛깔과 무늬를 가지고 있고, 그 무늬와 색깔을 그녀는 눈으로 보는 것이다.

뮤를 보면 15세기 스위스에서 태어난 의사이며 신비가occultist

였던 파라켈수스가 떠오른다. 왜 그런 것인지는 모른다. 파라켈수스 역시 뮤처럼 인간의 생각과 말, 감정에 무늬와 색깔이 있다고 믿었던 사람이다. 아니 파라켈수스가 정말 그랬는지는 알 수 없다. 그건 순전히 추측일 뿐 모든 추측이 지니고 있는 오차(모든 오차는 그것이 실제와 일치하지 않음으로 드라마를 만든다)에 대해 세상은 관대해지기로 결정했다. 오차 없는 인생이 어찌 존재할 수 있겠는가? 당신과 내가 알고 있는 진실이 서로 차이가 난다 한들 달라질 것이 뭐가 있겠는가? 나이가 들며 인간은 자기가 알고 있는 것이 꼭 진실이거나 진리가 아니라는 사실을 경험으로 터득한다.

이슬람의 신비주의나 수피의 수행법을 익히기 위해 콘스탄티노플까지 가기도 했던 파라켈수스는 철학과 천문학, 그리고 점성술과 연금술이 의학을 떠받치는 네 가지 기둥이라 여겼던 사람이다. 칼에 찔린 사람을 치료할 때 상처난 환부에 약을 바르는 게 아니라 상처의 원인이 된 칼에 약을 발라야 한다고 믿었던 그는 어쩌면 그 시대의 이단아였을지도 모른다. 그러나 이단아면 어떤가? 결과보다 원인을 다스려야 결과에 변화를 줄 수 있다는 상식적인 믿음을 연고와 칼을 통해 뒤집어버린 파라켈수스의 발상이야말로 얼마나 신선한가. 그때나 지금이나 신선한 것은 대체로 아웃사이더다. 그가 아웃사이더였기에 무늬나 빛깔을 통해 말의 참뜻을 이해할 수 있었을 것이라 추측하는 것이다. 그러나 엄밀히 말하자면 이때의 이해는 이해가 아니라 느낌이라고 하는 것이 옳다. 느끼는 기능을 상실한 현대인들은 오직 머리로 이해되는 것만을 납득하려 한다.

인간의 마음에 새겨진 모든 상처는 인간의 생각에 의해 만들어진다. 마음이 붙들고 있는 그 많은 생각으로 인해 인류는 병든 상태이다. 인간의 타락한 생각과 감정에 의해 창조되는 수많은 현상들을 사람들은 때로 영적인 현상으로 착각하기도 한다.

"말에는 색깔이 있어요. 말이 만들어내는 무늬들을 보세요. 입 밖으로 번져나가는 푸르고 붉은 영상이 보이지 않나요?"

처음 그 말을 듣는 순간 뮤가 혹시 마약을 한 것은 아닌지 의심이 들었다. 약물로 각성된 인간의 의식은 보이지 않는 것을 보게 하고, 들리지 않는 것을 들리게 한다. 뇌과학자들은 그것 또한 뇌가 만들어낸 착각이라고 말하겠지만 그것은 환각도, 환청도 아닌 초능력 같은 것일지도 모른다. 초월적인 의식이 세상에 뭔가를 드러내기 위해 행사하는 상상 밖의 능력. 때로 약물이 자극한 인간의 뇌는 감춰진 세계의 질서를 바깥으로 드러나도록 한다.

무대 뒤로 들어왔던 그녀는 다시 무대 밖으로 걸어나갔다. 내 안으로 들어왔던 그녀도 내 밖으로 걸어나갔다. 삶은 그런 것이다. 들어왔다 나가면서 모든 것은 무늬를 남긴다. 그것을 무엇이라 부르건 무늬는 망각의 영토 안에 있다. 그러나 망각은 사라지는 것

이 아니다. 그것은 어딘가에 기록되어 있다. 마치 컴퓨터가 자료를
저장하듯.

무늬의 시간

모든 존재는 무늬로만 존재한다.
무늬를 실제라 착각하며 인간은
죽음과 삶 사이에 다리를 놓는다.

존재에 대해 생각할 때마다 카모쉬라는 이름이 떠오른다. 몸은 사라져도 인간은 영원히 사라지지 않는다고 말하던 카모쉬를 두고 영혼의 깊은 심연을 건너는 여행자라고 말한 사람이 있다. 그를 만나기 전 하유는 먼저 그의 포스팅에 끌렸다. 많은 댓글이 달려 있는 그의 페이스북엔 이런 글이 있다.

—We are all connected on a subconscious level. A pluck of the string at the same pitch vibrate together with all the other string instruments. The subconscious also vibrates together like this. Have you ever heard a sound that rings the heart's strings all at once? We seem to be separated but we are all connected.

영어로 된 그의 글을 하유는 한글로 옮긴다. 존재는 무의식에 의해 연결되어 있다. 음높이가 같은 현을 퉁기는 순간 주위에 있는 현악기들은 함께 공명한다. 무의식 또한 그렇게 공명한다. 마음속의 현이 한꺼번에 울리는 소리를 들은 적이 있는가? 분리된 것 같지만 우리는 서로 연결되어 있다.

처음 카모쉬의 글을 봤을 때 하유는 그가 외국인인 줄 알았다. 그러나 옐로나이프에서 촬영한 오로라 영상과 함께 '세상의 신비'라는 글을 페이스북에 연재했던 그는 한국인이었다. 그가 사용하는 카모쉬라는 아이디가 '침묵'이라는 뜻의 힌디어라는 사실을 알게 되었을 때쯤 하유는 그의 글에 깊이 빠져 있었다.

최면을 통해 전생의 기억을 찾아내는 것으로 알려진 그를 하유가 만나게 된 건 갑작스러운 사고 때문이었다. 헤어진 뒤 소식이 끊긴 전처(하유 자신의 표현이다)가 의식불명 상태에 빠졌다는 문자를 받고 그를 찾게 된 것이다.

─미리 위독. 의식불명. 거성병원 중환자실.

그녀의 언니 해리가 보낸 문자였다. 잦은 잽보다 날카로운 어퍼컷 한 방이 단숨에 상대를 무너뜨리듯 문자는 짧았지만 파괴력이 컸다. 모서리에 부딪치는 바람에 쥐고 있던 잔을 바닥으로 떨어트린 하유는 윽, 하며 무릎을 꺾었다.

한 손으로 휴대폰을 확인하다 얻어맞은 결정타였다. 쏟아진 커피가 바닥에 피처럼 얼룩졌다. '커피의 눈물'이라 부르는 더치커피였다. 눈물이 떨어지듯 한 방울, 한 방울 내리는 데 시간이 걸린다고 해서 그런 이름으로 불리는 커피다. 어쩌면 단순히 눈물이라는 낭만적 의미에 끌려 더치커피를 좋아하는지도 모른다. 모든 낭만은 위험하다. 대체로 그것들은 현실적 대안을 준비해두지 않을 때가 많다. 그렇다면 현실은 무엇인가? 현실과 낭만을 구별하지 못하는 사람이라는 소리를 듣던 하유에게 현실은 당나귀 등에 얹힌 짐 같은 것이다. 등에 진 것만으로는 부족해 옆구리 양쪽 가득 짐을 매달고 산길을 가던 당나귀를 히말라야 산중에서 보는 순간 하유는 자기 자신을 보는 것 같았다. 해외를 떠도느라 잠드는 시간이 일정하지 않던 하유에게 더치커피는 사치였다.

정신없이 달려나가 자동차에 키를 꽂았다. 구형 아반떼, 살 때부터 중고였던 자동차는 미리가 남기고 간 유일한 증표이기도 했다. "난 이제 필요도 없고, 어차피 당신 명의로 된 차니까 차는 당신이 가져." 헤어지며 그녀가 했던 말은 그것이었다. 그녀의 호의를 하유가 받아들인 것은 차적을 변경하는 절차가 귀찮기도 했지만, 미련 때문이었다. 언젠가 그녀가 다시 돌아올 것이라는 기대는 그러나 부질없는 집착이었다.

애증의 시간을 상기시키듯 자동차는 자주 문제를 일으켰다. 그러나 기계는 인간보다 충실하다. 주인의 애증과 상관없이 키를 돌리자 자동차는 충실한 하인처럼 부르릉거리는 엔진 소리로 화답한다. 켜놓고 잊어버린 카스테레오의 스위치를 반사적으로 끄자 눌러두었던 의문이 다시 머릿속을 어지럽힌다.

'도대체 미리가 떠난 진짜 이유는 무엇인가? 왜 느닷없이 관계를 끊어버린 것인가? 그녀가 잠적해버린 이유를 하유는 납득할 수가 없다.'

세상엔 두 종류의 인간이 있다고 주장한 건 미리보다 무진이 먼저였다. 무진, 스스로 비승비속이라 말하고 다니던 문제적 인간. 경전에 나오는 말씀이라며 그는 "세상엔 두 종류의 어리석은 인간이 있다. 닥치지도 않은 짐을 나르는 자와, 닥친 짐을 나르지 않는 자가 그 두 종류다"라는 말을 했다. 사람에 대해 남다른 관찰이라도 한 듯 인간의 성격 유형에 대해 관심이 많던 무진이 경전의 말씀까지 인용해 설을 푼 것은 아마 하유를 보는 것이 답답해서일 것이다. 도피하듯 해외생활을 하고 있는 하유가 그에겐 닥친 짐을 나르지 않는 유형처럼 보인 것이다. 그러나 인간 종류에 대한 미리의 분류법은 무진과는 달랐다. "진화를 위해 다른 별에서 지구로 온 사람, 그리고 지구라는 별에 원래 살고 있던 지구 원주민." 미리가 말한 두 종류의 인간이란 그런 것이다. 무슨 도깨비 같은 소리인지, 미리의 말을 들을 때마다 하유는 "세상엔 양장본의 커버를 벗기고 읽는 사람과 그러지 않는 사람, 두 종류의 인간이 있어"라고 되받았다.

읽기에 거추장스러운 양장본의 외피를 미리는 벗겨내지 않고 읽기를 고집했다. 쓰레기통 속에 버린 커버를 기어코 찾아내며 그녀는 표지도 내용의 한 부분이라며 짜증을 내곤 했다. 그렇듯 사소한 일에도 부딪치기만 했던 두 사람이 같이 살 수 있었던 것은 아마 떠나 있는 시간이 더 많은 하유의 직업 덕이었을 것이다. 극명하게 다른 우주에 살고 있다고 결론 내며 서로를 밀어내곤 했지만 두 사람은 사실 붙어 있을 때보다 떨어져 있을 때가 더 많았다.

"쿨하게 헤어져 우리."

이별의 순간 미리가 던진 말은 그것이었다. 그러나 헤어지자는 말에도 하유는 양장본 커버부터 떠올렸다. 포장을 덧씌운 채 세상을 보는 게 쿨한 삶인지, 아니면 거추장스러운 가식 따윈 생략하는 게 쿨한 삶인지 결론을 내릴 수 없었기 때문이다.

"이별이 어떻게 쿨할 수가 있니?"

"쿨하게 살지 못했으니 이별이라도 쿨해야지."

"말도 안 되는 소리야 그건."

"이제부터라도 쿨하게 살고 싶다는 말이 뭐가 잘못됐어?"

"남아 있는 감정은 어떡하고? 넌 감정이라는 게 이익을 주고받는 거래처럼 아무런 찌꺼기도 안 남기고 지워버릴 수 있다고 생각하는 거니?"

"손익을 계산할 생각은 없어. 찌꺼기를 안 남기려면 대가나 보상에 대한 생각만 없애면 돼. 세상은 실체가 없다는 사실을 아직도 모르겠어? 모든 게 환상이라는 걸 모르겠냐고. 실체가 없는데 감정이 남아 있다 한들 그게 진실이겠냐고."

돌아온 대답은 엉뚱했다. 보상이라? 하긴 미리의 말이 맞다. 세상의 사랑은 거래의 다른 이름일지 모른다. 손익을 계산하는 거래에서 보상이나 대가를 포기할 수만 있다면 남을 찌꺼기가 어디 있겠는가. 그러나 환상이란 것은 말이 안 된다. 모든 게 환상이라니? 살을 섞고 살아온 애증의 그 시간들이 어떻게 환상이란 말인가? 하유는 뭐라고 대꾸해야 할지 혼란스러웠다.

"당신과 내가 만났던 것도 서로 진화하기 위해서였던 거야. 그걸 모르겠어? 진화를 위해 우린 서로가 필요했단 말이야. 그러나 서로를 진화시키는 과정은 이제 끝났어. 때가 되었어. 헤어질 시간이 되었다는 말, 모르겠냐고. 환상이건 실제건 더이상 어떤 것에도 묶이고 싶지 않아. 묶이기엔 남은 생이 너무 아까우니까. 내겐 이제 더 소비할 시간이 없어."

"시간은 많아. 우린 아직 젊고."

"젊다는 게 무슨 의미지? 젊다는 게 시간하고 무슨 상관이냐고. 원하는 삶을 살 수 없는 시간이 무슨 의미가 있겠냐고."

"서로가 원했기 때문에 같이 살게 되었잖아."

"원한 건 아니야."

"원한 게 아니라면 왜 같이 살았어? 진화라는 말이 나왔으니 하는 말이지만 진화란 성숙이야. 성장하고 성숙하는 게 진화란 말이야. 사랑의 삼각형 이론대로 하자면 우린 이제 열정의 단계가 끝나고 그다음 단계로 가는 지점에 온 것뿐이야."

로버트 스턴버그라는 심리학자가 말한 사랑의 삼각형 이론이 하유는 인상적이었다. 열정passion과 친밀함intimacy과 헌신commitment이라는 세 가지가 사랑을 구성하는 요소이며, 열정은 시간이 가면서 강도가 약해지지만, 상대에 대한 신뢰로 이루어진 친밀함과 헌신은 시간이 갈수록 발전한다는 것이다.

"그러니까 우린 지금 친밀함과 헌신의 단계로 진화해야 할 단계지 헤어질 때가 아니야."

"웃기지 마. 난 이 지구 별에서 말하는 헌신을 이해할 수가 없어. 헌신엔 사랑이 필요한 거지만 육체가 존재하는 지구에서의 사랑이란 한정적인 그 육체 때문에 한계가 분명해."

차갑고 냉랭한 목소리였다. 뭐라고 대꾸할 말을 찾기 위해 머리를 굴려보지만 감정이 앞설 뿐 말문이 막힌 두뇌는 감정을 따라가지 못한다.

"그러니 머리로 따라가려 하지 말고 느끼라고. 이해하지 말고 느끼란 말이야. 머리에 매달리지 말고 오감으로, 온몸으로 느끼고 받아들여보란 말이야."

미리가 자주 하는 말이다. 판단과 분별을 일삼는 뇌에 의존하지 말고 온몸으로 대상을 느껴야 한다며 미리는 정직한 것은 직관이라고 믿었다.

"대상의 실체를 정확하게 파악하기 위해선 먼저 그 대상에 대한 일체의 판단을 중지해야 돼. 있는 그대로 대상을 바라보라는 말이지."

"판단을 중지하라니 무슨 미친 소리야. 판단도 안 하고 살다가 이 꼴인데도? 난 지금도 있는 그대로 바라보고 있어. 있는 그대로 바로 보지 못하는 건 내가 아니고 당신이야. 우린 지금 지구에 살고 있고, 지구에서 통용되는 삶의 공식에 따라 살아가야 하는 거야. 그게 바로 있는 그대로 바라보는 거지. 당신처럼 몸은 지구에 있으면서도 정신은 지구를 떠나 알 수도 없는 우주를 유영하는 것이야말로 있는 그대로 바라보지 못하는 것이야."

"머리로는 절대 있는 그대로 바라볼 수가 없어. 대상을 향해 온갖 판단과 분별을 하면서 어떻게 그 대상의 실체를 알 수 있겠냐고. 분별심으로 해석한 대상을 그 대상의 실체라고 착각하지 마. 쿨하다는 것은 대상을 있는 그대로 바라보는 상태를 뜻하는 말이야. 헤어지면 헤어지는 그것으로 끝나는 것이지. 거기다 눈물, 콧

24

물, 집착, 아쉬움 이딴 것들을 왜 갖다붙이느냐고. 이별은 그냥 이별인거야. 그러니 이별이라는 단어에다 필요 없는 수식과 의미를 부여하지 말아줘. 그냥 쿨하게 이별은 이별대로 보란 말이야. 때가 되었으니 그냥 헤어지는 것일 뿐이야."

한편으론 지극히 감성적으로 보이다가도 한편으론 지극히 냉랭해지기도 하는 여자였다. 살림엔 관심이 없었고, 집안의 벽에다 세계지도를 붙여놓고 사는 여자였다. 가재도구라곤 아무것도 살 생각을 안 했고, 모든 것은 차곡차곡 정리된 채 여행용 가방이나 배낭에 나뉘어 보관되어 있었다. 별의 움직임을 보고 길을 가는 베두인족처럼 미리는 늘 떠나야 한다는 강박감에 사로잡힌 사람 같았다. 그런 그녀를 처음 만난 곳도 여행지였다. 유목민처럼 배낭 하나를 달랑 멘 미리를 하유는 미얀마 양곤에서 만난 것이다. 로컬 가이드 일을 하던 하유가 커미션이나 팁을 받아 간신히 외국생활을 이어가던 때였다.

어쩌면 미리는 만나는 그 순간부터 헤어지겠다는 생각을 하고 있었던 것인지도 모른다. 줄곧 지구로 온 외계인을 찾는다며 어딘가를 헤매고 다니던 미리는 점차 스스로 외계로부터 온 존재라고 믿기까지 했다.

"시리우스에서 온 사람들을 만났어."

"무슨 뚱딴지같은 소리야?

"지구에서 8.7광년이나 되는 먼 거리에 있는 별에서 여기까지 온 사람들이야."

"별에서 오다니, 지금 드라마 쓰냐?"

"사실이야. 내가 직접 확인했으니."

"도대체 시리우스가 무슨 별인데?"

"눈으로 볼 수 있는 별 중에서 가장 밝은 별이 시리우스야. 거기서 온 사람들을 만났다고."

"표면온도가 태양보다 더 높은 별이야. 그런 곳에 무슨 수로 생명체가 산다고 그러는 거야?"

시리우스를 검색하자 맨 먼저 눈에 들어온 건 엄청난 표면온도였다. 펄펄 끓는 물에 생명체가 살 수 없듯 그 정도의 표면온도에서 존재할 수 있는 것은 아무것도 없다. 그러나 미리는 물리적인 현실이 지배하는 지구와 달리 시리우스는 영적인 공간이라 생명체가 존재할 수 있다고 주장했다. 실제로 시리우스는 하나의 별이 아니라 아홉 개나 되는 별이 성단을 이루고 있으며 중심 별은 태양보다 스물세 배나 밝다. 미리는 자신이 만난 시리우스인들이 중심 별에서 온 것은 아니라고 말했다.

미리와 같이 황당한 주장을 하는 사람들이 없는 것은 아니다. 서아프리카 말리공화국에 살고 있는 도곤족은 자신들이 시리우스별에서 온 외계인이라고 주장한다. 흑인 부족인 그들은 십여 년을 함께 지낸 프랑스의 인류학자 골레오에게 자신들이 시리우스별에서 우주선을 타고 온 우주인이라고 말한다. 그 증거 가운데 하나로 그들은 1920년 당시, 시리우스별 옆에 작은 별이 하나 더 있다는 사실을 알려주는데 아무도 경청하지 않던 그들의 말을 사람들은 1928년이 되어서야 귀기울이게 된다. 천문학계가 그들이 말한 별을 발견하게 된 것이다.

"지금 우리가 사는 지구에서 일어나는 일은 환상일 뿐이야. 우리의 진정한 실체는 시리우스에 있다는 것이 별에서 온 사람들의 말이야. 지구의 고대문명이라는 것도 다 시리우스에서 온 외계인들에 의해 만들어진 것이고."

도곤족 이야기를 들려주며 미리가 했던 말이다.

"황당한 소리 좀 그만해. 제발 그런 망상으로부터 좀 벗어나."

"당신은 너무 몰라."

그걸로 끝이었다. 어딘가로 떠나기만을 꿈꾸던 그녀의 증세는 점점 구체화되어 갔다. 나가던 학원을 쉬는 날엔 온종일 어딘가를 돌아다니거나, 끊임없이 지도나 책을 뒤적이며 뭔가를 찾곤 했다. 벽에 붙여놓은 지도 위엔 형광펜으로 칠해놓은 도시와 호수와 강, 그리고 깨알같이 적어놓은 지명들이 늘어만 갔다. 마이오, 트리나모, 유투스, 사비나, 네오라마…… 생경한 그 이름들을 미리는 그냥 도시 이름이라고만 말했다. 도대체 어느 나라에 있는 도시인지 알 수 없던 그것들을 하유는 뜻밖에 카모쉬를 만나며 알게 된다.

─지금 달려가는 중입니다!

차가 신호등에 멈추는 순간 하유는 재빨리 손가락 움직여 문자를 보냈다. 하유의 휴대폰으로부터 날아간 문자는 거성병원 중환자 보호자 대기실에 있던 윤해리의 액정 위로 찍혔다.

미리의 언니 해리.

유일한 자매였지만 둘은 전혀 다른 인격이었다. 뭣 때문인지 해리는 하유를 유난히 미워하기까지 했다. 그런 해리를 하유가 이해하지 못한 것은 아니다. 그러나 이해한다는 것과 받아들인다는 것은 다른 말이다. 모멸감을 느끼게 하는 그 묘한 눈길을 어떻게 수용할 수 있겠는가.

"유산이라고는 이빨 빠진 목걸이와 낡아빠진 신발 하나. 그걸 어디다 쓰겠다고 모시고 다니냐. 안 봐도 뻔해. 뒤따라 객사 안 할 거라고 누가 보장해. 가진 게 없으면 정신이라도 똑바로 박혔어야지."

해리가 아버지의 유품까지 들먹이며 자신을 비난한다는 사실을 하유는 알고 있었다. 세상 모든 들판에 비가 내린다고 해도 어딘가엔 비 오지 않는 들판이 있는 법이다. 세상 모든 사람이 좋아한다 해도 누군가는 싫어하는 사람이 있는 법이다. 그걸 이해 못할 바는 아니다. 모든 이를 어찌 다 좋아할 수 있겠는가. 그러나 사막에도 비는 오고, 비 온 뒤의 사막은 거짓말처럼 파릇하게 풀이 돋아난다. 우연히 미리와 해리의 대화를 엿들은 하유는 해리가 비 내릴 가능성이 전혀 없는 황폐한 사막이라는 사실을 알아차렸다. 그녀는 모든 순수한 가치를 무시하는 세속의 사막이었다.

"어릴 적 상처 때문에 삐뚤어져 있는 거야. 자기가 이해해줘."

어쩌다가 언니 이야기가 나오면 미리는 그렇게 변명했다.

"상처가 있는 사람은 다른 이의 상처에 소금을 뿌리지 않는 법이야. 아무리 무식해도 그렇지. 그게 무슨 목걸이냐. 기도할 때 쓰는 로사리오도 모른단 말이니?"

"미안해. 유품에 로사리오가 들어 있는 걸 보니 돌아가시는 순간까지 로사리오를 들고 계셨을지 모른다고 이야길 했는데 언니가 그걸 그렇게……"

받아들일 수 없었을 뿐 해리의 비난이 틀린 건 아니다. 아버지는 빚만 잔뜩 남겨놓고 가셨다. 우여곡절 끝에 고국을 찾아온 유품은 낡아빠진 등산화 한 켤레와 손목시계, 그리고 알 수 없는 스탬프가 잔뜩 찍혀 있는 증명서 비슷한 종이 나부랭이였다.

유품 속에 로사리오가 있었던 건 뜻밖이었다. 기억 속 아버지는 가톨릭 신자가 아니었다. 여행자가 아니라 피난자였던 아버지는 처벌을 피해 도피한 경제사범이었다. 로사리오와 함께 들어 있던 시계의 바늘은 열한시에 멈춰 있었고, 하유는 그것이 아버지의 임종 시간이라 직감했다.

꼭 휴대폰 약정 기간만큼만 같이 살았다. "약정 기간이 다 되었다고 생각해." 그녀는 그렇게 말했고, 하유는 자신이 구식 폰이 되었다는 사실을 받아들일 수밖에 없었다. 유행은 빠르게 지나가고, 약정 기간을 다 채우기도 전에 폰을 갈아치우는 사람 또한 부지기수다. '사람도 휴대폰처럼 바꿀 수 있는 거지 뭐' 그런 생각을 하며 하유는 자신을 진정시키기 위해 애썼다. 모든 것을 긍정적으로만 보는 맹목적 낙관주의자가 되어 '다 잘될 거야, 다 잘될 거야'를 주문처럼 외며 멀쩡한 전화기를 바꾸기도 했다.

그러나 미리가 위독하다는 문자를 받는 순간 알아차렸다. 스스로를 위로하던 낙관주의는 위로가 아니라 위장이었다는 사실을.

그건 게으름이나 유예와 마찬가지였다. 고통을 유예시키는 손쉬운 처방으로 게으름을 선택해 하유는 그것을 정면으로 바라보기를 미루어왔던 것이다. 세상의 많은 위로는 어쩌면 게으름 같은 것일지도 모른다. 섣부른 위로 대신 차라리 '더 아파라 더 아파. 끝까지 간 아픔만이 아픔이라 이름 붙일 자격이 있다'라고 말하는 것이 정직한 일인지도 모른다. 그러나 인생이 논리대로 움직이지 않는다는 사실을 모를 만큼 하유가 어리석기만 한 것은 아니다.

밤에 보는 병원은 거대한 항공모함같이 위압적이다. 뜨고 내리는 항공기와 바쁘게 움직이는 승조원들, 금방이라도 발포할 것 같은 함포 앞에 주눅든 약소국의 수병처럼 하유는 불 켜진 병동을 바라보는 순간 좌절감을 느꼈다. 그것은 마치 아득한 수평선을 헤엄쳐서 건너야 하듯 막막한 것이었다. 물에 빠져 숨이 멎었던 어린 날의 한 순간을 떠올리자 갑자기 커다란 불안감이 밀려왔다. 회전하며 사람을 삼키는 병원의 문이 마치 저승으로 들어가는 입구같이 두렵게 느껴진 것이다.

그때 그 숨이 멎던 경험이 임사체험이란 사실을 안 것은 세월이 한참 지난 뒤였다. 임사체험이란, 말 그대로 죽고 난 뒤의 상황을 경험하는 것이다. 돌발적인 사고로 의식을 잃었거나 또다른 어떤 이유로 정신을 잃었던 사람들에게 드물게 나타나는 현상이 그것이다. 임사체험을 통해 어떤 이는 생각지도 않았던 새로운 세계를 접하기도 한다. 그런 이들은 대부분 죽음이 모든 것의 끝이 아니라 죽음 뒤에 또다른 삶이 펼쳐지고 있다는 사실을 깨닫고 극적인 삶의 전환을 겪는다. 그러나 하유는 삶이 극적으로 바뀐 경우는 아니었다. 그때의 경험이 무엇인지에 대한 의문이 따라다녔을 뿐 특별히 더 영적인 인간이 되었거나 삶이 더 평화로워진 것도 아니었다.

물에 빠진 하유는 가라앉다가 솟구치고, 가라앉다가 솟구치며 허우적대다가 끝내 정신을 잃었다. 정신이 들어오는 순간 자신이 허공에 떠 있다는 사실을 알아차렸다. 백사장 위에 누워 있는 한 아이와 그 아이를 둘러싼 채 술렁대는 사람들, 스스로 허공에 떠 있다는 느낌을 자각하며 하유는 한동안 바닥에서 벌어지고 있는 일을 내려다보고 있었다. 마치 광활한 우주의 한 공간에서 지구를 내려다보듯 아득한 순간이었다. 떠 있는 '내'가 누워 있는 '나'

를 내려다보던 그 순간은 그러나 찰나였다. 다시 하유는 정신을 잃었고, 공중에 떠 있던 '내'가 온전히 육체로 돌아온 건 병원의 베드 위에서였다.

"하유 아니야? 유하유, 앞으로도 뒤로도 유하유?"

반색하는 한 남자 덕에 하유의 정신이 다시 현실로 돌아왔다.

"하유 맞지 너? 여기서 만나다니. 야, 이 친구, 졸업하고 처음 아니냐 이거 정말."

고등학교 동창생인 것 같았다. 흘러간 세월 때문인지 하유는 눈앞에서 반색하는 상대를 알아보지 못한다.

"나, 모르겠어. 기억 안 나? 나, 안드로, 안드로메다."

"아, 그래 안드로, 안드로메다."

별명만 떠올랐다. 안드로메다, 이건 미리를 처음 봤을 때 떠올랐던 단어 아닌가. 미리 역시 안드로메다였다. 엉뚱한 말과 행동 때문에 늘 4차원이던 동창생은 그러나 예전 그 모습과는 달랐다.

"그런데 여기서 뭐하냐? 누구 병문안 온 거니?"

"그래. 누가 좀 아파서."

"누구? 가족이니?"

"응. 지인."

자세한 이야기를 하고 싶진 않았다. 입구의 커다란 회전문을 통과한 하유는 밤시간이라 한가한 병원 내부를 두리번거린다.

"입원실로 가려면 저쪽 엘리베이터를 이용하면 되고. 원무과에 있으니 혹시 도울 일 있으면 연락해. 세상에 안 아픈 사람 없고, 여기 있다보니 찾아오는 동창들이 끊이질 않아. 나야 이만하면 마음 좀 잡고 사는 거지."

안드로메다라는 별명은 이제 시효가 소멸된 건지 녀석은 대형 병원 원무과에 근무하는 자신이 스스로 대견한 듯 크게 웃었다. 명함을 건넨 그가 사라지자 하유는 중환자실이라 적혀 있는 표지판을 찾아 엘리베이터를 탔다.

면회 시간이 아니라 미리를 볼 수는 없었다. 복도를 지나 보호자 대기실로 가자 기다렸다는 듯 해리가 일어섰다. 냉랭한 표정으로 하유를 바라보던 그녀는 그러나 간단한 설명을 끝내자 곧바로 다녀올 곳이 있다는 한마디를 남긴 채 병원 밖으로 사라졌다.

'지주막하출혈이란 약해진 뇌혈관이 갑자기 터지며 뇌와 두개골 사이로 피가 흘러들어가 뇌척수액과 혼합되면서 뇌압이 상승하는 현상이다. 뇌를 감싸는 지주막 아래 혈관이 터진 것이니 뇌손상이 생길 수 있고, 목숨이 위태로울 뿐만 아니라 수술 후에도 신체의 마비가 올 수 있다. 증세가 있자마자 즉시 병원으로 와서 그나마 다행이다. 비교적 빨리 조치했고, 수술도 잘되었는데 왜 깨어나지 않는지 병원에서도 제대로 설명할 수가 없는 것 같다. 재수술을 해야 될지도 모른다.'

해리가 남기고 간 설명을 곱씹으며 밤을 보냈다. 무작정 기다려야 하는 건지, 위급한 일이 생기면 알려달라는 말을 간호사에게 남긴 뒤 하유는 복도와 대기실 사이를 불안한 마음으로 서성거렸다. 그렇게 밤을 보내는 동안 메신저로 카모쉬에게 문자를 보냈다. 혹시 최면을 통해서 의식불명에 빠진 사람과 접속할 수 없겠느냐고 물은 것이 문자 내용이다.

모든 의식이 연결되어 있다는 카모쉬의 포스팅 내용대로라면, 무의식의 어느 지점으로 내려가면 미리의 의식과 연결될 수 있지 않겠냐는 것이 하유 생각이다. 두 사람의 의식이 서로 연결되는 그 지점에서 도대체 무엇이 그녀가 깨어나는 것을 가로막고 있는지 알아보고 싶은 것이다.

'인류는 오랜 역사를 통해 쌓인 정보를 집단무의식 속에 저장하고 있다'고 말한 사람은 융이다. 융이 말한 집단무의식이란 인류가 공유하는 거대한 서버 같은 것 아닐까? 그렇다면 개인의 의식은 그 서버에 연결된 각각의 단말기나 다름없다. 하유는 그렇게 모든 사람의 의식이 책상 위에 놓여 있는 컴퓨터 단말기처럼 서로 연결되어 있다고 상상하는 것이다.

페이스북을 검색하고, 여기저기 통화를 하며 지주막하출혈에 대한 정보를 찾는 등 불안한 밤을 보내고 나자 카모쉬로부터 답신이 왔다. 메신저로 알려준 번호를 눌러 전화를 걸자 일단 만나보자는 답이 돌아왔다. 중환자실의 미리는 여전히 의식이 없는 상태다. 저녁에 찾아오라는 카모쉬의 말을 떠올리자 회사 일정이 걱정됐다. 내일 아침이면 관광객들을 인솔해 미얀마행 비행기를 타야한다. 양곤과 만달레이, 바간, 그리고 인레 호수를 관광할 단체손님을 인솔해 미얀마까지 가야 하는 것이다. 미얀마를 생각하면 무진을 떠올리지 않을 수 없다. 무진과의 인연으로 여행사 일을 하게되었고, 미얀마 쪽 전문 가이드가 된 것이다.

답답한 마음에 그를 떠올렸지만 그가 어디 있는지는 알 수가 없다. 리옌과 함께 둔황으로 간다고 했으니 아마 그곳에 있을 것이다. 동에 번쩍, 서에 번쩍 하는 그의 행방은 그때나 지금이나 종잡을 수가 없다. 초조함 때문인지 째깍거리며 움직이는 시계 하나가 귀 바로 옆에서 소리를 내는 것 같다. 항공기 시간에 맞추려면 새벽 여섯시에는 공항으로 나가야 한다. 초조한 하유의 마음은 아랑곳없이 그러나 해리는 온종일 소식도 없다가 오후 늦게야 문자를 보내왔다. 저녁에 오겠다는 문자를 확인하자 하유는 카모쉬의 주소를 입력한 뒤 자리에서 일어섰다.

스무 명이라는 적지 않은 인원을 인솔하고 가야 할 입장이라 빠질 수는 없다. 모두가 초행길이라 준비할 것도 적지 않다. 작은 여행사라 대체할 인력도 없을 뿐 아니라 사장까지 몽땅 출장중에 있으니 다른 대책이 있을 리도 없다. 자동차의 시동을 건 하유는 카모쉬가 가르쳐준 주소를 향해 올림픽대로를 탔다.

순례길

스펠을 정확하게 입력만 할 수 있다면 누구라도 카모쉬의 페이스북을 검색할 수 있다. 카모쉬는 영어로 글을 썼고, 그 영어를 다시 한글로 번역해 타임라인에 올리기도 했다. 카모쉬가 올렸던 마하비라의 글을 하유는 인상 깊게 읽었다.

—나는 철저하게 혼자 있기를 바랍니다. 두 눈과 귀, 그리고 우리가 육체라고 부르는 이 몸뚱이는 언젠가 화장터로 가서 한 줌의 재로 사라지고 말 것입니다. 그러니 몸뚱이에 대해 걱정할 필요가 어디 있겠습니까?

내비게이션이 가리키는 대로 따라가자 그가 가르쳐준 빌딩이 나왔다. 지하 주차장에 차를 세운 하유는 엘리베이터를 타고 꼭대기로 올라갔다. 내려다뵈는 도시엔 저녁이 오고 있었다. 마포대교를 건너가는 자동차의 행렬이 꼬리에 불을 켠 채 이어지고, 강으로 뛰어내린 빛의 조각들은 흐르는 물결에 반사되어 반짝거렸다. 이 시각, 한강은 넘어가는 태양이 오렌지빛 불기둥을 물위에 세워놓는다. 신전의 장엄한 탄식 같은 빛의 기둥. 강을 가로질러 꺾어진 채 서 있는 불기둥을 보며 하유는 뜨거운 울음을 삼킨 듯 목젖이 뜨거워지는 것을 느꼈다. 흐르는 물결에 꺾여 휘어지고 흔들리는 석양의 불기둥. 태양이 통곡하고 있는 것이다.

아득한 높이에서 내려다보는 세상은 달리의 그림처럼 길게 늘어진다. 여기서 보면 모든 것이 느리게 흘러간다. 흐느적거리듯 대상을 늘어뜨려 시간을 해체시켜버린 달리처럼 세상은 정말 실체가 없는 환상일지 모른다.

머릿속이 진공상태가 된 듯 멍해지는 것 같아 하유는 잠깐 벽에 기댄 채 아래를 내려다본다. 꼭대기와 달리 저 아래 바닥은 서로가 서로를 질시하는 전쟁터다. 그 전쟁터에서 추락하는 순간 모든 것은 바퀴에 깔리며 신음한다. 깔리는 자의 생생한 비명이 실체가 아니라면 실체는 도대체 어디 있단 말인가? 삶의 모든 현실은 고통 속에서 더 생생해지는 법이다. 고통이 바로 현실이며, 그런 현실을 붓다는 고해苦海라고 불렀다.

무진이 말하던 두카Dukkha라는 말이 생각났다. 인도의 고대 언어인 팔리어pāli語로 두카는 고통을 가리키는 말이다. 모든 고통의 근원에 죽음이 있다고 말하며 무진은 그것을 넘어서기 위해선 번뇌를 끊어야 한다고 했다. 그렇다면 의식불명인 미리 때문에 갈팡질팡하는 이 순간 역시 번뇌인가? 그래서 끊어야 하는 것인가? 돌이켜보면 삶의 모든 순간이 번뇌 아닐 때가 없다. 하유는 한숨을 토해낸다. 인연이란 것 자체가 번뇌. 함께 사는 그 순간부터 다투지 않았던 날이 없었고, 왜 같이 살겠다는 생각을 했던 건지 이해할 수 없기는 서로가 마찬가지였다.

실내로 들어가기 전 하유는 문자를 보냈다. 지금쯤 병원으로 돌아와 있을지도 모르는 해리에게 보내는 문자다. '내일 아침엔 바로 미얀마로 가야 합니다. 단체를 인솔해야 하는 입장이라서 빠질 수가 없군요. 미안하지만 그동안 미리를 지켜주세요.'

문자는 그런 내용이었다. 간신히 모아놓은 인원이고, 이미 돈까지 다 받은 상황에서 빠질 수는 없는 형편이다. 회사에서 그걸 봐줄 리도 없고, 출국이 코앞에 와 있는 입장에서 대체할 인력도 없다. 양곤에 내려 만달레이로 갔다가, 바간의 수많은 불탑과 사원들을 관람한 뒤 인레 호수에서 이틀을 묵은 뒤 다시 양곤으로 돌아와 쉐다곤 파고다를 관광하는 일정이니 꼼짝없이 열흘은 묶여 있어야 할 처지다. 문자가 날아간 걸 확인한 뒤 하유는 카모쉬가 오라는 공간을 찾아 복도를 두리번거렸다.

카모쉬의 센터(그는 자신의 공간을 그렇게 불렀다)는 '래먼테이션'이라는 상호의 카페와 출입구를 같이 사용했다. 카페 입구를 통해야 센터 내부와 연결되는 것이다. 전화를 통해 들려왔던 음성을 떠올리며 하유는 지푸라기라도 잡듯 카모쉬에게 의지하는 스스로를 본다.

넓은 공간이었다. 실내로 들어서자 성당에서나 볼 수 있는 길쭉한 창의 스테인드글라스가 눈에 띄었다. 짙은 사파이어 빛깔 유리에 붉고 노란색 무늬가 들어 있는 창은 불을 켜두었는지 채색된 나뭇잎과 물결치듯 하늘로 올라가는 빗살무늬가 환하게 비쳤다. 발코니 쪽으로는 허브가 자라는 옥상 정원이 보이고, 라벤더인지 마음을 편하게 하는 향기가 느껴졌다. 보랏빛 꽃으로 장식된 반달 모양의 무대 맞은편으로 와인잔이 가득 매달린 바의 바텐더를 발견한 하유는 그쪽으로 다가갔다. 카모쉬를 찾아왔다고 말하자 잔을 닦고 있던 젊은 남자는 벽이 끝나는 곳을 향해 손가락을 세웠다.

기역자로 꺾인 벽 끝으로 또다른 통로가 있었다. 둥글게 아치형으로 되어 있는 회랑은 온통 진한 블루로 칠해져 있고, 핑크색 문은 레고레타Ricardo Legorreta가 설계라도 한 듯 멕시코풍이었다. 은밀한 공간이라고 하기엔 제법 크기가 있는 그곳 역시 허브 향이 은은했다. 액자처럼 걸려 있는 창밖에선 소리 없이 한강이 흐르고 있다. 데크 위로 늘어놓은 화분들을 바라보며 하유는 실내화로 갈아신었다. 침묵이라는 뜻을 가지고 있는 카모쉬와 통곡이라는 뜻을 가진 래먼테이션의 부조화는 의도된 것일까?

카모쉬가 있는 공간에 들어서자 눈에 띈 건 크리스탈이었다. 장식대 위에 놓여 있는 수많은 크리스탈이 강렬한 에너지를 뿜고 있었다. 불안하던 마음이 차분해지는 것을 느끼며 하유는 카모쉬가 페이스북에 올리던 크리스탈에 대한 정보를 떠올렸다. 힐링의 도구로 그가 크리스탈을 활용하고 있다는 사실은 이미 알고 있는 일이다. 정면에 놓인 크림색 문스톤moonstone은 사이킥psychic한 능력을 촉진시키고 투시력을 커지게 한다.* 지금 하유는 초자연적인 힘을 빌리기 위해 이곳에 온 것이다. 투시력이야말로 지금 하유에게 필요한 능력 아닌가. 어쩌면 카모쉬는 최면의 효과를 높이기 위해 하유의 태양신경총 위에 저 문스톤을 놓아둘지도 모른다. 미리가 왜 깨어나지 않는지, 그녀의 의식이 어디에 가 있는지를 알 수 있다면 카모쉬를 찾아온 목적은 달성될 것이다.

메신저를 통해 밝히긴 했지만 다시 한번 용건을 말하자 카모쉬는 일단 앉으라는 듯 의자를 가리켰다.

"어떻게 그런 생각을 하시게 되었죠? 의식불명인 사람을 최면을 통해서 만나보겠다는 생각을 아무나 할 수 있는 건 아닌데요?"

자리에 앉자 카모쉬가 물었다.

"무의식의 차원에선 모든 존재가 다 연결되어 있다고 하던 선

---

* 크리스탈에 대한 정보는 주디 홀의 저서 『크리스탈 바이블』(크리스탈환타지 편집부 옮김, 크리스탈환타지, 2010)에서 변용한 것이다.

생님 글을 떠올렸어요. We seem to be separated but we are all connected. 분리되어 있는 것처럼 보이지만 우리는 모두 연결되어 있다. 그렇게 페북에 올리셨던 걸 기억합니다."

페이스북에서 본 글 이야기를 하자 카모쉬는 미소 지었다.

"그렇죠. 깊은 의식의 차원에서 보면 우린 모두 연결되어 있습니다. 생각지도 않던 일이 최면을 하다보면 일어나기도 하고요."

거실과 붙어 있는 작은 방엔 침대가 있었다. 하얗고 깨끗한 리넨 시트가 깔린 침대 머리 쪽으로 몇 개의 크리스탈이 보였다. 스위치를 눌러 머리 쪽이 십오 도 정도 올라오게 침대를 세운 뒤 카모쉬는 하유에게 누우라는 눈짓을 했다.

"어쩌다 앉아서 하겠다는 분도 있지만, 눈을 감고 편안히 눕는 게 좋습니다."

최면 감수성에 대한 테스트(최면을 유도하기 위해 카모쉬는 마음속 이미지를 떠올리게 하는 심상법을 사용했다)를 한 뒤 자기최면에 대한 설명이 끝나자 카모쉬는 머리맡에 있던 크리스탈을 들어 보였다.

"최면 효과를 높이기 위해 크리스탈을 사용하겠습니다."

카모쉬가 보여준 건 문스톤이 아니라 연한 보랏빛이 감도는 자수정이었다.

"셰브런chevron이라고 부르는 자수정입니다. 제3의 눈이라 부르는 차크라를 열어놓는 크리스탈이지요. 내면의 눈을 열리게 하고 유체이탈을 하는 데 도움을 주지요. 미지의 현실로 들어가 또다른 현실의 문을 열어주는 이 자수정은 지금 우리가 얻고자 하는 걸 이루는 데 효과적입니다."

수정으로 잠시 자신의 이마 위를 누른 뒤 카모쉬는 크리스탈의 뾰족한 끝인 싱글포인트를 하유 쪽으로 향하게 하고 기도를 하듯 입속으로 뭔가를 중얼거렸다.

"에너지 장을 변환시켜 높은 영적인 에너지를 만드는 데도 이 크리스탈은 도움을 줄 것입니다."

회랑과 마찬가지로 방 안의 벽 또한 보랏빛을 띤 블루였다. "블루는 명상적인 색깔입니다. 깊은 명상 속으로 들어가는 데 효과적이지요." 눈을 감기 전 카모쉬가 속삭이던 소리가 떠올랐다. 크리스탈의 효과 때문인지 아니면 블루의 힘 때문인지 하유는 금세 최면 속으로 빠져들어갔다.

"지금 당신은 물가에 서 있습니다. 마음 깊은 곳에서 조용히 흘러가고 있는 강을 의식하며 그 깊은 강물 속에 가라앉아 있는 자신을 떠올려보십시오. 우린 죽음 이후에도 살아 있는 존재입니다. 지금 당신이 연결되기를 원하는 그 사람 역시 영원히 사라지지 않는 존재입니다."

세션은 그런 말로 시작되었다. 모든 것이 이완된 듯 몽롱해졌지만 한쪽에선 더욱 선명해지는 또하나의 의식이 카모쉬의 말을 그대로 복사했고, 엔터키를 누를 필요도 없이 그것은 그대로 무의식의 서버에 저장되었다. 카모쉬의 암시를 따라 하유의 의식은 한곳으로 심화된 채 미리와의 만남을 향해 포커스를 맞추었다.

최면이 깊어지자 하유는 미리와의 교신 외엔 아무것도 의식되지 않는 상태가 되었다. 주위는 고요했고, 방 안엔 둘 뿐이었다. 빈 공간 위로 카모쉬의 음성이 나직하고 단계적으로 퍼져갔다. 그것은 마치 종소리의 여운같이 피부를 어루만지며 하유의 내면 깊숙한 곳까지 닿는 힘이 있었다. 최면을 거는 사람과 최면에 걸리는 사람 둘 사이에 라포르rapport가 형성되었다. 이 수준에 이르면 설령 눈을 뜬다 해도 최면 상태가 유지된다. 카모쉬의 목소리는 적당히 멀어졌다 가까워졌다 했고, 누워 있는 몸은 느슨하게 근육이 풀린 채 침대 속으로 파묻혔다. 눈감기 전 느꼈던 크리스탈의 보랏빛이 눈 속의 화면을 부드럽게 물들인다. 이제 무의식 깊은 곳에 숨어 있던 기억들이 회상의 회로를 따라 하나씩 떠오르는 시점이다. 세션은 점점 핵심에 다가가고 있다.

"의식의 깊은 수면 아래로 내려가 이제 당신은 당신의 전처를 만납니다. 그곳은 내려가기 쉬운 계단으로 연결되어 있습니다. 난간을 잡고 한 발, 한 발 편안하게 계단을 내려가는 동안 그녀의 체취가 가깝게 느껴지고 목소리가 들리기 시작할 것입니다. 자, 이제 발을 옮겨 한 걸음, 한 걸음 계단을 내려가십시오."

카모쉬의 유도가 끝나자 하유의 발아래 정말 계단이 나타났다. 미지의 어떤 곳에 닿아 있듯 아득한 계단은 그러나 위태롭게 보이

진 않았다. 안개 속을 걷듯 한 발, 한 발 계단을 내려가던 하유의
발이 바닥에 닿는 순간 뜻밖의 일이 일어났다.

"향기가 나요."

"향기가 난다고요? 어디서요?"

"바닥에서요. 아주 진한 향기예요."

실내에 퍼져 있는 라벤더향을 하유가 착각한 게 아닌가 생각하
며 카모쉬가 확인한다.

"계단을 다 내려간 건가요?"

"네. 다 내려갔어요."

"그러면 어떤 향기인지 알겠습니까?"

"꽃 냄새 같아요."

"계단 아래서 꽃 냄새가 난다는 말인가요?"

"계단은 사라지고 다른 세상이 펼쳐졌어요."

"거기가 어딘지 알 수 있나요?"

"들판입니다. 들판에 제가 서 있어요."

들꽃이 자욱하게 피어 있는 들판이었다. 몽롱했지만 주의를 기
울여 바라보면 꽃잎 하나하나가 투명하게 드러날 정도로 영상은
선명했다.

"주위를 잘 살펴보세요. 더 보이는 것은 없나요?"

"들판 가득 꽃이 피었어요. 아, 누가 저 끝에서 걸어오고 있어
요."

"그 사람이 가까이 올 때까지 가만히 바라보세요."

잊어버린 숫자를 헤아리듯 느리게 시간이 흘렀다. 슬로비디오 속의 느린 동작처럼 멀리서 누군가 다가오고 있었다. 모든 것이 지워진 듯 사방은 조용했고, 바람에 흔들리는 들꽃 이파리 하나하나가 현실처럼 느껴졌다. 완벽하게 방음된 곳이었다. 바늘이 떨어지는 소리까지 들릴 듯 고요하지만 외부로부터의 소음은 철저하게 차단되어 있었다. 하유의 의식은 깜깜한 어둠 속을 비추는 한 줄기 빛에 노출된 듯 다가오는 존재를 주시하고 있었다. 눈을 감았지만 하유의 눈썹이 파르르 떨리고 있다는 사실을 카모쉬는 느낌으로 알아차린다. 세션을 하는 동안 카모쉬 또한 온전히 집중 상태로 있는 것이다.

"이제 그 사람이 누군지 알 수 있나요?"

"흐릿하게, 무늬 같은 것이 점점 커지고 있어요."

"그 무늬에 주의를 보내세요. 그것을 자세히 살펴보세요."

"치마를 입은 여자예요."

"여자? 아는 여잔가요?"

"아, 미리 같아요. 미리가, 미리가 걸어오고 있어요."

붙잡기라도 할 듯 하유의 두 손이 쑥, 허공으로 솟았다. 벌떡 일어나 앉기라도 할 듯 몸이 따라서 들썩거린다. 스크린 속 주인공처럼 홀연 미리가 나타난 것이다.

윤미리.

그녀는 일 년 열두 달 바지만 입었다. 그녀가 토익을 가르치던 학원에선 그런 그녀를 미스터라고 불렀다. 윤미리 선생님이 아니라 그냥 미스터였다. 학생들은 미스터 티처라고 불렀고, 동료들은 간단하게 미스터였다. 하유 역시 그녀가 치마를 입은 모습을 본 적이 없다.

결별을 선언한 뒤 집을 나간 미스터는 아예 폰을 바꿔버린 건지 아무리 전화를 해도 응답하지 않았다. 대답 없는 휴대폰을 들여다보며 하유는 현대를 사는 인간의 존재 방식이 얼마나 취약한 것인지 절감했다. 폰이 바뀌는 순간 증발되고 마는 관계에 기대어 사람들은 사랑이니 우정이니 하는 것들을 창조하고 있는 것이다.

모든 관계는 휴대폰에 의해 이어지고 끊어진다. 같이 먹고, 같이 자고, 무수히 육체를 포개었다 해도 전화가 끊어지면 따라서 끊어진다. 서로에 대해 다 알고 있는 것 같지만, 전화번호 하나만 바뀌어도 실종되고 마는 관계. 일찍이 붓다는 세상이 환幻이라고 했다. 우리가 실제라고 믿고 있는 이 현상계가 사실은 꿈이라는 것이다. 누군가를 알고 있다고 하지만 그 안다는 것 자체가 꿈속의 일일지도 모른다. 꿈속에서 꿈을 꾸듯 우리는 휴대폰 속에서 누군가를 만나고 누군가와 헤어지는 것이다.

누군가를 안다는 것은 그 사람의 영혼을 느끼고, 마음과 몸을 나누고, 그가 좋아하는 것과 싫어하는 것을 마치 내 것인 양 속속들이 파악하는 것이다. 안다는 것은 때로 그보다 훨씬 더 물질적이어서 그 사람의 스펙과 주민등록번호와 그가 가지고 있는 재산의 가치를 공유하는 것이기도 하다. 그러나 전화가 끊겼다는 사실 하나로 하유는 자신이 미리에 대해 알고 있는 것이 아무것도 없었다는 사실을 깨달았다. 세상이 환이라고 한 붓다의 말을 하유는 휴대폰을 통해 비로소 알게 된 것이다.

나타난 여자가 미리라는 사실을 알아차린 순간 하유는 주르륵 눈물을 흘렸다. 그러나 착각일 뿐 미리가 아닐지도 모른다. 뭔가 하고 싶은 말이 있다는 듯 여자가 얼굴을 돌리는 순간 눈꼬리를 적신 눈물은 어느새 귓불에 가닿는다. 무슨 일이 일어나고 있느냐고 묻는 카모쉬의 음성이 다시 하유를 세션으로 이끈다.

"안 입던 치마를 입고 미리가, 무슨 말을 하는 것 같은데 잘 모르겠어요."

"잘 들어보세요. 무슨 말을 하는지 자세히 귀기울이면 알 수 있을 거예요."

시술자인 카모쉬는 피시술자인 하유를 조금 더 집중시키기 위해 목소리의 밀도를 촘촘하게 높인다.

"들판 위로 별이 떠 있어요."

"어떤 별이죠?"

"아주 크고 빛나는 별이에요."

"그 별이 어떤 영향을 끼치나요?"

"미리를 비추고 있어요."

"말소리가 들리진 않나요?"

"답답해."

"답답해? 누가요?"

"미리가 답답하다고 해요. 발이 허공에 떠 있는 것 같기도 하고. 아, 그런데 떠날 것 같아요. 몸에서, 지금 막 몸에서 떠나려는 것 같아요."

붙잡으려는 듯 하유의 두 손이 급하게 허공을 움켜잡았다. 그러나 그뿐이었다. 허공의 손이 마주치는 순간 홀연 영상이 사라졌다.

"아, 갑자기 사라졌어요. 미리가 갑자기 없어졌어요."

귓불을 지나 목덜미를 적시던 눈물은 체온에 의해 금방 말라버렸다. 좌절한 듯 두 손을 내려놓는 피시술자를 지켜보며 카모쉬는 고저를 조절하듯 차분히 가라앉은 톤으로 물어본다.

"사라졌다니? 죽었단 말인가요?"

"아니에요. 갑자기 다른 사람이 나타났어요. 소리가 들려요. 아주 작은 소리가. 사람이 누워 있어요."

새롭게 바뀐 상황에 놀란 건지 하유의 목소리가 다시 높아진다.

"누군지 살펴보세요. 나타난 사람이 당신과 관계가 있는 사람인지 자세히 보세요. 아는 사람인가요?"

"흐릿해요. 그런데 아, 저 사람은……"

크게 숨을 내뱉은 하유가 놀라운 장면과 만났다는 듯 멈칫한다.

"아는 사람인가요?"

"아버지 같아요."

"아버지?"

"맞아요. 아, 정말 아버지예요, 우리 아버지. 돌아가신 아버지예요."

느닷없는 등장이었다. 하유의 기억 속 아버지는 사업체가 부도난 뒤, 도피하듯 외국으로 가던 황망한 모습이다. 그러나 지금 아버지는 그때보다 더 지치고 병들어 있다. 금방이라도 숨이 넘어갈 듯 거칠게 호흡하고 있는 아버지는 약한 빛줄기 하나에 간신히 의지하고 있다. 빛이 조금씩 환해지는 것을 보며 하유가 말한다.

"아버지가 분명해요. 숨소리까지 들려요. 틀림없어요. 숨을 헐떡거리고 계세요."

"거기가 어딘지 알겠습니까?"

"모르겠어요. 오두막 같기도 하고, 마구간 같기도 하고. 건초 더미 같은 게 보여요."

"조금 더 확장해서 주위를 보세요. 그러면 어딘지 알 수 있을 것입니다. 시야를 바깥으로 넓혀보세요. 뭐가 보이나요? 거기가 어디죠?"

확신을 심겠다는 듯 카모쉬가 단호한 어투로 암시를 준다. 카메라의 화각을 줌인에서 줌아웃으로 바꾸듯 하유의 시선이 안에서 바깥으로 확장된다. 공중 촬영을 하는 드론처럼 하유의 의식 또한 허공으로 떠올라 렌즈 아래 펼쳐진 장면을 비춘다.

"피레네."

뜻밖의 말이었다. 피레네라는 말에 카모쉬가 움찔한다. 피레네라니? 예기치 못한 장면이다. 세션중인 카모쉬의 실루엣이 촛불에 비친 그림자처럼 일렁거린다.

"피레네라고요?"

"네. 피레네산맥이에요. 희끗희끗하게 눈 덮인 산이 보여요."

"어떻게 피레네라는 걸 알죠?"

"옆에서 누가 말해주고 있어요."

하얀 눈을 머리에 이고 있는 산맥의 장관이 펼쳐졌다. 동영상을 촬영하듯 하유의 드론이 눈앞의 장면을 따라간다. 지중해 해안으로부터 대서양의 비스케이만까지 430킬로미터나 되는 먼 거리에 걸쳐 뻗어 있는 산맥. 프랑스와 스페인의 경계에 있는 피레네가 최면중에 느닷없이 나타난 것이다.

"아버지 옆에 누가 있다는 말인가요?"

"그게 아니라……"

두리번거리며 뭔가를 찾는 듯 하유의 말이 템포를 늦춘다.

"옆에서 누가 말하는지 알 수 있나요?"

"모르겠어요. 그냥 느껴질 뿐이에요."

누워 있는 하유의 손가락이 뭔가를 가리키듯 살짝 끝을 일으켜 세우다가 도로 눕는다.

"좋습니다. 그러면 잘 살펴보세요. 피레네 어느 쪽인지 알 수 있나요? 프랑스 쪽인가요 아니면 스페인 쪽인가요?"

"프랑스에서 국경을 지났어요. 스페인입니다. 산에 눈이 남아 있어요."

"국경을 넘었다고요?"

익숙한 지명이라도 되는 듯 카모쉬의 질문에 힘이 들어간다.

"네."

"거기 아버지가 계시다는 말인가요? 국경 어디예요?"

"네. 산속에, 아버지가 거기 있어요."

"좀더 자세히 바라보면 알 수 있을 것입니다. 자, 거기가 어딘지 알 수 있나요?"

"저멀리, 마을에 성당이 있어요. 알베르게Albergue라고 적힌 간판도 보여요."

에이엘비이알지유이. 또박또박한 발음으로 하유는 알파벳 하나하나를 읽어나간다.

"알베르게? 그럼 카미노에 있다는 말인가요?"

"카미노?"

"카미노 데 산티아고, 산티아고 가는 길, 거길 말하는 겁니까?"

"모르겠어요."

"다시 잘 보세요. 지금 말하는 알베르게는 카미노에 있는 숙소를 뜻하는 것 같거든요."

"길이 아니라 아버지가 있는 곳은 산속 오두막 같은 곳이에요. 멀리 떨어진 곳에 론세스바예스가 나와요."

"론세스바예스라구요?"

"네. 표지판이 보여요."

"아버지 외에 누가 또 보이나요?"

"그림자처럼 누가 곁에 서 있어요. 형체가 없는데도 느껴져요. 들꽃으로 만든 왕관 같은 걸 쓰고요. 여자예요. 긴 머리를 하고 있고요. 왕관 밑으로 머리카락이 빛처럼 눈부셔요."

강한 빛을 보기라도 하듯 하유가 미간을 찌푸렸다. 수많은 세션을 했고, 느닷없거나 신비한 일들을 많이도 겪었다. 그러나 이런 경우는 흔치 않다. 론세스바예스라는 하유의 말에 카모쉬는 뮤와 했던 세션을 떠올렸다. 너무나 강렬한 경험이라 잊을 수 없는 기억이다. 뮤, 저도 모르게 입속으로 그녀의 이름이 새어나왔다. 집중해 있던 주의가 흐트러지는 것 같아 좌우로 머리를 흔들어 카모쉬는 집중력을 높인다.

"곁에 있는 여인이 왕녀처럼 느껴져요."

"왕녀라고요?"

"네. 왕관을 쓰고 있어요. 작지만 찬란하게 빛나는 왕관. 그런데 아, 다리를 다쳤나봐요."

"다리를, 왕녀가요?"

"아니 아버지. 아버지는 누워 있거든요."

"더 살펴보세요. 좀더 자세히 상황을 따라가보세요."

"론세스바예스와는 멀리 떨어진 곳이라고 해요."

"어디가요?"

"지금 아버지가 누워 계신 곳."

14세기에 만들어진 유서 깊은 마리아상이 있는 곳이다. 왕립대성당과 박물관이 있는 그곳 알베르게의 도미토리에서 보낸 하룻밤을 카모쉬는 떠올렸다. 순례자의 이름이 호명되는 성당에 앉아 증오심과 분노가 사라지게 해달라고 기도하지 않았던가.

"이해해달라는 말은 뻔뻔스럽지만, 너한테만은 꼭 이해를 받고 싶단다. 이해가 아니라면 용서라고 해도 좋다. 꽃을 밟았을 때 발뒤꿈치에 묻어나는 향기 같은 것이 용서라는 말을 책에서 읽은 적이 있단다. 너도 내게 그런 향기를 선물할 순 없겠니?"

삼십여 년 만에 처음 본 엄마였다. 그러나 엄마의 그 말을 들은 다음날 카모쉬는 그녀를 등진 채 카미노를 걸었다. 그에게 순례길은 순례길이 아니었다. 남들과 역방향으로 피레네를 넘은 카모쉬는 다시 엄마를 만나지 않았다. 엄마는 엄마의 인생, 나는 나의 인생, 중얼거리듯 그 말을 속으로 되뇌며 카모쉬는 다시 하유에게 집중한다.

"그러니까 거긴 산티아고 가는 길이군요? 혹시 산티아고 길을 가본 적이 있습니까?"

"아니요. 가본 적 없는 곳입니다."

카모쉬는 문득 하유가 최면 속에서 전생의 어느 지점으로 퇴행하고 있는 건 아닌가 하는 의심이 들었다.

"만약 전생의 어느 지점에 가 있다면 돌아오시는 게 좋습니다. 하나, 둘, 셋 하고 숫자를 세면 현재의 생으로 돌아옵니다. 자, 돌아오세요. 하나, 둘, 셋."

손가락을 이용해 딱 소리를 내며 카모쉬가 신호한다.

"아니에요. 전생 아니고 이번 생이에요. 아버진 고립되어 있어요. 창고 같기도 하고, 대피소 같기도 해요. 거기에 누워 계세요. 먼 길을 걸어오신 것 같아요. 신발 밑창이 다 닳을 정도로 먼 길을. 그런데 저 신발……"

줌인된 의식의 카메라가 신발에 포커스를 맞추는지 하유는 깊게 한숨을 내쉰다.

"저 신발, 아버지가 신고 있는 등산화, 저건 지금 제가 가지고 있는 유품과 같은 것이에요."

자동차에 늘 신고 다니는 신발이었다. 낡아서 상표가 희미해진 고동색 등산화는 끈이 너덜거리는 상태였다. 밑창이 다 닳은 그것을 하유는 그렇게 자동차 트렁크에 넣고 다녔다.

"신발에 붙은 상표까지 알 수 있어요."

"좋습니다. 잘하고 있습니다. 산속이라고 했는데 가만히 느껴보세요. 아버지가 왜 거기 계시죠?"

"그건 모르겠습니다. 빛이 아버지를 비추고 있어요."

"무슨 빛이죠?"

"후광 같아요."

"후광?"

"네. 왕관을 쓰고 있는 여자 뒤에 후광이 있어요. 그 빛이 아버지 주변까지 비추고 있어요."

"그러면 여자가 천사라도 된다는 말인가요? 천사가 찾아왔단 말인가요?"

"네. 수호천사 같아요. 아버지가 품는 생각 같기도 하고요."

"무슨 뜻이죠?"

"형체는 없는데 형체가 보여요. 아버지가 무슨 생각을 하고 있는지가 보여요. 생각이 빛깔과 형체로 드러나요. 아버진 지금 하늘나라를 생각하고 있어요. 모든 게 다 보여요. 그런데 아, 다리를 다치셨네요. 발목이요. 피가 흐르고 있어요. 호흡이, 숨이 가빠져요 지금 아버진……"

생각이 빛깔로 드러난다니? 카모쉬의 심장도 뛰는 속도가 빨라진다. 다시 뮤 생각이 난 것이다. 사람들이 내뱉는 말에서 색깔과 모양을 본다는 뮤의 말이 떠올랐다. 사람들의 언어는 각자 고유한 빛깔과 무늬를 가지고 있고, 그 무늬와 색깔이 그녀에겐 보인다는 것이다.

"달그락거리는 소리가 들려요. 아버지 손에."

"손에서 소리가 나는 건가요?"

"로사리오를 만지작거리고 있어요. 아버지 손이, 저건 제가, 지금 제가 보관하고 있는, 맞아요 아버지의 유품이에요."

알레그로에서 프레스토로 넘어가듯 진행 속도가 빨라진다. 놀라운 세션이다. 세션을 통해 뮤의 전생이 드러났듯 하유와의 세션 또한 뜻밖의 결과를 향해 달려가고 있다. 시술자와 피시술자는 이제 완전한 라포르 상태다.

"기도를 하시는 것 같아요. 손에 그걸 쥐고."

"묵주기도를 하시는 것 같군요. 로사리오 쪽에 주의를 모아보세요."

"아, 그런데 지금."

경악하듯 하유가 소리를 지른다.

"돌아가시려고 해요. 아버지가 지금, 임종하시는 모습 같아요. 갑자기 호흡이, 심장이 쿵쾅거리다가 거칠어져요. 소리도, 딸그락거리던 소리도 멈췄어요. 아, 정말 돌아가시는 것 같아요. 아버지가 돌아가시나봐요. 로사리오 소리, 딸그락거리던 소린 로사리오의 구슬이 부딪치는 소리에요. 마지막 기도를 하고 계셨던 것 같아요. 그런데 빛이, 빛이 가까이 와요. 후광이 더 환해졌어요. 빛이 아버지를 감싸고 있어요. 그런데 아, 아……"

하유의 뺨 위로 또다시 주르르 눈물이 흘러내린다.

"돌아가신 것 같아요. 호흡이, 헐떡이던 호흡이 정지됐어요. 오라가 빠져나가요. 영혼이 몸에서 빠져나가는 게 보여요. 빛을 따라서 하늘로 올라가요. 연한 오렌지빛 오라예요. 연기같이, 아니 아지랑이같이 올라가고 있어요."

몸과 영혼이 분리되는 순간을 생중계하는 것 같았다. 한순간 허공으로 붕 뜬 것처럼 하유 또한 베드와 몸 사이에 공간을 만들며 아버지를 쫓아 어딘가로 날아가는 듯하다. 임종을 지키지 못했던 탓일까? 꿈에 어딘지 모르는 곳으로 끌려가는 아버지를 쫓아가다 깼던 적이 한두 번이 아니다. 아버지, 아버지 부르다가 깨면 사방은 늘 깜깜하게 젖은 어둠이었다.

눈물이 멎자 하유의 눈앞으로 거칠고 황량한 길을 가는 순례자의 모습이 떠올랐다. 아름답고 소박한 중세풍 마을 너머로 하유의 무의식은 이제 척박한 삶의 현장을 걸어온 상처투성이 발과, 뭔가를 간절하게 갈구하며 뻗어 있는 멀고 오래된 길에 초점이 맞춰졌다. 미리도, 아버지도 더이상 보이지 않았고, 후광과 함께 나타난 존재도 사라지고 없었다. 멀리 피레네가 꿈결같이 떠올랐다. 잔설이 남아 있는 산맥의 밤은 몹시 추웠다. 얼음을 가르듯 별빛은 투명하고, 윙윙거리며 나뭇가지를 스쳐가는 바람소리는 탄식 같은 몸짓으로 낙엽을 뿌렸다. 또다른 오르막이 시작되는 즈음에서 하유는 졸음에 끌려가는 자신을 느꼈다. 아련하게 카모쉬의 음성이 들려왔고 눈앞의 모든 것이 환각인 양 몽롱해졌다.

"졸음이 오면 그대로 졸음에 자신을 맡겨놓으십시오. 이제부터 이십 분간 당신은 편안히 쉬게 됩니다. 아무것도 염려할 것도 없고, 아무것도 더 찾을 것도 없습니다. 시간이 지나면 자연스럽게 잠에서 깨어날 것입니다."

연결

지혜로운 자는 한 모금의 차를 마실 때마다
티그리스강 전체를 맛본다.

—미르자 갈리브

"한 모금의 차를 마시며 강물 전체를 떠올리는 그 상상력이 멋지지 않아? 알고 보면 한 송이 꽃도, 그리고 한 잔의 차도 다 우주와 연결되지 않은 게 없어."

만나는 순간 무진은 그렇게 시 한 줄을 읊었다. 참으로 오랜만의 만남이었다. 그러나 무진은 세상 만물이 다 연결되어 있는데 여기서 만난 게 뭐 그리 신기한 일이냐며 미소 지을 뿐이다. 아버지에 이어 어머니마저 여읜 뒤 무작정 떠났던 여행길에서 하유가 마침 미얀마에 와 있던 무진에게 연락을 취한 것이다.

"한국에서도 보기 힘들었는데 이역만리에서 만난다는 것이 어쨌건 신기하잖아요."

"다 만나야 할 이유가 있어서 만나게 된 거지. 알고 보면 다 필연이야. 모든 우연은 필연이 만들어낸 사건일 뿐이지."

필연이 만들어낸 우연을 운명이라고 말하는 사람도 있다. 책의 양장본 커버를 벗기고 읽는 사람과, 씌워둔 채 읽는 사람 외에도 서로 대칭되는 운명을 가진 인간은 무수하게 많다. 우연인지 필연인지, 가이드라는 직업을 갖게 된 것 또한 무진 때문이다. 무진의 추천으로 하유는 미얀마에서 가이드 일을 시작하게 된 것이다.

"깊은 차원에서 보면 우린 다 연결되어 있어. 맥주 한 잔을 마실 때마다 우린 보리밭 전체를 마시는 거지."

삭발을 하고 승려가 되기 전에도 그렇게 음유시인 같은 한마디를 즐겨 하던 무진이었다. 그런 무진이 좋아 하유는 한동안 그의 일을 도왔다. 돌이켜보면 그때가 화양연화였다. 그때 무진은 C의 콘서트 준비로 늘 바빴고, 이십대 초반이었던 하유는 그런 두 사람을 따라다니느라 세월 가는 줄 몰랐다.

노래를 하는 C만큼 무진 또한 걸릴 것 없는 삶을 살았다. 들판의 한 포기 풀도 다 하늘의 별과 연결되어 있다느니, 차 한 잔을 마시며 티그리스강 전체를 마신다느니 하는 무진의 그럴싸한 한마디들은 하유의 젊은 영혼에 사금파리처럼 반짝였고, 무진이 그런 말을 할 때마다 C 또한 특유의 그 소박한 미소를 지으며 안고 있던 기타줄을 드르릉, 하고 훑어내렸다. 노래 대신 시를 읊는 무진의 흥에 동조하는 일종의 장단이었다. 때로 기분이 동하면 C는 즉흥적으로 코드를 짚으며 노래 몇 곡을 연거푸 부를 때도 있었다. 그런 C를 따라 무진은 또 흥흥, 콧소리로 장단을 맞추곤 했다.

"제발 노래할 때 따라 하진 마. 도저히 내가 부를 수가 없잖아."

C는 늘 그렇게 말했다. 장단을 맞추는 건 용납되지만, 따라 부르면 자기까지 음정이 흔들린다는 것이다. 가수 매니저로 모든 공연을 뒷받침하지만 무진은 대단한 음치였다. 그러나 역설적으로 그런 그의 노래가 C는 재미있었던 것인지 늘 "따라 하진 말고, 혼자서 부르는 건 너무 좋아. 삼절까지 해봐. 명가수는 꼭 삼절까지 부르는 거야" 하며 채근하곤 했다. 들을 때마다 배꼽을 잡게 하는 노래 실력이었지만, 불러서 즐거운 게 노래라면 도와 레를 전혀 구별하지 않는 무진이야말로 최고의 가수였다.

왜소한 몸집의 C는 대중의 조명을 받는 연예인과는 거리가 먼 평범한 성격에 평범한 외모였다. 그를 주목하는 이도 없었고, 늘 기타를 메고 다녔지만 거기에 관심을 두는 이도 없었다. 그런 C를 눈여겨보며 그의 노래를 대중의 노래로 우뚝 세운 것은 무진이었다. 노래는 음치였지만 그가 쓴 가사가 C의 가창력에 의해 대중의 마음을 사로잡은 것이다. 무명의 세월이 무색하게 C는 입을 열기만 하면 모든 것을 달라지게 만들었다. 그가 노래를 시작하면 사람들은 마치 길가에 떨어진 보석이라도 발견한 듯 그를 향해 모여들었다. 보잘것없는 범부에 불과했던 C가 노래 하나로 일어서는 일은 계속되었고, 그런 C를 무진은 지극한 눈길로 바라봤다. 마치 공들여 만든 작품을 보는 예술가처럼 C를 바라보는 무진의 눈길은 그윽하고 간절했다. 마치 모든 것을 다 바쳐서 걸작 하나를 빚어내듯 C에 대한 무진의 정성엔 밤낮이 없었다. 그렇게 C가 떠오르자 무진 또한 따라서 빛나기 시작했다. 거리 공연으로 시작했던 C의 콘서트는 급기야 예매가 시작되자마자 매진되기 일쑤였다. 그랬던 C가 목숨을 끊었다는 사실은 도저히 이해하기 힘든 미스터리였다. 아무리 생각해도 자살할 이유가 없는 사람이 C인 것이다.

"이렇게 가다니. 도대체 이렇게 가버리고 말다니. 한 사람의 죽음이 내겐 이 세상 전체의 죽음으로 다가온다. 아……"

무진은 그렇게 음유시인처럼 탄식했다. 그런 무진의 낭만적인 탄식이 오히려 C의 죽음을 비현실적이고 가식적으로 만드는 것 같아 하유는 내심 못마땅하기까지 했다. 그러나 그런 하유의 생각과 달리 한 사람을 잃어버린 뒤 얼마나 충격을 받았던지 무진은 정말 세상 전체를 잃어버린 듯 삭발하고 출가를 감행했다.

"고생도 끝나고, 막 떠오르기 시작했잖아요. 음반도 나가고, 돈도 들어오기 시작했는데 정말 무슨 이런 일이 있냐고요."

하유 또한 납득할 수 없긴 마찬가지였다. 지금이야 불법 다운로드니 스트리밍이니 하는 것들로 인해 음반시장이 죽어버렸지만 그때만 해도 음반이 팔리던 시절이었다. 소외된 젊은이들을 대상으로 백번째 콘서트가 개최된다는 기사가 스포츠신문에 실리던 날 C는 스스로 목숨을 끊었다.

"화장을 한 뒤 재 속에서 사리가 나왔어. 정말 이상한 일이지. 노래하는 가수가 절간에 앉아 도를 닦은 것도 아닌데 말이야. 얼마나 가슴을 끓였으면 그랬을까. 얼마나 속이 터졌으면 이렇게 사리가 되도록 응어리가 맺혔을까."

"우연이겠지요. 그게 무슨 사리이겠어요."

"우연은 무슨 그런 우연이 있어. 재 속에서도 타지 않고 분명히 살아 있었는데."

C의 유골에선 놀랍게도 다비茶毘를 한 고승의 몸에서나 나올 법한 사리가 나왔다. 그러나 그것이 사리라는 걸 알아차린 사람은 무진밖엔 없었다.

깨달음의 결정체로 알려져 있는 사리에 대해선 몸속에 있는 금속 이온이 산화되어 나온 결정물이라 평가절하하는 이도 있다. 반면에 생체에 유용한 생명 물질인 미네랄이 사리의 주성분이며 반복적인 수행의 결과물이라 말하는 사람도 있다. 담석이나 결석 같은 것이라는 냉정한 평가가 있는가 하면, 강철보다 경도가 높은 특수 물질이라는 분석도 있는 것이다. 그러나 분석의 결과가 어떠하건 무진은 그것이 특별한 정신적 행위의 결과물이라는 걸 의심하지 않았다. 조그만 돌조각 같은 그것들은 대략 여자 새끼손톱보다 작은 크기였는데, 유골을 항아리에 담던 무진은 사리 몇 과를 수습해 품

속으로 넣었다.

"그런데 이상한 꿈을 꾸었어."

"이상한 꿈을 꾸다니 무슨 꿈이요?"

"꿈에 그 친구가 보였어."

"꿈에 보였다고요? 언제요?"

"죽기 바로 전날 밤, 아니 그날 새벽이야. 그 전날 다른 일이 있어서 서로 못 만났거든."

하루도 빠지지 않고 붙어 지내던 두 사람이었다. C의 모든 스케줄과 공연 준비를 무진이 도맡아 했고, 그런 무진의 심부름을 하느라 하유까지 덩달아 바쁘던 시절이었다.

"그러니까 죽기 전날 밤 날개 형이 꿈에 나타났다 그 말이에요?"

날개는 C의 애칭이었다. 노래를 자신의 날개라 부르며 C는 무대에 서는 것을 새가 활짝 날개를 펴는 것이라고 말하곤 했다.

"그래. 꿈에 그것도 아주 생생하게. 이거 우연의 일치일까?"

"무슨 말이라도 했어요? 뭐라 그랬어요?"

"쫓기고 있었어."

"쫓겨요? 누구에게요?"

"그건 말할 수가 없어. 누가 자기를 죽이려고 한다고 소리를 지르다가 칼에 찔렸어."

넘어진 C는 피를 쏟았고, 꿈이지만 무진은 칼 든 자의 얼굴과 마주치는 순간 소스라치듯 놀랐다.

"말할 수가 없다니 그건 왜요?"

"아는 자였으니까."

"아는 사람?"

"그래. 그래서 말할 수가 없는 거야. 꿈이 현실로 나타났는데 어떻게 그자가 누구인지 말할 수 있겠냐."

꿈에서 깨자 식은땀이 났다. 속옷은 젖어 있었고, 버둥거리며 발길질을 하는 바람에 옆에 놓아둔 컵이 떨어져 산산조각이 났다. 새벽 세시였다. 너무나 생생한 꿈이었고, 칼 든 자의 표정 하나하나가 선명하게 느껴졌다. 전화를 걸어야 할지 말지를 망설였다. '무슨 개꿈을 꾸고 새벽에 전화까지 하고 그래', 핀잔을 줄 것이 분명한 C를 떠올리자 당혹스러웠다. 부음이 날아온 것은 몇 시간 뒤였다.

"개꿈이에요 형. 시신에 외상이 있는 것도 아니고, 칼에 찔렸다면 상황과 꿈이 맞지도 않는걸요."

그러나 무진의 생각은 달랐다. 자기가 꾼 꿈이 어쩌면 꿈이 아닐지도 모른다고 생각했다. C가 스스로 목숨을 끊었다는 것이 사실이라 해도 꿈에서 본 그 돌발적인 장면 또한 또다른 차원의 현실일지 모른다는 생각이 든 것이다. 현실과 환상이 따로 떨어져 존재하는 것이 아니라 차원만 달리 할 뿐 동시에 일어나는 현상일지 모른다는 것이 무진의 생각이다. 그것은 물론 물리적 상식을 벗어난 무진만의 상상이었다. 그런 상상을 세상은 망상이라 부른다. 우리가 살고 있는 이 3차원의 세계에선 차원을 달리하는 많은 것들이 망상으로 분류된다.

그날 이후 무진은 과거, 현재, 미래가 마치 굴러가는 삼륜차의 바퀴처럼 동시에 진행되고 동시에 일어나는 것이라 믿기 시작했다. 심지어 그는 C가 삶의 다른 차원에선 죽은 것이 아닐 수도 있다는 생각까지 했다. 그 일을 계기로 무진은 눈앞의 현실 너머 새로운 차원의 현실이 감춰져 있다고 믿기 시작한 것이다. 3차원의 세계에서 C는 스스로 목숨을 끊었지만, 보이지 않는 또다른 차원의 세상에서 그는 누군가에게 살해당했다는 것이다. 있을 수 없는 일이다. 그러나 무진은 자신이 꾼 꿈을 또하나의 현실로 받아들였다. 그렇게 받아들이자 꿈속의 살인자와 C 간에 얽혀 있는 인과관계가 파악되었다. 무진이 파악한 둘의 인연은 인연이라 부르기도 끔찍한 악연이었다. 켜켜이 쌓여 있는 카르마, 그리고 그 업의 결실인 업보業報가 무슨 이유에선지 모르지만 무진의 눈앞에 저절로 펼쳐진 것이다.

"미안마, 오신 게 꽤 되었죠? 언제부터 있었어요, 도사님?"

승려가 된 무진(무진이라는 이름은 법명이다. 출가를 하면서부터 쓰게 된 이름이다)을 계속 형이라고 부르기가 망설여져 언젠가부터 하유는 그를 도사님이라고 불렀다.

"비승비속의 내가 걸릴 것이 있나. 어디나 가는 곳이 내 집이니 언제부터 있었던 것인진 나도 모르지."

"모른다는 건 말이 안 되잖아요."

"넌 그럼 네가 언제부터 있었던 건지 아냐?"

"나야 뭐 여기 온 게 얼마 안 됐죠."

"그거 말고."

"그거 말고라니요?"

"우리가 언제부터 이 우주에 존재한 것인지를 알고 있냐 그 말씀이야."

"그걸 어떻게 알겠어요."

"그래 그걸 아는 사람은 없어. 엄마 뱃속에 있던 그 이전부터 어딘가에 있었을테니까. 그런데 선가禪家에선 온 곳도 간 곳도 없다고 하지."

"무슨 뜻이에요?"

"우연히 기독교 찬송가를 들었는데, 노랫말 중에 시작도 없으시고 끝도 없으시고라는 구절이 있더라고. 그것과 비슷한 말이지. 원래 존재했다는 거야. 무슨 시작이나 끝이 있는 게 아니라."

선문답 같았다. 삭발을 하고 한동안 치열하게 계율을 지키는 듯했지만 언젠가부터 무진은 다시 음주가무에 걸림이 없는 자칭 반승반속半僧半俗, 즉 절반은 승려고, 절반은 세속에 있는 듯한 삶을 살았다. 중도 속도 아니라는 뜻의 비승비속이라는 말 또한 마찬가지 뜻이었다. 그러나 여전히 닦아야 할 뭔가가 남았다는 건지 승복을 입은 채로 그는 양곤에 있는 명상 센터를 찾아 도를 닦고 있는 것이다.

"다 해진 승복을 왜 입고 있냐고? 도 닦는 데 필요해서지. 그렇다면 도는 왜 닦느냐고? 깨닫기 위한 거지."

입고 있는 승복을 손가락으로 가리키며 무진이 껄껄 웃는다.

"그만하면 알 만한 건 다 아는데, 도대체 뭘 깨닫는다는 거예요?"

"깨달음이 뭐냐고 한마디로 정의하라고 하면 난 이렇게 말하지. 깨달을 것이 아무것도 없다는 사실을 깨닫는 것이 깨달음이라고."

농담을 하듯 무진은 그렇게 말했다. 그러나 하유에게 그런 소리는 여전히 낯설기만 했다. 나름대로 세상의 풍파를 일찍 경험한 하유는 깨달음이니 뭐니 하는 말은 대부분 말장난이거나 배부른 이들이 하는 잠꼬대 같은 것이라 여겼다. 개량 한복 걸쳐 입고 말총머리를 한 채 엄숙한 표정을 짓고 다니는 사이비 도인들이나, 남들에겐 집착을 끊으라고 가르치면서도 정작 자신은 세속적 이익에 집착해 싸움질이나 하는 종교인들을 보며 하유는 '배부른 놈들이네' 하고 비웃음을 던지곤 했다.

그러나 하유의 삶에 무진이 미친 영향은 적지 않다. 미얀마만 해도 그렇다. 미얀마에서 무진을 만남으로써 하유는 일자리까지 얻게 된 것이다. 머무는 동안 하유는 점점 더 미얀마라는 나라에 매력을 느꼈다. 그 매력의 한쪽엔 도대체 이 더운 나라까지 와서 무진이 얻으려 하는 것이 뭔가? 하는 궁금증도 섞여 있었다.

대승불교로 분류되는 한국이나 중국과 달리 미얀마는 태국, 스리랑카와 함께 소승불교권에 속하는 국가다. 그 소승불교의 대표적 수행법인 위빠사나를 배우러 무진은 여기 온 것이다. 화두를 들고 그 화두를 깨치기 위해 평생을 노력하는 대승불교의 선禪과 달리 관찰수행이라 불리는 위빠사나는 매순간 자신의 일거수일투족을 지켜보며 마음을 챙기는 수행법이다.

"숨을 들이마실 땐 일어나고, 내쉴 땐 꺼지는 배의 움직임에 주의를 집중해봐. 그렇게 호흡의 들어가고 나가는 것을 알아차리며 마음 챙김을 하는 게 위빠사나 수행이야. 사티라고 부르는 알아차림의 힘이 커지면 매순간 변화하는 자신의 마음을 통제하는 힘도 커지게 되지."

무진의 권유에 따라 하유 또한 위빠사나를 따라 하며 희열을 느낀 적이 있다. 호흡을 지켜보며 배의 일어남과 꺼짐에 집중하는 순간 잡념이 줄어들며 마음이 고요해졌던 것이다.

"그러니까 위빠사나도 일종의 명상이군요?"

"그렇다고 할 수 있지. 명상이 뭔지 정의를 내리기는 힘들지만, 마음이 고요해진다는 결과를 놓고 보면 같은 것이지. 마음이 고요해진다는 것은 원숭이처럼 날뛰는 내 마음을 조절하고 통제할 수 있는 힘을 얻게 된다는 말이지. 복잡한 생각을 내려놓거나 비우게 하는 것이 명상이야."

"생각을 비우게 한다고요?"

"그렇지. 생각, 즉 번뇌와 망상을 사라지게 하는 것이 명상이라고 할 수 있어. 특히 미국 같은 곳에서는 위빠사나가 얼마나 보편화되었는지 명상을 뜻하는 메디테이션meditation이라는 말이 아예 마인드풀니스mindfulness, 즉 마음 챙김이라는 말로 통용될 정도야. 명상을 하면 뇌의 파장이 달라져. 그래서 고요하게 느껴지는 것이지."

명상 상태에서 나타나는 뇌파는 초당 4~8회 정도의 느린 파장을 가지고 있는 세타파다. 마음이 고요해진 상태에서는 뇌의 주파수 또한 낮아지니 뇌파를 조절하는 훈련이 명상이라 하는 것도 틀린 말은 아니다. 세타파 상태에선 통찰력이 발휘되거나 창조력이 커진다. 명상 상태에서 불현듯 창의적인 아이디어가 떠오르거나 풀리지 않던 문제에 대한 해결책이 떠오르는 것은 이 때문일 것이다.

"마음이 고요해지면 모든 걸 바로 알아차릴 수 있게 되지. 그래서 호흡을 지켜보면서 마음에 일어나는 것들을 알아차리려고 노력하는 거야. 알아차리는 순간 번뇌로부터 해방될 수 있으니까.

"뭘 알아차린다는 거죠?"

"예를 들어 화가 나는 순간 사람들은 화와 하나가 되어 자신을 잃어버리게 돼. 그런데 알아차린다는 말은 화가 나는 바로 그 순간 자기가 화를 냈다는 사실을 자각하는 거야. 화에 빠지지 않고 그 순간을 알아차렸다고 생각해봐, 어떻게 될까? 알아차린 상태에서 내는 화는 크기가 줄어들거나 사라지거나 아예 안 나게 되는 것이지."

명상이 앉아서만 하는 것이 아니라는 사실을 하유는 거기서 처음 알았다. 지극히 느린 걸음으로 걷거나, 온종일 앉은 채 자기를 지켜보고 있는 사람들을 보며 하유는 딴 세계에 온 것 같았다. 모든 것이 슬로비디오였다. 주변의 모든 것이 느릿느릿 흘러갔고, 천천히 걷거나, 천천히 먹거나, 천천히 움직이며 사람들은 내면의 뭔가를 주시하고 있었다. 날씨는 더웠고, 모기들은 수행자와 비수행자를 차별하지 않고 공평하게 침을 놓았다. 붓다는 일체 만물에는 다 불성이 있다고 가르쳤다. 미물이건 만물의 영장이건 간에 불성엔 차별이 없다는 것이다. 그런 붓다의 가르침을 철저히 실천하려는 것인지 미얀마의 모기들은 차별없이 날아와 빨대를 꽂았다.

치마 같은 하의를 입은 미얀마 남자들처럼 무진도 치마를 입은 채 천천히 걷거나 느릿느릿 행동했다. '승복은 어디다 벗어두고, 저 속에 팬티는 입고 있으려나?' 삭발한 머리에 헐렁한 남방 같은 상의 하나만을 걸친 채 미얀마식 치마를 입은 무진에게선 수행자라기보다 왠지 수컷 냄새가 났다.

"그러니까 자신의 움직임을 하나하나 알아차리려고 그렇게 느리게 행동하는 것이군요?"

"그렇지. 이곳에선 모든 게 느리게 흘러가잖아. 정신없이 빠르게 행동해야 하는 도시에서의 삶이 우리를 지치게 하는 것은 알아차림이 빠져 있기 때문이야. 느리게 자신의 일거수일투족을 알아차림 하며 살면 아마 정신적인 피로는 없어질 거야. 무의식중에 하는 생각들이 우리의 삶을 지배하고 있어. 무심코 밥을 먹고, 무심코 화를 내고, 무심코 욕망하며 인간은 그렇게 무심코 살고 있어. 무심코라는 그 말은 마음이 정작 마음의 주인인 나의 통제를 벗어나 제멋대로 날뛰고 있다는 말이지. 무심코 말하고 행동하는 모든 것을 나 자신의 통제 속에 두려고 하는 것이 알아차림이고 마음 챙김이야. 어려운가?"

어려웠다. 그러나 더 하유를 이해시켜야 할 이유는 없다는 듯 무진은 다시 시선을 내면으로 돌렸다. 미얀마 전통 의상인 치마를 입고 맨발로 걷는 남자들이 느릿느릿 하유의 눈앞을 지나갔다.

"그런데 이렇게 해서 얻을 수 있는 게 뭐죠?"

궁금함이 풀리지 않은 하유가 다시 무진에게 묻는다.

"뭘 얻을 수 있느냐고?"

"네. 이런다고 뭐가 찾아질 것 같지도 않은데 뭣 때문에 이 더운 곳까지 와서 이래야 하는지 의문이 생겨요."

실제로 그랬다. 달려드는 모기와 갈증을 참거나, 쏟아지는 졸음을 견디며 저렇게까지 해야 하는 이유가 단지 마음이 고요해지는 순간 짧게 느꼈던 그 희열 때문이라면 하유는 그 희열을 사양하고 싶었다.

"죽음을 넘어서고 싶어서 그러는 거야."

언뜻 무진의 입가에 비치는 미소를 하유는 냉소라고 느꼈다. 말은 그렇게 하지만 어쩌면 그는 죽음 앞에 좌절하고 있는 것인지도 모른다. 면도를 안 한 것인지 수염이 까칠한 그의 미소를 보며 하유는 그가 왠지 세속적인 가치를 비웃고 있다는 생각이 든 것이다.

"죽음을 넘어서고 싶어한다는 것은 결국 죽음이 두렵다는 말이지. 두카, 즉 모든 고통의 밑바닥엔 두려움이 있어. 그리고 그 두려움의 밑바닥엔 죽음이 있다는 게 내 생각이야."

어머니의 죽음 이후 해외를 떠도는 것이 안쓰러운지 무진은 하유에게도 명상을 해보는 것이 어떻겠느냐고 권유했다.

"생사불이, 삶과 죽음이 둘이 아니라고 불가에서는 말해. 경전에 나오는 말이니 틀린 건 아니겠지만, 스스로 확인해봐야 하지 않겠니? 확인의 방법으로 나 같은 이는 이런 수행을 택한 셈이야. 너도 한번 시도해보는 건 어때?"

"그게 어디 아무나 할 수 있는 것이겠어요."

"그냥 내가 하라는 대로 따라서 해봐. 그러다보면 알게 될 거야."

그길로 하유 또한 한동안 그곳에 머물렀다. 양곤에 있는 명상 센터였다. 한국인들이 자주 찾는 곳으로, 짧은 일정의 수행 프로그램도 준비되어 있다. 미얀마의 민주화가 시작되고, 연금 상태였던 아웅 산 수 치가 막 활동을 재개할 무렵이었다. 그러나 미리와 처음 만났을 당시 하유는 이미 명상 센터를 떠난 상태였다. 모기가 달려들어 피를 빨아도 내려쳐 죽일 수 없다는 그곳의 계율이 불편했기 때문이다.

쉐다곤

미리를 처음 만난 것도 미얀마에서였다. 양곤의 대표적인 성
소^{聖所}인 쉐다곤 파고다에서 그녀를 처음 만난 것이다. 양곤 시내
어디서나 보이는 높은 언덕에 있는 쉐다곤의 쉐는 황금을 뜻하는
말이다. '황금 탑의 언덕'이라는 뜻을 가진 쉐다곤은 탑의 외벽이
온통 황금으로 장식되어 있다. 온통 황금빛 천지인 그곳에서 하유
는 혼자 온 미리와 만나게 된 것이다. 발바닥에 난 상처 때문에 절
룩거리고 있는 미리를 발견한 순간 하유는 왠지 그녀에게 끌려 말
을 걸었다.

"맨발로 다니기 힘들죠?"

"쉐다곤이 정말 대단하군요."

힘드냐고 묻는데 돌아온 대답은 엉뚱했다. 아는 사람에게나 말
하듯 자연스럽게 대꾸하는 여자의 맨발이 불빛 아래 조그맣다. 그

옛날 맨발로 다닌 붓다를 기리기 위해 미얀마의 유적지는 모두 신발을 벗어야 입장할 수 있다.

"낮에도 좋지만 쉐다곤은 야경에 감탄하는 분들이 많지요. 일회용 밴드가 있는데 드릴까요?"

가방 속 밴드를 찾으며 하유가 친절하게 말을 건넨다. 친절은 어느새 몸에 붙은 가이드의 습관이다. 엄청난 규모의 쉐다곤 파고다 경내는 규모만으로도 압도된다. 외벽이 모두 황금으로 장식되어 있는 중앙의 탑은 높이가 백 미터나 되고, 꼭대기엔 루비나 사파이어, 에메랄드, 다이아몬드 같은 보석이 촘촘히 박혀 있다.

"탑 외벽을 바른 황금을 무게로 재면 54톤이나 된다고 해요. 꼭대기에 박혀 있는 다이아몬드만 수천 개죠. 자그마치 1,800캐럿이라니 정말 어마어마한 규모입니다."

밴드를 내어주며 하유가 탑을 설명한다. 여자의 눈길이 하유의 목에 걸린 가이드용 아이디카드를 훑어본다. 카드엔 컬러로 찍은 하유의 사진과 이름이 영문으로 적혀 있다.

"그 다이아몬드를 보러 여기까지 온 거예요. 탑 꼭대기에 박혀 있는 73캐럿짜리 다이아몬드 말이에요. 기적 같은 일이잖아요. 그 자체가 미러클이에요."

미러클이라는 말이 하유의 마음을 건드렸다. 탑 쪽을 올려다보는 여자의 눈동자가 다이아몬드처럼 반짝거리고 있다.

"그러고 보니 미러클이라는 말이 틀린 건 아니군요. 저렇게 큰 다이아몬드를 신앙심 하나로 탑 꼭대기에 박아놓을 생각을 했으니."

"사실은 존재한다는 것 자체가 기적이에요."

"네?"

"그렇게 생각하지 않으세요? 이렇게 우리가 광활한 이 별에서, 그것도 미얀마라는 이역만리에서 만나 탑 위의 저 다이아몬드에 대해 이야기를 나누는 것도 기적 같지 않으세요?"

서슴지 않고 '우리'라는 표현을 쓰는 여자를 대하자 하유의 마음엔 물감이 퍼지듯 번져나가는 것이 있다.

"그러고 보니 그렇군요."

"이렇게 어마어마한 파고다를 조성한다는 것도 기적이 아니고선 불가능한 일이었을 거예요. 마치 눈부신 구름 속에 성모마리아가 발현해 아무것도 없던 공간에 거대한 성당 하나를 만들어내듯이."

꿈을 꾸는 사람같이 미리가 독백했다. 누가 곁에 있다는 사실을 전혀 의식하지 않는 듯한 표정이다. 꿈꾸는 눈동자가 파고다의 꼭대기를 올려본다.

"불교 신자가 아니신가 보군요?"

"네."

"가톨릭이신가요?"

"한때는."

"한때라니 그럼 지금은 아니군요."

"기적을 믿고, 추종하지만 전 종교에 매이진 않아요. 뭘 모를 땐 성당에 열심히 다니기는 했지요. 그러나 지금은 이렇게 불교 유적지에 와 있잖아요. 종교가 다르다는 건 단지 서로 걸치고 있는 의상의 차이 정도일 뿐이에요."

"뭔가에 실망해서 무신론자가 된 건가요?"

하유는 문득 종교를 바꾼 아버지 생각을 했다. 정말 종교를 바꾼 것이 맞는다면 아버지는 뭔가에 실망해서 그랬을 것이다.

"그건 아니고요. 살아가다보니 저절로. 구태여 말하자면, 가끔 신이 있을지도 모른다고 생각하는 유신론적 무신론자로 바뀌었어요. 신보다 저는 별을 믿는 사람이에요."

"별을 믿는다? 재미있네요. 쉐다곤은 불교 유적지인데도 여기 오면 종교와 상관없이 거대한 다른 세계에 온 것 같긴 해요."

불교에 대한 지극한 공경심을 드러내는 탑들이 숲을 이룬 바간의 평화로움과 달리 쉐다곤은 웅장함으로 보는 이를 압도한다. 그러나 어마어마한 황금으로 왕국을 이룬 쉐다곤에 올 때마다 하유는 자기가 낯선 별 어딘가에 불시착한 우주인같이 느껴진다.

"바간엔 가보셨나요?"

"아직요. 미얀마에 도착하자마자 여기부터 왔어요. 미얀마에 온 목적이 다이아몬드에 있기 때문이에요."

"다이아몬드라고요? 저 탑 꼭대기에 있는 것 저것 말인가요?"

"네."

"설마 보석 장사라도 하시나요?"

"그건 아니고요. 탑 꼭대기에 박힌 다이아몬드의 크기에 반해서 왔어요. 루시라는 별 아시죠?"

"다이아몬드로 되어 있는 별, 알아요."

비틀스의 노래로부터 유래된 이름이다. 온통 다이아몬드로 이루어져 있다는 루시는 2004년 스미소니언 천체물리학 센터에서 발견했다. 직경이 무려 4,000킬로미터나 된다는 이 거대한 다이아몬드 별은 중심의 수소와 헬륨이 다 타버린 뒤 순수한 탄소결정체로 굳어졌다. 지구에서 오십 광년이나 떨어진 별자리인 켄타우루스자리에 있는 별이다.

"루시까지 갈 순 없잖아요. 그래서 여기 온 거예요. 하늘과 가장 가까운 자리에 있는 다이아몬드를 보려고요."

엉뚱했다. 그러나 그 엉뚱함에 하유는 점점 더 흥미를 느낀다.

"그렇군요. 중앙에 박힌 저 다이아몬드는 정말 엄청난 크기지요. 탑의 높이가 백 미터나 되니 하늘과 가장 가까이 있는 다이아몬드라는 말은 맞아요."

"제가 있던 별에서도 보일지 몰라요."

이어지는 엉뚱한 대구에 하유는 고개를 갸우뚱한다.

"다른 별에서 오시기라도 한 것처럼 말하네요?"

"아마도. 아마도 그럴 거예요."

드라마를 많이 본 탓인가 아니면 멘탈이 안드로메다인가? 여자의 엉뚱한 대꾸에 하유의 멘탈도 따라서 흔들린다.

"알고 보면 저 탑도 우주에 대한 공경심으로 세워진 거예요."

"우주에 대한 공경심이라고요?"

"네."

정말 재미있는 여자네, 라는 생각에 은근한 장난기가 발동한다. 우주라고는 코스모스라는 단어밖에 떠오르는 게 없는 하유였다.

"그래도 미얀마가 불교 국가니까 우주에 대한 공경심이 아니라 부처님에 대한 공경심이라고 하는 게 옳지 않을까요?"

"알고 보면 부처도 별과 무관하지 않아요."

"별과 무관하지 않다니? 부처님이 우주인이라도 된다는 말입니까?"

여자는 부처라 하고, 하유는 님 자를 붙인 부처님으로 붓다를 호칭한다. 대부분이 불교 신도인 관광객을 상대하는 가이드 입장에선 존칭을 하는 것이 당연한 일이다.

"가이드시니까 인도의 보드가야 가보셨겠죠?"

웃음기를 띠고 있지만 여자의 멘탈은 안드로메다라고 단정하기엔 진지하고 단정하다.

"거기 가면 석가모니가 그 아래서 깨달음을 얻었다고 하는 거대한 보리수나무가 있어요. 물론 지금의 그 나무는 원래 나무의 손자의 손자쯤 되는 나무겠지요. 그 나무 아래서 석가모니는 새벽별을 보며 깨달음을 얻었어요. 그러니 부처가 별과 무관하지 않은 것은 사실이잖아요."

"그렇다고 부처님이 별에서 오신 건 아니잖아요?"

"아니요. 석가모니는 어쩌면 별에서 온 건지도 몰라요."

"별에서 왔다니? 그럼 외계인이라도 된다는 말인가요?"

"Maybe."

상처에 밴드를 붙인 뒤 여자는 탑 위의 다이아몬드를 관찰하기 위해 망원경을 꺼내든다. 어둠 속에서 다이아몬드를 찾기란 쉽지 않겠지만 여자는 눈을 망원경에 밀착시킨다.

"쉐다곤의 이 대단한 스투파들도 사실은 시리우스별 같은 외계에서 온 사람들이 만든 것일 수 있어요. 아니면 어떻게 그 옛날에 무슨 기술로 저렇게 대단한 탑을 쌓았겠어요. 이집트의 피라미드가 그런 것처럼요. 사람들은 모르지만 지구 여기저기에 별에서 온 사람들이 살고 있어요. 시리우스나 오리온에서 온 스타차일드starchild들이 많아요."

망원경을 눈에 댄 채 여자가 말했다. 소형이지만 고배율인 단망경이다. SF소설을 많이 읽은 것인가? 스타차일드니 스타시드starseed니 하며 외계인의 혈통을 가진 사람들이 지구인에 섞여 있다고 하는 이야기를 하유도 들은 적이 있다. 지구의 영적 성장을 위해 왔다는 외계인 이야기를, 그러나 하유는 한쪽 귀로 듣고 한쪽 귀로 흘렸을 뿐이다.

천불동

미리를 만난 이야기를 하자 무진은 대뜸 "재미있는 여자를 만났군. 그 여자 놓치지 마"라고 했다.

"놓치지 말라니요?"

"붙잡으라는 말이지."

"어떻게요?"

"어떻게는 네 재주고, 왠지 너하고 인연 있는 여자 같거든. 어쩌면 하유 네가 가야 할 길을 비춰줄 수 있는 상대인지도 몰라."

"왜 그렇게 생각하시죠?"

"순전히 내 직관이야. 많은 사람들을 경험하며 터득한 직관. 그런데 환상 속에 빠져 있는 걸 보면 그 여잔 아마 4번 같아."

무슨 말인지 알 수 없었다. 갑자기 사람에게 번호를 붙이는 무진의 말에 하유는 조금 당황스러웠다.

"4번이라니요? 무슨 야구선수도 아니고 그게 무슨 말이에요?"

"넌 아마 9번일 거야."

"뭔 말인지 모르겠지만, 번호로 불린다는 건 별로 기분좋은 일은 아니군요."

"오해하지 마. 사람에게 번호를 매기는 것이 아니라 인간의 성격을 아홉 개의 유형으로 나누고 1번 유형부터 9번 유형까지를 분류한 거니까. 예를 들어 누군가로부터 소외되거나 버림받았을 때 넌 어떤 반응을 보였는지 한번 생각해봐. 네가 9번 유형이라면 아마 불쾌했던 그 생각을 하지 않으려고 애쓰며 그걸 기억하는 것 자체를 회피했을 거야. 어쩌면 아예 소외나 버림으로 인식하지 않았을지도 몰라. 그럼으로써 내 앞에 일어난 사건을 마치 내 일이 아닌 양 여기거나 심각하게 보지 않으려 하는 거지. 모른 척하거나 대수롭지 않은 일이라며 스스로를 설득해 기억 속에서 그 일을 지워버리려 하는 게 9번 유형의 태도야."

설명을 들으니 그럴듯했다. 번호를 붙인다는 것 때문에 내키지 않던 마음이 물러나며 하유는 호기심을 느낀다.

"성격 유형과 관계없이 다 그런 것 아닐까요? 기분 나쁜 일은 얼른 잊으려 하는 게 인간이잖아요."

"네가 그렇다고 다른 사람도 다 그럴 것이라고 생각해? 사람마다 반응과 대처하는 법이 다 달라. 어떤 이들은 잊기는커녕 두고두고 그 일을 곱씹으며 앙갚음하려고 벼르지."

"그럼 무진 형같이 도사가 다 된 경우는 어떠세요. 도사님은 버림받으면 어떻게 해요?"

"그러니까 나 같은 7번 유형, 아 그렇다고 내가 7번 유형의 특징을 그대로 드러내는 건 아니야. 때로 난 내가 4번 유형처럼 느껴질 때도 있어. 어쩌면 실제로는 4번 유형일 수도 있고 말이야. 네 말마따나 지금은 도사잖아. 도사들은 성격 유형의 특징이 많이 감추어진 상태가 돼. 마음 공부의 진도가 좀 나가게 되면 성격이 가지고 있는 함정으로부터도 어느 정도 벗어나게 된다는 말이지."

자신의 말에 도취된 무진을 하유는 물끄러미 바라본다. 한번 믿기 시작하면 자기가 믿고 있는 그것을 진실이라고 확신하는 무진에 비해 하유는 어떤 믿음이건 소극적이다.

"그러면 도사님 같은 7번은 버림받으면 어떻게 반응해요?"

"글쎄 7번인지, 4번인지 분명하진 않지만, 사실 웬만큼 갈고닦았다고 해서 유형의 특징이 완전히 수면 아래로 가라앉는 것은 아니야. 위기나 돌발적인 상황에선 자기가 원래 가지고 있는 힘에 끌려가는 경우가 많으니까. 예를 들어 그 여자 같은 4번 유형이 버림받았을 때 취하는 반응은 자기 처지를 비관하는 경우가 많아. 버림받은 상황에 저항하며 세상을 염세적으로 보는 거야. 상황이 심각할 땐 자살을 생각하는 경우도 있어."

"날개 형이 4번 유형인가 그럼?"

"그럴 수도 있지. 그렇지만 자살을 했다고 해서 다 4번 유형은 아니야. 4번보다 날개는 1번 유형일 가능성이 많아."

"1번은 또 뭐예요?"

"곧이곧대로 가는 성격. 한번 믿었다 하면 끝까지 믿는 스타일이지. 곧은 성격이지만 융통성이 부족하다는 소릴 들을 수도 있어."

그러고 보니 C가 딱 그 유형이었다. 기타만 해도 같은 회사에서 제작된 기타만 끝까지 고집했다. 옷 또한 한 가지 브랜드만 줄기차게 입었다. 유명해졌고, 주머니 사정이 넉넉해졌지만 C의 의상은 변함이 없었다. 머리를 자르는 것만 해도 마찬가지였다. 기어코 예전에 다니던 그 골목의 이름 없는 미용실을 찾아가 머리를 자르곤 했다.

"아마 날개가 4번으로 보이기도 했던 건 그만큼 뭔가로부터 스트레스를 받고 있었기 때문일 거야. 스트레스 상황이 되면 1번들은 절제력 강한 모습에서 벗어나 퇴폐적이고 로맨틱한 4번 유형의 일면을 닮고 싶어하거든."

"그건 나도 마찬가진데?"

"하유 너하곤 좀 달라."

"어떻게 다른 건데요?"

"날개 같은 1번 유형들은 자기가 믿는 것에 대한 신뢰를 거둬들이는 것을 가장 힘들어해. 그건 자기부정이나 마찬가지니까. 그래서 머리카락 하나 자르는 것도 그렇게 처음 마음에 들었던 미용실만 줄기차게 갔던 거야. 어떻게 보면 그건 믿음이 아니라 고집일 수도 있어. 믿었던 것에 대한 배신을 겪는 순간 1번들은 세상이 끝나는 줄 알지. 네 안에도 그런 속성이 있겠지만 대체로 너 같은 9번들은 날개 같은 유형을 속속들이 이해하긴 쉽지 않아. 물론 알면서도 모르는 척하는 것일 수도 있지만."

인간의 성격 유형을 분류한 프로그램인 에니어그램에선 하유 같은 9번 유형은 삶이 인간에게 던지는 도전에 적극적으로 반응하지 않는 듯한 태도를 취한다고 말한다. 적극적인 반응을 보이지 않음으로 해서 그들은 마주친 상황으로부터 영향받지 않으려 한다는 것이다. 하유가 한국을 떠나 이국을 떠도는 것도 어쩌면 그런 성격 탓인지도 모른다. 맞서서 극복하기보다 회피함으로써 그 상황을 잊어버리려는 마음 같은 것 말이다.

"그럼 4번 유형이나 9번 유형이 아닌 또다른 유형들은 버림받은 일에 대해 어떤 태도를 취하나요? 불쾌하다거나 섭섭하다거나 아니면 괘씸한 감정은 다 비슷할 것 같은데요?"

"비슷하지. 성격이 다르다고 해서 뜨거운 불을 뜨겁지 않다고 여기는 사람이 없는 것처럼. 그러나 끌려가는 힘의 중심은 차이가 나. 꼭 같은 상황에서도 반응이 달리 나오는 것은 그 반응을 이끌어내는 힘의 중심이 어느 쪽으로 쏠려 있는지 그 차이 때문이야. 똑같이 욕을 먹었는데도 어떤 이는 허허, 웃어넘기며 잊어버리는 이가 있는가 하면 어떤 이는 마음속으로 벼르다가 기어코 복수를 하지."

"저는 복수하는 쪽은 아니에요."

"그렇지 9번 유형이 벼르며 복수하는 경우는 드물어. 그러나 2번 유형 같은 성격은 평소엔 부드럽고 친절한 사람인데도 버림을 받으면 돌변해. 당장에 어떻게 못할 상황이라면 마음에 꼭꼭 넣어둔 채 숨겨두고 있다가 반드시 앙갚음을 해."

미리 이야기를 하다가 화제의 중심이 다른 쪽으로 흘러갔다. 하늘과 가장 가까운 곳에 있는 다이아몬드를 보기 위해 쉐다곤까지 왔다던 그녀의 말을 떠올리며 하유는 그녀도 명상에 관심이 있었던 것을 기억한다. 그날 이후 다시 만났던 양곤 시내의 음식점에서 그녀는 미얀마의 명상 센터에 대해 이것저것 물어봤던 것이다.

"그 여잔 아마 4번 유형일 가능성이 많아. 4번들은 두드러지는 행동을 해서 구별하기가 쉬워. 많은 4번들은 지나치게 개성적이라 괴팍하거나 황당하게 보이기도 하니까. 감정의 기복이 심해 조울증 환자같이 느껴지기도 하고. 그러나 직관력이 발달해서 한번척, 보면 바로 상대를 꿰뚫어 아는 힘이 4번에겐 있어. 그런 4번 유형들의 함정은 결핍이야. 마음이 늘 비어 있는 것 같고, 결핍감을 느끼지. 그 결핍감 때문에 4번들은 자신을 충족시켜줄 어떤 것들을 찾아다녀. 그 여자가 정말 4번 유형이라면 하늘과 가장 가까운 곳에 있는 다이아몬드라는 주제는 결핍감을 충족시킬 수 있는 좋은 아이템이 될 거야. 공상에 잘 빠지는 4번에게 그런 주제는 상상력을 극대화시킬 수 있는 멋진 기회를 제공하니까."

설명을 듣자 하유는 무진도 7번보다 4번 유형에 가깝다는 생각을 했다. 갑자기 출가를 한 것이나, 출가한 뒤 다시 비승비속의 삶을 사는 것이 다 마음의 결핍으로 비롯된 일같이 느껴진 것이다. 그런 결핍이 C의 죽음으로 인해 극단까지 간 것이 출가였을 것이라고 하유는 믿고 있었다.

"결국 우리는 제 성격대로 살아가는 거야. 성격이라는 감옥에 갇혀서 산다는 말이야. 그래서 감옥의 패턴을 잘 이해하면 감옥으로부터 탈출하는 방법도 깨닫게 된다고 가르치는 게 에니어그램이야."

"그러니까 성격 유형으로 보면 4번인 그 여자 역시 어딘가에 갇혀 있기 때문에 그걸 넘어서려고 여기까지 온 것이군요?"

"그렇게 볼 수도 있지. 아마 탑 꼭대기에 박힌 다이아몬드라는 것은 그 여자에겐 하나의 상징일 거야. 그 상징을 통해 자기가 모르는 미지의 세계, 지구 밖의 외계가 실존한다는 사실을 확신하고 싶은 것 아닐까? 마음의 감옥으로부터 벗어나는 데 외계라는 미지의 공간은 매력적인 아이템이니까."

"결국 일반적인 타입은 아니군요?"

"일반적이진 않지만, 실제로 우리 모두가 감옥에 갇혀 있다는 사실은 마찬가지야."

"그것도 성격 유형에 따라 다를 것 같군요. 어떤 이들은 전혀 갇혀 있다는 생각을 안 할 테니까요."

"무지해서 그래. 스스로 감옥에 갇혀 있으면서도 그것이 감옥인 줄 인식조차 못하니까. 욕망의 감옥에 갇혀 있으면서도 말이야. 인간의 유형을 크게 두 가지로 나누면, 목적을 추구하는 사람과 삶을 찬미하는 사람, 두 유형이 있어. 이건 에니어그램의 분류가 아니라 라즈니쉬식 분류야."

"아홉 가지에서 두 가지로 대폭 줄었군요."

"그 두 가지 속에 아홉 가지 유형이 뒤죽박죽 섞여 있어. 같은 유형이라 해도 가지고 있는 욕망은 각각 다를 수가 있지. 번호가 같다고 해서 모든 것이 똑같다는 말은 아니야. 같은 번호라도 욕망은 천차만별이고 상황도 천차만별이니까."

"복잡하군요. 그렇다면 그 여자는 그 두 가지 유형 중엔 어느 쪽 같아요?"

"아마 삶을 찬미하는 유형이겠지. 그래서 붙잡으라는 말이야. 왠지 내가 생각하기에 넌 목적을 추구하는 쪽보다는 찬미하는 쪽과 어울릴 것 같다는 생각이야. 그게 지금까지 널 지켜본 나의 직관이야."

"그런데 좀 어려워요. 목적을 추구하는 사람은 뭐며 삶을 찬미하는 사람은 또 뭐예요?"

"목적을 추구하는 사람은 우리가 한국에서 수도 없이 봤던 유형이야. 성공을 위해 앞만 보고 달려가는 사람들이지. 치열한 경쟁에서 이겨 일류 대학에 가고, 아파트 평수를 늘이기 위해 직장에 다니고, 세속적인 목표와 목적을 정해놓고 그 목표에 다가서면 희열에 빠지고, 다가서지 못하면 좌절하는 사람들이 그들이야. 그들은 결코 만족하는 법이 없어. 너야 그런 목적을 추구하는 유형에서 탈락한, 아니 이탈일지도 모르지만, 좌우간 그런 탈락파일 테고."

"그렇다면 도사님도 삶을 찬미하는 유형이겠군요?"

"나야 찬미하는 쪽이지. 어렸을 땐 그래도 미대를 다녔으니 전공만 봐도 그렇잖아. 모든 예술이 다 그렇지만 그림이란 아무런 목적 없이 하는 거야. 삶을 찬미하는 사람들이 하는 일이 그거지. 선사시대의 암각화만 봐도 그렇지. 그 사람들이 무슨 목적을 추구해서 바위에다 그림을 그렸겠어? 그린다는 행위는 그 자체가 삶을 찬미하는 행위야."

졸업을 한 것인지는 모르겠지만, 무진이 미대를 다니던 화가 지망생이었던 것은 사실이다. 그림을 그만둔 이유가 무엇 때문인지는 알 수 없지만 그가 가지고 있는 미에 대한 안목은 하유를 놀라게 했던 적이 많다.

"그런데 왜 그림은 그만뒀어요?"

"목적 추구로부터 이탈했으니까."

"삶을 찬미하는 것이 그림이라면서 무슨 목적 추구요?"

"생존에 대한 두려움이 나를 그림으로부터 내쫓은 거지. 선배 화가들의 비참한 생활을 목격하면서 그림으로는 도저히 생계가 곤란하다는 자각을 하게 된 거야."

"아이러니한 일이군요. 삶을 찬미하기 위해 미대를 갔는데, 공부를 하다보니 오히려 목적 추구형으로 바뀌게 되었다니."

"바뀌었다기보다, 찬미가 전공이었는데 막상 전공하고 보니 그 걸로는 지속적인 찬미가 불가능하다는 사실을 깨닫고 방향을 바 꾼 거지."

"그런데 어떻게 그 여자가 삶을 찬미하는 유형이라고 단정하시 는 거죠?"

"최소한 물질적인 목표를 추구하며 사는 유형 같진 않으니까."

"물질적인 목표를 추구하는지 않는지는 또 어떻게 그리 쉽게 속 단해요?"

거기서 무진은 잠깐 생각하는 표정을 지은 뒤 다시 말을 잇는다.

"목표를 세워놓고 그 목표를 향해 전진하는 삶은 어리석은 이들 의 몫이야."

"그 반대 아니고요? 목표가 없는 게 어리석은 게 아니고요?"

"지금 내가 하는 이 위빠사나도 사실은 목표가 없는 행위야. 삶 을 찬미하는 사람들은 결코 목표를 세우지 않아. 목표란 미래의 일 이니까. 미래를 보고 살지 않는다는 거지. 삶은 오직 현재만이 있 을 뿐이야. 과거니 미래니 하는 것은 머릿속으로 만들어놓은 시간 일 뿐 실제로 존재하지를 않아. 오직 현재만이 있을 뿐이지. 끝없 는 찰나만 계속되는 게 삶이야. 어리석은 사람들만이 과거와 미래 에 묶여 있어. 마음이 현재에 있지 않는 한 현실은 충만할 수가 없 어. 끝없이 미래를 향해 달려가는 동안 현재란 존재하지 않는 시간이 될 뿐이야. 현재가 존재하지 않는데 어떻게 마음이 행복해질 수 있겠어. 행복이란 현재에서 일어나는 일이지 과거나 미래의 일이 아니야. 삶을 찬미하는 사람은 우리가 오직 지금 여기, 이 순간만 살 수 있다는 사실을 자각하고 있는 사람이야."

하유는 현학적이라는 생각을 하며 이야기를 들었다. 긴 설명을 들었지만, 형이상학적인 설명만으로는 여자가 왜 삶을 찬미하는 유형이라는 건지 이해하기가 어려웠다.

"부처님이 다른 별에서 온 존재이며 자기 자신도 별에서 왔다고 믿는, 어떻게 보면 좀 허무맹랑한 여자를 삶을 찬미하는 유형이라 단정 짓는 것은 비약인 것 같네요?"

"부처님이 별에서 왔다고 생각하는 그 여자를 허무맹랑하다고 할 수만은 없어. 실제로 부처님은 별에서 온 존재일 수도 있어. 불화佛畫를 잔뜩 그려놓은 천불동의 벽화 중에 UFO가 나오는 그림이 있어. 불화에 왜 그런 그림이 나올까? 어쩌면 부처님은 정말 다른 별에서 UFO를 타고 온 외계인일지도 몰라."

천불동이라면 『서유기』에 나오는 중국의 화염산 계곡에 있는 동굴이다. 불길이 타오르듯 붉은 빛깔을 하고 있는 화염산은 백 킬로미터나 되는 거대한 산맥을 이루고 있는데, 나무 한 그루 없이 붉은 흙으로 되어 있다. 여름철 지표면 온도가 섭씨 팔십 도까지 올라간다는 이 산은 불경을 구하기 위해 삼장법사와 함께 천축으로 가던 손오공 일행이 불길에 갇혀 더 나아가지 못한 곳이기도 하다. 불을 끄기 위해 손오공은 철선공주와 일전을 치룬 뒤 파초선이라는 부채를 빼앗는데, 그 부채로 마흔 아홉 번을 부치자 비가 내려 불을 껐다고 하는 장소가 바로 이 화염산이다.

"천불동 이야기를 들으니 그 여자가 말하던 시리우스별 생각이나네요. 무시무시한 표면온도를 가진 별이거든요. 화염산도 생명체가 살기 힘들 만큼 뜨거운 산이니 외계인 이야기하고 묘하게 연결되는 것 같군요."

"실제로 천불동 벽화를 가서 보면 벽화에 UFO가 한두 개가 나오는 게 아니야. 불꽃을 내며 날아가는 비행접시가 무수하게 그려져 있어. 부처님이 세상을 떠나는 장면을 그린 열반도에 말이야."

8세기 무렵부터 건립되기 시작한 천불동엔 모두 팔십여 개의 석굴이 있다. 둔황의 막고굴과 함께 오랜 세월에 걸쳐 조성된 석굴의 벽화에 UFO 그림이 나온다는 것이다.

"천불동 33호굴에 있는 벽화에 비행접시가 출현한다는 것을 아는 사람은 많지 않아. 세상을 떠나는 부처를 보고 슬퍼하는 제자들 모습을 담은 그림이 33호굴 벽화이지. 열반도라고 부르는 이 그림을 보면 제자들 머리 위로 불꽃을 내며 올라가는 비행접시들이 무수하게 그려져 있어. 부처님이 이 별을 떠나 우주 어딘가의 다른 별로 가신 사실을 암시하는 것처럼 말이야. 33호굴뿐만 아니라 27굴 벽화에도 UFO는 출현해. 그걸 보면 부처님은 정말 비행접시를 타고 온 외계인일지도 모른다는 생각을 하게 되지. 지구보다 훨씬 진화된 어떤 별에서 지구인들의 의식을 진화시키기 위해 오셨다가 다시 비행접시를 타고 떠난 것이라고 말이지. 시리우스나 오리온같이 진화된 별에서 오신 존재가 붓다인지도 몰라."

리우시췬

몸과 분리된 영혼은 어디로 가는 것일까? 아지랑이처럼 빠져나간 유체幽體가 가는 곳은 어디일까? 사람이 죽고 나면 57~84그램 정도 몸무게가 줄어든다고 한다. 육체에서 빠져나간 유체의 무게가 그 정도라는 말이다. 최면도 마찬가지다. 최면 상태에서 몸무게를 재어보면 그 또한 빠져나간 유체의 무게만큼 몸무게가 줄어들 것이라는 것이 카모쉬의 생각이다. 실제로 최면 상태에서 유체가 몸으로부터 이탈한다는 사실을 입증한 경우도 있다. 프랑스의 한 과학자에 의하면, 최면 상태에선 감각이 몸으로부터 2~3미터 정도 떨어진 곳까지 이동한다는 것이다.

최면이 아니라도 감각과 몸이 분리되는 예는 적지 않다. 사고로 인해 팔이나 다리가 하나 없어진 사람이 그 없어진 자리에서 통증을 느끼는 예는 수없이 보고된 바 있다. 환지통이라고 부르는 그런 감각은 뇌의 착각에서 비롯되는 것일 수도 있지만 유체가 느끼는 통증일지도 모른다.

최면을 하는 도중 잠에 빠진 하유의 유체는 몸으로부터 벗어나 현실을 넘어선 과거와 미래의 시공간으로 날아다녔다. 꿈이란 꿈꾸는 이의 무의식이 창조한 가상현실 같은 것이다. 그러나 한편 꿈은 또하나의 생시일지 모른다. 꿈인지 생시인지 알 수 없는 현실을 가리켜 붓다는 모든 것이 환이라고 한 것 아닐까? 그렇게 하유가 비몽사몽간을 날아다니는 동안 카모쉬는 방금 있었던 세션을 복기해본다.

세션중에 피레네가 등장할 줄은 몰랐다. 그때, 피레네산맥의 정상에 있는 알베르게에서 하룻밤을 묵었다. 경사가 급한 내리막길로 된 스페인 쪽은 너도밤나무 숲길이 펼쳐지고, 반대쪽은 프랑스다. 내리막길이 끝나는 곳엔 하유가 최면중에 떠올린 지명인 론세스바예스가 나온다. 최면 속 장면이 실제와 같다면 하유의 부친이 운명한 장소는 아마 비상시에 사용하는 대피용 알베르게 같은 곳일 것이다. 사용자가 지켜야 할 주의 사항이 영어와 프랑스어로 적혀 있던 그곳을 카모쉬는 또렷이 기억하고 있다. 역방향으로 피레네를 넘다가 그곳에서 비상 전화를 사용한 경험이 있는 것이다. 카미노에 한국인들이 떼 지어 몰려들기 한참 전 일이다.

세션중에 여러 가지 경험을 했지만 세속의 상식을 뛰어넘는 일은 무수히 많다. 어떻게 이런 일이 일어날 수 있나?라는 의문이 들 때마다 카모쉬는 중력의 법칙을 초월하는 것이 최면이라는 사실을 상기했다. 세상엔 세상이 알고 있는 법칙만이 전부가 아닌 것이다.

피레네를 떠올리자 뮤 생각이 따라 나왔다. 카미노와 연결되는 프랑스의 한 성당에서 그녀를 처음 만났다. 인간이 사용하는 언어에 색깔이 있다는 말하는 그녀를 카모쉬는 한눈에 한국인이라고 알아봤다. 어디선가 많이 본 듯한 얼굴이었다. 무대가 세워지고 뜻밖에 노래를 시작하자 귓속으로 날아와 앉는 목소리 또한 낯익었다.

뮤의 목소리에서 카모쉬는 만트라 가수 싱카우르Singh Kaur를 연상했다. 싱카우르가 환생한 것인가? 그러나 세상 떠난 싱카우르가 환생해 뮤가 되기엔 환생의 사이클이 맞질 않는다. 더구나 뮤는 지금 성당에서 노래하고 있지 않은가. 싱과 카우르라는 시크교도들의 성(남자의 성인 싱은 힌두교도들도 사용한다)을 떠올리며 카모쉬는 시크교 신도가 가톨릭 신자로 환생할 일은 없을 것이라는 생각을 한다.

환생에도 일정한 법칙이 있는 것이다. 아마도 환생이란 것을 신봉하지 않는 종교의 신도가 환생을 믿는 종교의 신도로 다시 태어나는 일은 드물 것이다. 그러나 한편으론, 전생이니 환생이니 하는 것들이 실제로 있는 것인지도 확실하지 않은데 시크교도이건 가톨릭교도이건 무슨 상관이겠는가. 신상神像을 모시지 않는 종교인 만큼 시크교가 윤회나 환생 같은 것을 신봉하는지 아닌지 여부조차 카모쉬는 알지 못한다. 사백 킬로그램의 황금으로 지붕을 만든 암리차르의 골든템플에 갔던 일을 상기하며 카모쉬는 단지 뮤의 목소리에서 싱카우르를 떠올렸던 것뿐이다. 그러나 싱카우르는 실제로 인도 사람이 아닌 미국인이다. 싱카우르라는 예명을 쓰긴 했지만 그녀의 실제 이름은 로라 드루Laura Drew, 43세의 나이로 세상을 떠난 뉴에이지 가수다.

그녀가 시크교도인지 아닌지, 또 그녀가 시크교의 메카인 골든템플까지 간 적이 있는지 없는지는 중요한 것이 아니다. 다만 천상의 목소리라고 불리던 그녀의 음색을 카모쉬는 뮤의 음성을 통해 다시 느낀 것이다. 피아노 건반의 한 옥타브를 쉽게 누를 듯한 뮤의 길고 하얀 손가락이 마음을 건드리자 눌러뒀던 그리움이 몸 전체로 퍼진다.

뮤를 처음 본 순간 기시감에 빠졌다. 어디서 들은 듯한 목소리와 어디서 본 듯한 용모. 신비한 분위기가 몸 전체에 배어 있어 그녀는 하나의 물음표같이 느껴졌다. 신비로웠지만 신비와는 또다른 미묘한 슬픔이 물음표가 되어 카모쉬의 마음 깊이 무늬를 남긴 것이다.

먼저 말을 걸어온 것은 뮤였다. "어디서 많이 본 분 같아요." 뮤는 그렇게 첫마디를 뗐고, 그 말을 계기로 둘은 기시감에 대해 이야기하며 마음을 열기 시작했다. 처음 만난 사람을 언젠가 만난 적이 있는 것처럼 느끼는 기시감은 시간에 대한 혼동으로부터 연계

된다. 지금 현재 일어난 일을 과거에 이미 경험한 것처럼 느끼는 특수한 시간 감각이 기시감의 정체인 것이다.

그렇게 서로가 서로를 어디서 많이 본 것 같다고 느낀 둘의 만남은 우연이었지만, 그것이 필연을 감추고 있는 우연이라는 사실을 카모쉬는 그녀와의 최면을 통해서 알게 된다. 현재와 과거, 그리고 현재 생과 지난 생에 대한 이야기에 이어 최면 이야기가 나오자 뮤가 자신의 전생에 대해 강한 호기심을 보인 것이다. 전생을 알고 싶어하는 그녀의 요청에 의해 세션이 시작되고, 최면 속에 떠오르는 이야기를 따라가는 동안 카모쉬는 기시감의 정체가 정말 뮤와 자신의 전생으로부터 비롯된 것이라는 생각에 사로잡히게 되었다. 영어로 진행할까 아니면 한국어로 진행할까를 묻자 뮤는 편한 대로 하라고 답했다.

"들꽃이 가득 피어 있는 들판을 떠올려보세요. 하늘은 푸르고 드문드문 하얀 구름이 떠 있어요. 들판이 나오면 꽃들이 자세하게 보이는 곳까지 걸어가보세요."

뮤와의 세션에선 전생으로 돌아가는 데 효과적인 크리스탈인 옵시디언을 사용했다. 그 순간 지니고 있던 크리스탈이 그것뿐이기도 했지만, 옵시디언은 흘러가던 용암이 급작스럽게 식으며 형성된 암석으로 정화작용이 뛰어나다. 녹색과 청색, 그리고 무지개 빛깔 등 다양한 색을 띠고 있는 이 크리스탈은 의식을 확장시켜 미지의 세계로 진입하는 데 도움이 된다. 눈 감은 채 비스듬히 누운 뮤는 두 손을 가슴 위로 모은 상태다. 그녀의 의식을 전생으로 유도하기 위해 카모쉬는 그녀가 가장 편안해할 것 같은 풍경부터 떠올리게 했다.

"어떤가요? 꽃을 향해 걸어가는 당신이 보이나요?"

"멀리 산이 보여요."

눈을 감은 뮤가 처음 뱉은 말은 그것이었다. 세션을 시작하자마자 바로 트랜스 상태가 된 듯 이완된 그녀가 질문과는 다소 어긋난 답을 한 것이다. 그러나 카모쉬는 그런 그녀의 답이 자신이 미리 준비한 질문 몇 개를 추월한 결과라는 사실을 알아차렸다. 뛰어난 최면 감수성이었다. 시작하자마자 그녀의 의식은 곧바로 전생 어딘가에 가 있는 것이다.

"눈 덮인 산맥을 바라보며 울고 있어요."

"산맥을 보며 울고 있다고요? 누가요?"

"제가요."

"왜 울죠?"

"신세가 한심해서요. 빙산을 보면 눈물이 나와요."

직전 생인지 아니면 오래된 생인지는 아직 알 수가 없다. 빙산氷山이라는 한마디에 카모쉬는 배경이 한국이 아니구나라고 짐작한다.

"위치가 어디인지, 무슨 산맥인지 알 수가 있나요?"

"톈산산마이. 천산이 보이는 나라예요. 만년설이 덮여 있는 산이 보여요."

가슴이 철렁했다. 천산이라면 천산산맥 아닌가. 중국을 비롯해 키르기스스탄, 우즈베키스탄, 카자흐스탄에 걸쳐 있는 톈샨산마이는 신장 자치구 쪽 길이만 1,700킬로미터나 되는 길고 거대한 산맥이다. 만년설 덮인 천산의 정경이 시공을 가로질러 달려온다. 어쩌면 처음 본 순간 느꼈던 그 기시감의 정체가 여기서 드러날지도 모른다. 이 여자와 정말 전생 인연이 있다면 실마리가 잡힐 것이다. 뮤를 내려다보는 카모쉬의 머릿속으로 천산에 대한 기억이 파노라마로 펼쳐진다.

밤 열시, 투르판에서 탄 열차는 산맥과 사막을 양옆에 거느린 채 달리고 또 달렸다. 도망가는 열차를 놓치지 않겠다는 듯 끈질기게 따라오던 천산은 하미哈密 이르러서 그 끝을 드러냈다. 신장위구르 자치구의 오아시스 도시인 하미. 서역으로 가는 통로인 하미에서 천산은 비로소 긴 띠같이 이어지던 몸을 풀어놓는 것이다.

타림 분지의 서쪽 끝인 카슈가르까지 올라갔던 여행은 여행이라기보다 탐방이었다. 기억의 흔적을 찾아 나선 탐방길은 마침내 우루무치와 투르판을 거쳐 둔황을 향하고 있다. 눈 내린 천산과 우루무치에서의 추웠던 밤. 11월이 되기 전 우루무치엔 두 번의 눈이 내렸다. 밤새 카모쉬는 뜨거운 야크티를 마셨다. 열차가 지나온 사막을 중국인들은 '꺼비 탄(갈벽지대)'이라고 부른다. 자다가 창밖을 내다보고, 또 자다가 내다보곤 해도 황량한 들판만 계속되던 고비 사막의 밤 풍경. 밤새 지나온 역들을 떠올리며 카모쉬는 우루무치의 호텔에서 읽던 시를 떠올렸다.

밤새 기차가 달렸다.
이층 침대에 따라 눕던 대륙의 밤이
덜커덩거리는 중국어로 말 걸어온다.
하오 하오,
자다가 일어나 내다보면
사막 위로 서리가 앉는다.
선선, 미아, 하미, 려우엔
싸늘한 유리창 위로 손가락 흘려
버리고 온 지명들을 점자點字로 읽으면
손바닥 가득 물방울이 돋는다.

누운 채 카모쉬는 차창에 시를 옮겨본다. 바깥의 냉기가 실내온도와 부딪쳐 차창을 흐리게 만들었다. 서리 낀 유리를 손바닥으로 닦아내자 손바닥엔 정말 물방울이 돋는다. 젖은 손바닥을 시트에 문지르며 깜깜한 창밖을 내다보자 뿌옇게 흙 위로 드러나는 것이 있다.

"서리인가요? 땅위로 하얗게 드러나는 저게 뭐죠?"

침대칸 아래층에 누운 조선족에게 묻는다. 길림성 조선족 자치구 출신의 사내, 중국 실크로드의 끝 카슈가르까지 카모쉬를 안내했던 남자. 그 또한 깨어 있긴 마찬가지다.

"뭘 보고 그러시는 거요?"

처음엔 물위로 달빛이 비치는가 싶었다. 그러나 그건 달빛과는 달랐다.

"소금이에요. 흙에 섞인 염분 때문에 그런 거야요."

"염분? 저게 소금이라고요?"

"예. 오래전 이 지역은 바다였다오."

황폐한 황무지를 바다로 상상할 수 있는 사람은 없을 것이다. 황무지가 바다였다면, 바다가 사막으로 변한 그 오랜 세월 동안 산맥은 저 자리에 있었던 것일까? 지칠 줄 모르고 따라오던 천산의 장엄함에 경외감을 느끼며 카모쉬는 객실 밖으로 나왔다.

객실 밖은 복도였고, 통유리로 된 창엔 서리가 끼어 있다. 엷게 묻어나는 분홍빛은 아마 산맥을 물들이는 노을이리라. 분홍빛이 황금빛으로 바뀌며 그렇게 아침이 올 것이다. 투르판에서부터 따라온 멜로디가 입속을 맴돈다. 가성을 많이 쓰는 서역 음악은 카슈가르부터 하미까지 그렇게 유목민의 양고기 냄새처럼 묻어온 것이다. 우루무치, 투르판, 선선, 미아, 하미, 지나온 도시의 이름을 되새기며 카모쉬는 문득 자기가 끝없이 누군가를 찾아 헤매야 하는 숙명을 타고난 것은 아닌가 하는 생각이 들었다.

무진이 말한 에니어그램식 성격 분류에 의하면 카모쉬 또한 4번일 것이다. 불건강할 경우 4번은 끝없는 갈망에 시달린다. 4번의 가슴속에서 펼쳐지는 결핍과 갈망의 드라마는 많은 경우 그를 현실이 아니라 상상 속에 가둔다. 갈망이 뭔가를 그리워하게 하고, 갈망이 마음을 한 자리에 못 있게 하고, 갈망이 먼길을 떠나게 하는 것이다. 불건강한 4번에게 대부분의 사건들은 그렇듯 갈망 때문에 일어난다. 어느 날 꿈속에서 꿈을 꾸며 카모쉬는 자신이란 존재가 한낱 결핍 덩어리에 지나지 않는구나 자각했다. 그 또한 전생부터 따라온 카르마일지 모른다.

그러나 뭔가를 확인하기 위해 실크로드를 여행하던 때의 카모쉬는 그런 불건강한 상태에서 벗어나 이지적인 5번 유형처럼 냉철한 판단력과 분석력을 갖추고 있었다. 성숙의 단계에 접어든 경우 4번 유형은 뛰어난 직관을 바탕으로 창조적이고 개성적인 삶을 살아간다. 하루에도 몇 번씩 천국과 지옥을 오가던 감정의 기복으로부터 벗어나 안정을 얻은 성숙한 4번은 상처 속에서 진주를 만드는 진주조개처럼 타인의 상처를 들여다보고, 그들의 아픔을 치유하는 일에 뛰어들기도 한다. 천국과 지옥을 골고루 오갔던 자신의 경험을 토대로 상대를 만나는 순간 바로 그의 의식 상태가 어디에 가 있는지 꿰뚫어 아는 직관력을 얻게 되는 것이다.

심리적 안정을 찾은 카모쉬는 최면 공부에 열정을 쏟았다. 자신의 전생을 알기 위해 자기 최면을 하기도 하며 그는 그간 자신이 겪어왔던 생의 파란이 이전의 생부터 이어져온 것이 아닐까 하는 의구심을 갖게 된다. 믿음이 확신으로 바뀌게 된 건 아마 실크로드에서 꾸었던 자각몽 때문일 것이다.

밤에 꾼 꿈도 아니었다. 호텔 침대 위에 누워 잠깐 졸았던 대낮의 꿈속에서 카모쉬는 그것을 경험한 것이다. '루시드 드림'이라고 불리는 자각몽은 꿈꾸는 사람 스스로 꿈이라는 것을 자각한 상태에서 꿈을 꾸는 것을 말한다. 자각몽에서 받은 영감으로 영화를 만든 사람도 있다. 세계적인 영화감독 크리스토퍼 놀란은 리어나도 디캐프리오가 출연한 영화 〈인셉션〉을 자각몽의 영향으로 만들었다.

꿈속에서 카모쉬는 먼지 날리는 이국의 길 위에 있는 한 사내의 모습을 응시하고 있었다. 직각으로 고개 꺾어 쳐다봐도 끝이 안 보이는 키 큰 백양나무가 늘어선 길. 달구지에 탄 채 아스라하게 사라져가는 초라한 부녀의 뒷모습을 지켜보며 사내는 눈물을 흘리고 있었다. 서 있는 사내가 카모쉬 자신이라는 사실을 깨닫기까지는 몇 초의 시간도 필요하지 않았다. 꿈속에서 꿈을 꾸고 있다는 사실을 자각하자 카모쉬는 자기가 서 있는 곳이 어디인지 확인하기 위해 주의를 모았다.

자각몽을 꾸는 동안 사람들은 자기가 원하는대로 꿈을 조절하려 애쓰기도 한다. 스탠퍼드대학의 생리학자 스티븐 래버지 Stephen Laberge에 의하면 자각몽은 두 가지 종류가 있다. 첫번째는 꿈을 꾸고 있다가 갑자기 그것이 꿈이라는 것을 알아차리는 것이고, 두번째는 깨어 있는 상태에서 의도적으로 자각몽 상태를 만들어내는 것이다. 카모쉬의 경우 첫번째다.

꿈속에서 카모쉬는 자신이 서 있는 곳이 위구르 땅이라는 것을 알아차렸다. 서 있는 사내가 전생의 자신이라는 것을 깨닫는 순간 오랑캐 땅에 와 있다는 사실을 자각한 것이다. 흉노와 비슷한 풍속을 가진 이 땅은 장안으로부터 8,900리나 떨어진 멀고도 먼 곳에 있다. 떠나는 여인을 따라 먼길을 배웅했지만 사내는 이제 왔던 길 되짚어 고향으로 돌아가야 한다. '쭈 꽁주 티앤티앤 평안 콰이러, 쭈 꽁주 평안 우시' 피눈물을 흘리며 멀어지는 여인의 뒷모습을 바라보던 사내의 입에선 넋두리 같은 한숨이 새어나온다. '공주님, 부디 잘 지내십시오. 공주님 부디 평안히 계십시오' 같은 인사를 반복하며 사내는 연신 허리 굽신거리며 멀어져가는 여인에게 읍소하는 것이다.

공주를 수행하는 행렬이 지나가고, 삐거덕거리는 마차의 바퀴 소리에 섞여 누가 부르는지 처연하게 노랫소리가 들렸다. '룬타이의 9월은 바람이 매섭고, 빙산의 큰 바위는 용맹스럽네. 이 산이 푸를 때 저 산엔 흰 눈 덮이니, 푸른 산에 안개 자욱할 때 건너 산은 백설 가득하구나.' 여릿한 목소리였지만 가성을 많이 사용하는 높은 음조의 노래였다. 공주 일행을 반기는 것인지, 민가民歌를 부르는 오랑캐 여인의 모습 위로 백양나무 잎새가 물결처럼 반짝인다.

꿈에서 깨어나자 카모쉬는 호텔 프런트를 찾아가 컴퓨터 사용을 요청했다. 인터넷을 검색해 꿈속에서 지나갔던 지명을 확인하기 위해서였다. 알 수 없는 이슬람 문자 옆에 한문으로 적혀 있던 글씨 喀什(객십). 백양나무 길 초입의 돌기둥에 붉은 문자로 새겨져 있던 그것은 중국 신장위구르 자치구에 있는 도시 카슈가르의 중국식 표기였다. 위구르족의 중심 도시인 카슈가르. 카스라고 불리는 이곳은 1949년, 중화인민공화국의 군대가 동투르키스탄을 침략해 위구르족의 모든 땅을 중국으로 복속시키기 이전인 그 오랜 옛날부터 뺏고 빼앗기기를 거듭했던 곳이다. 그러나 중국 전체 면적의 육 분의 일이나 되는 신장위구르 자치구는 민족이나 종교가 한족 중심의 중국과는 전혀 다른 이방의 땅이다.

두 번씩이나 꾼 꿈이었다. 여행을 나서기 전에 한 번, 그리고 이렇게 여행중에 한 번, 같은 내용의 자각몽을 꾼 것이다. 유체 이탈이나 임사체험, 그리고 가위눌림과 함께 페이즈phase 현상이라고 불리는 자각몽은 몸으로부터 벗어난 자기 자신을 인식하는 현상이다. 수면지대와 각성지대의 중간 지점인 페이즈에서 카모쉬는 신비한 체험을 한 것이다. 꿈이라고 하기엔 너무나 생생했고, 돌기둥에 새겨져 있던 지명 또한 실재하는 공간이었다. 그러나 처음 꿈을 꾼 뒤 꿈속에서 본 지명을 찾아 길을 나서겠다고 결심하기까지는 알 수 없는 그리움도 한 역할을 했다. 그리움이란 때로 갈망의 다른 말이다. 전생을 확인하고 싶다는 구실에 덧붙여 카모쉬는 자신의 인생 여기저기에 구멍을 만들어둔 갈망이란 함정에 설득력 있는 알리바이를 만들고 싶었던 것이다.

"끝없이 초원이 펼쳐지고, 게르 안에 제가 있어요."

전생에 대한 유도가 끝나자마자 뮤는 망설임 없이 초원에서 살던 생을 토로하기 시작했다.

"게르가 뭐죠?"

"천막으로 된 집이에요."

거기서 그녀는 크게 숨을 내쉬곤 들이마셨다. 덩달아 숨을 들이마시며 카모쉬는 커지는 호기심을 지그시 누른다.

"그러니까 유목민들의 집이군요. 거기서 살고 있나요?"

"네. 벽이 양털로 되어 있어요. 지붕엔 천막을 지지하는 받침대 세 개가 교차되고 있고요. 낮에만 열어놓고, 밤엔 덮어두는 지붕이 달린 그런 천막에 제가 살고 있어요."

"그럼 당신도 유목민이란 말인가요?"

"아니에요."

"그럼 왜 게르에 살죠?"

"우 지아 지아 워 시 티엔 이 팡, 위엔 투오 리 구워 우순 왕……"

돌아나온 대답은 중국어였다.

"무슨 말이죠?"

"시예요. 비파를 타며 시를 읊고 있어요."

"당신이 직접 그러고 있단 말인가요?"

"네. 한 손엔 비파를 안고, 다른 한 손으론 현을 뜯으며 그렇게 시를 읊는 중이에요."

"당신이 쓴 시인가요?"

"네. 신세를 한탄하면서 썼어요."

"시의 내용이 뭔지 들려줄 수 있나요?"

작게 한숨을 내쉰 뒤 뮤가 시의 내용을 알려준다.

"내 집안은 나를 하늘 끝 오손국의 왕에게 시집보냈네. 게르가 방이 되고, 천으로 담을 쌓아 거기서 살아가네. 고기로 밥을 삼고, 말젖을 마시고 살아야 하니 고향 생각을 하면 가슴에 괴로움 깊어가네. 한 마리 노란 새가 되어서라도 고향으로 가고 싶네.* 그런 내용이에요."

무의식은 전생에 사용하던 언어를 쉽게 현재의 언어로 바꾸어놓기도 하는 모양이다. 자신의 무의식에 새겨져 있던 중국어를 금방 표면의식이 사용하는 한국어로 변환시켜놓으며 뮤는 다시 한번 한숨을 내쉰다.

---

* 유세군, 〈비수가悲愁歌〉.

"그럼 당신은 시인인가요?"

"아니요. 너무나 슬픈 마음이 저절로 시를 짓게 하고 있어요."

"그런데 왕에게 시집을 갔다면서 왜 신세한탄을 하는 것이지요?"

"왕도 늙은 왕이라 죽을 때가 다 되었어요. 그런데 이제 왕이 나를 자기 손자에게 물려준다고 하네요. 내 신세가 하도 딱하고 기가 막혀서 눈물이 나와요."

물이 새듯 뮤의 눈썹 밑으로 눈물방울이 스며나왔다. 손가락 펼쳐 눈물을 닦아주고 싶은 충동을 느끼며 카모쉬는 최면 속 여자의 답답한 심경과 동일화된다. 현실의 뮤와 최면 속 팔려간 여자가 일체가 되어 눈물을 흘리고 있다. 조명은 그윽하고, 비스듬히 누운 뮤는 지금 아득한 옛날 속을 살고 있는 것이다.

"그게 말이 되는가요? 손자라면 당신에게도 손자가 되는 셈이잖아요? 왜 그런 일이 일어나는지 설명해줄 수 있습니까?"

마음을 가라앉히려는 건지 뮤의 긴 손가락이 비파를 연주하듯 가슴을 훑어내린다.

"제 손자는 아니고요. 다른 여자에게서 얻은 자손이에요. 그게 이 나라, 유목민의 풍습이에요."

"유목민? 지금 당신이 살고 있는 곳은 어느 나라죠?"

"정말 하늘 끝, 멀고도 먼 곳이에요. 사람들은 여기를 검은빛 들판이 펼쳐지는 곳이라고 해요."

"의사소통은 잘 되나요?"

"말이 달라요. 다른 민족이니까요. 생김새도 다른 사람들이에요."

"그럼 당신은 어느 나라에서 왔죠?"

"한나라."

"한나라? 중국의 한나라?"

"네."

"당신은 그럼 한나라 사람이군요?"

"원래는 아니에요."

"원래는 아니라니 그건 또 무슨 뜻이죠?"

결론을 찾아내기라도 하겠다는 듯 카모쉬의 질문이 집요해진다.

"한나라 궁궐로 가기 전 다른 곳에서 살았어요."

"궁궐이라고요? 한나라 궁궐에서 살았나요?"

"네. 그전에도 궁궐에서 살았어요."

"그럼 그전 궁궐은 어느 나라를 말하는가요?"

기억을 더듬는지 여자의 눈동자가 감은 상태에서도 뭔가에 집중한다.

"한나라의 제후국이에요."

다시 주르르 눈물이 뮤의 뺨을 적시고 흐른다. 전생 속 여자가 뮤를 통해 우는 것이다.

"신세가 서글퍼요. 말도 안 통하는 나보다 왕은 다른 부인과 가깝고요."

"당신 외에 또 부인이 있는 거군요?"

"네. 저는 우부인, 저 말고 좌부인이 또 있어요. 저는 따로 떨어진 곳에서 살고 있어요."

"왕은 좌부인과 같이 살고 있나요 그럼?"

"네."

"낯선 땅에서 당신은 그럼 늘 혼자서 있나요?"

"그건 아니고요. 한나라에서부터 저를 수행한 사람들이 시중을 들고 있어요."

"고향에서 따라온 사람들이 당신을 시중한다면 당신은 한나라에서도 높은 신분의 사람이었겠군요?"

"네."

"당신은 어떤 지위에 있는 사람이었나요?"

"그게, 자꾸 달라져요."

"무슨 말이죠?"

"그게 그래요."

말하길 꺼리는 것 같아 카모쉬는 더 캐묻지 않는다. 세션이 진행되는 동안 저절로 알게 될 것 같기 때문이다.

"그러면 당신 이름은 알고 있나요?"

"리우시쥔*이에요."

---

* 유세군의 중국식 발음.

112

"리우시췐?"

"네. 리우시췐."

입술을 움직여 시췐이라고 발음하는 여자의 뺨 위로 눈물 마른 흔적이 강물이 지나간 자국 같다.

"중국식 이름이군요. 당신은 한나라에서 왔는데 그럼 좌부인은 유목민인가요?"

"아니에요. 좌부인도 다른 나라에서 왔어요. 시옹누주에서 나처럼 여기까지 온 거예요."

"시옹누주?"

"네. 시옹누주. 제가 살던 나라와는 적국인 오랑캐 나라예요. 그 나라 때문에 제가 여기까지 왔는데 좌부인도 마찬가지 이유로 나처럼 늙은 왕에게 시집온 거예요. 우린 서로를 견제해야 하는 운명이에요."

시옹누주, 흉노족의 중국식 발음이다.

"그건 왜죠?"

"시옹누주가 자꾸 한나라에 쳐들어오니까요. 그걸 견제하기 위해 저를 시집보낸 거예요. 이 나라가 시옹누주와 손잡지 않도록 하려고요. 좌부인도 마찬가지예요. 그래서 저를 미워해요. 좌부인이나 저나 둘 다 나라를 위해 이곳까지 왔으면서도요. 고향을 놔두고 하얗게 눈 덮인 산맥이 보이는 이 변방까지 누가 오고 싶겠어요. 말젖은 시큼하고 역겨운데."

스며나는 눈물에 잠긴 건지 뮤의 목소리가 축축하게 젖어 있다.

"왕은 늙었지만 당신은 아직 젊군요?"

"네. 스물다섯에 여기 왔어요. 좌부인은 시옹누주의 공주예요."

"그럼 당신도 한나라의 공주인가요?"

"아니에요."

"아니라고요?"

"한나라 공주는 아니에요."

"그럼요?"

공주라는 말이 나오자 카모쉬가 긴장한다. '룬타이의 9월은 바람이 매섭고, 빙산의 큰 바위는 용맹스럽네. 이 산이 푸를 때 저 산엔 흰 눈 덮이니, 푸른 산에 안개 자욱할 때 건너 산은 백설 가득하구나.' 오랑캐 여인이 부르던 노랫소리가 시공을 초월해 다시 카모쉬의 마음을 울린다. 한낮에 꾸던 자각몽의 기억을 상기하며 카모쉬는 중력의 법칙을 초월하는 것이 최면이라는 말을 스스로에게 주지시킨다.

"제가 살던 나라가 망했어요. 공주였지만 한나라에서는 공주가 아니었어요. 목숨이 위태로우니 한나라 황제의 명령에 따를 수밖에 없는 게 제 운명이에요."

거기서 여자가 경련을 일으키듯 갑자기 사색이 되어 몸을 떤다.

"왜 그러나요? 지금 뭔가 달라진 게 있나요? 뭐가 보이나요?"

"네. 아버지가 보여요. 전 아직 꼬마고요. 아버지가 저도 죽게 될 거라고 해요."

"죽게 될 거라고요? 왜요?"

"죽음을 택하든지 삶을 택하든지 결정해야 할 시간이라고 해요. 어머니도요. 다 죽어야 하나봐요."

겁에 질린 것인지 여자의 목소리가 문풍지 떨듯 떨린다.

"잘 보세요. 무슨 상황인지."

"발각되었어요 아버지가. 모반에 가담했다가 발각되었어요. 한 나라에서 들이닥쳤어요. 황제를 치려 했나봐요. 아버진 제후국 왕이에요."

거기서 뮤는 소리도 못 내고 겁에 질린 표정을 한다. 최면 속의 꼬마가 두려움 때문에 어쩔 줄 모르는 것이다.

"가만히, 진정하고 가만히 사태를 파악해보세요."

"전 이제 열한 살이에요. 그런데 죽어야 된다는 거예요."

다시 최면 속의 꼬마가 울음을 터뜨렸다. 뮤의 눈에도 방울, 방울 이슬이 굴러떨어졌다. 한참을 운 뒤 이번엔 고요한 목소리가 된 여자가 입을 열었다.

"아버지가 자결했나봐요."

"당신은?"

"전 살았어요. 황제가 살려줬어요. 황제는 제 할아버지의 형제예요."

"그럼 당신 아버지는 황제의 조카였나보군요?"

"맞아요."

"아버지 이름은 기억나나요? 그리고 황제 이름은요?"

"강도江都국, 아버진 강도국의 왕이었어요. 이름은 모르겠어요. 잊어버리고 싶었으니까요. 전 여자고, 너무 어려서 황제가 살려줬어요. 그래서 전 한나라 궁궐에서 자랐어요."

전한前漢 시절, 쉬저우에 있던 제후국이 강도국이다. 기록에 의하면 강도국의 마지막 왕 유건은 포악하고 음란한 자였다. 폭정을 일삼고, 근친상간을 서슴지 않았으며, 황태자 시절, 부왕에게 바치려던 여자를 빼앗아 자기 여자로 만들기도 했던 패륜아다. 한나라 황제에 대한 모반이 발각되어 결국 스스로 목숨을 끊었으며 그뒤 강도국은 국명조차 사라지게 된다.

"그러면 한나라 황제가 당신을 공주라고 속여 유목민의 왕에게 시집보낸 거군요?"

"넓게 보면 저도 한나라 황실 사람이니까요. 여기 유목민들을 한나라 편으로 끌어들여 시웅누주를 치겠다는 계략이 있어요. 그래서 저를 여기까지 보낸 거예요."

기구한 운명이 원망스럽다는 듯 뮤는 하얀 윗니를 살짝 드러내며 입술을 깨문다.

"여기 올 때 내 나이 스물다섯, 장래를 약속한 남자가 있었어요. 그런데 하루아침에 이렇게……"

말끝에 여자는 다시 세션이 지체될 만큼 서럽게 흐느끼기 시작했다. 한이 맺힌 듯 서럽고 깊은 울음이었다. 울고 있는 뮤를 지켜보는 카모쉬의 마음이 시술자의 위치를 벗어나 미지의 어떤 공간을 향해 날아간다. 갑자기 꿈속에서 봤던 백양나무 가로수길이 눈앞에 다가왔다. 그 모든 건 순간이었다.

"자, 다시 주의를 자기 자신에게 되돌려놓으세요. 슬픔에 너무 빠지지 마세요. 어떤가요? 그 남자가 그리워서 그렇게 우는 건가요?"

시술자 본연의 자세로 돌아오며 카모쉬는 딱, 하고 손가락을 튕겨 암시를 준다. 최면을 통해 아직 밝히고 싶은 것들이 남아 있는 것이다.

"그 사람도 아마 죽은 것 같아요. 꿈에서라도 보고 싶은데. 이젠 꿈속에서도 볼 수가 없어요."

"죽었다고요?"

"네."

"어디서요? 그건 어떻게 알죠?"

"그냥 알게 되었어요. 저절로 알아졌어요."

"저절로 알다니 어떻게 그럴 수가 있지요?"

"그건 나도 모르겠어요. 몇 달을 걷고 또 걸으며 고향으로 돌아가던 그 사람이 갑자기 사고로 죽게 되었나봐요."

"꿈이라도 꾸었나요?"

"아니에요. 대낮에, 환한 대낮에 그 사람이 내게 나타나 자기가 죽었다는 말을 남기곤 사라졌어요."

카모쉬의 눈앞으로 다시 백양나무 길이 떠올랐다. 당나귀가 끌던 달구지 위에 앉아 가던 초라한 부녀의 모습이 아른거리며 길 저 끝으로 사라졌다. 채워지지 않던 갈망이 바람소리를 내는지 카모쉬의 가슴이 일렁거리고 있다.

"어떻게 그런 일이 일어날 수 있죠?"

"존재의 차원이 달라져버렸어요."

다시 입을 연 뮤의 목소리는 이제 담담하고 차분하게 바뀌었다.

"존재의 차원이 달라지다니 무슨 소린가요?"

"그 사람은 이제 다른 차원으로 갔어요."

"죽었으니 그런 것 아닌가요?"

"네. 죽었어요. 그런데 그건 일종의 변환 같은 거예요. 영혼의 차원이 바뀌었어요. 그걸 제가 알 수 있어요. 그냥 여기서도 느껴져요."

최면으로 활성화되는 우뇌 대신 시술자는 논리적인 좌뇌로 뭔가를 판단한다. 카모쉬의 좌뇌가 분석한 뮤의 이야기는 지금까지의 경험을 뛰어넘는 세계 어딘가에 있다.

"몸을 떠나 영혼이 도달하는 세계가 보이나요? 그 세계가 어떤 것인지요?"

뭔가에 집중하려 애쓰듯 뮤의 눈꺼풀이 바르르 떨렸다. 의식 속으로 떠오르는 심상에 동공이 습관적으로 반응하는 것이다. 눈 주위로 퍼져나가는 미세한 열기를 느끼며 카모쉬는 뮤의 다음 말을 기다린다. 지금 뮤는 최면 상태에서 삼계三界를 넘나드는 자유로운 상태다.

식욕과 성욕, 수면욕 등 욕망에 묶여 있는 존재들이 사는 세계인 욕계欲界와 그보다 높은 차원인 색계色界와 무색계無色界로 구성되어 있는 삼계는 불교적 세계다. 천인天人들이 사는 색계에선 남자와 여자라는 성性의 구별이 없어지고, 음식 대신 빛을 에너지로 하며, 언어 또한 빛을 통해 소통된다. 색계 다음 차원이 무색계인데, 이 차원에선 물질과 공간의 개념이 완전히 사라져 높거나 낮거나, 멀거나 가깝거나, 하는 구분이 없어진다. 마음을 먹기만 하면 원하는 곳으로 이동할 수 있고, 마음에 의해 뭔가가 창조되거나 소멸될 수 있다. 무색계의 존재들은 철저히 비물질적이다. 단지 몸과 마음을 이완시킨 것만으로도 뮤는 지금 그 상태를 넘나들고 있는 것이다.

"그러나 알고 보면 차원이라는 건 없어요."

"차원이라는 것이 없다니 그건 무슨 뜻이지요?"

"그건 사람들이 붙여놓은 이름일 뿐이에요. 이 차원과 저 차원의 경계가 있는 게 아니에요. 모든 차원이 서로 맞물리며 이어져 있어요. 이 차원과 저 차원이 서로 넘나들게 되어 있어요. 과거와 현재와 미래가 같은 축에 의해 굴러가는 바퀴 같아요."

"지금 당신이 있는 곳이 그런가요?"

"나는 어디에도 없어요. 아니, 어디에나 있으면서 어디에도 존재하지 않아요."

"어디에도 없다니? 지금 당신은 그 유목민 나라에 있는 게 아닌가요?"

"아니에요."

여자의 위치가 최면중에 바뀐 것 같았다. 유목민의 게르 안에 있던 때와는 분위기가 달라진 것이다.

"그러면 거기를 떠난 것인가요?"

"네."

최면 속에선 흔히 일어나는 일이다. 이동이 자유로운 최면 속의 영혼은 시공을 가로질러 몇 가지 차원에 동시에 존재하기도 한다.

"그럼 지금 있는 곳은 어딘가요?"

"별이에요."

"별이라고요?"

"네. 지구와는 다른 곳이에요. 여긴 시간이란 게 없는 곳이에요."

"시간이 없다고요?"

"네. 여기서는 시간이 한꺼번에 펼쳐져요. 순차적으로 진행되는 것이 아니에요. 시간의 흐름 따라 뭔가가 순차적으로 일어난다는 건 육체가 있는 인간이 만들어낸 착각이에요."

"그건 또 무슨 말이지요?"

점점 더 미궁에 빠져드는 기분이다. 존재의 어느 차원에 있는 것인지 뮤는 이제 신비한 세계의 계시자처럼 말한다.

"마음이 모든 걸 다 결정해요. 내게 닥쳐올 사건이라는 것이 순서가 정해져 있는 게 아니에요. 그러니까 과거나 미래나 그런 것은 없어요. 모든 것이 동시에 일어나고 있어요."

"과거나 미래가 현재와 같다는 말인가요?"

"시간이라는 것이 그냥 병렬되어 있는 사건과 같아요. 모든 것이 마음먹기에 따라 달라져요."

이해하기 힘들었다. 그러나 카모쉬의 질문이 계속되자 뮤는 입을 다물었다. 뭔가 혼란을 느낀 것이다. 이어지는 질문에 피시술자의 무의식이 거부반응을 느낀 것이라고 카모쉬는 판단했다. 직관적이고 감성적인 우뇌에 비해 분석적인 좌뇌를 사용하는 질문 내용이 혼돈을 만들었을 것이다. 긴장한 나머지 잠시 시술자의 위치를 망각했던 카모쉬는 인간이 신비라고 믿는 많은 현상들 또한 사실은 뇌의 어떤 작용과 밀접하게 연결되어 있지 않을까 하는 생각을 한다.

UCLA의 정신과 교수 대니얼 시겔Daniel J. Siegel은 좌뇌의 작동 방식이 디지털 방식이라면 우뇌는 아날로그 방식으로 작동한다고 주장한다. 그의 말에 의하면 좌뇌 모드에선 세계가 분리되어 보인다는 것이다. 뭔가를 판단하고 분석하는 기능을 가진 좌뇌에 의해 실제로는 하나이던 대상이 각각의 상태로 분리된다는 것이다. 그렇다면 시간 또한 좌뇌 모드에 의해 현재, 과거, 미래라는 분리가 생긴 것은 아닐까? 좌뇌 모드에 치우쳐 있는 사람들은 자신이 옳은 것이라 굳게 믿고 있는 견해가 단지 자신이 세상을 그런 방식으로 보겠다고 결정한 선택의 결과라는 사실을 납득하지 못한다.

"당신은 그럼 끝까지 그 유목민의 나라에서 살았나요?"

카모쉬가 다시 원래의 전생 쪽으로 질문을 돌린다. 최면을 마무리할 때가 되었다고 느낀 것이다. 피시술자도 피시술자이지만 시술인 카모쉬 자신이 호흡을 좀 고르고 싶은 것이다. 뮤의 전생을 통해 드러난 이야기가 카모쉬 자신과 어떤 인연으로 얽혀 있는지, 그 진실이 무엇인지를 검토해볼 여유가 필요했던 것이다.

"네. 시집와서 줄곧 여기 이 게르 안에서 살다가 여기서 죽었어요."

"혹시 당신이 어떻게 죽었는지는 알 수 있나요?"

다시 침묵이 흘렀다. 입을 다문 뮤의 얼굴 위로 그늘이 지나갔다. 카모쉬는 그것이 두려움이라는 걸 알아차린다. 고통스러운 장면인지 이내 미간을 찌푸리며 뮤의 손이 자신의 배를 움켜쥔다. 오늘의 세션은 여기서 정점을 찍을 것 같다.

"아파요. 너무 아파서 더 어찌질 못하며 죽고 있어요 내가."

터져나온 소리는 절규에 가까웠다. 아름다웠던 미간엔 심하게 주름이 잡히고 얼굴은 금방 나이든 여자처럼 표정이 바뀐다. 그 와중에도 카모쉬는 놓치고 싶지 않은 질문이 떠올랐다.

"지금 당신이 몇 살인지 알고 있나요. 스물다섯에 시집간 당신은 지금 몇 살인가요?"

"마흔넷이에요."

이마에 맺힌 땀방울에도 불구하고 여자는 자기 나이가 몇인지 또렷하게 대답했다. 고향을 두고 머나먼 유목민의 나라로 팔려간 여자는 말젖을 먹는 그 땅에서 마흔넷의 나이로 생을 마감한 것이다.

"어디가 그렇게 아픈가요?"

"자궁이요. 자궁에서 검은 피가 흘러요."

"자궁이 아프다고요?"

"네. 딱딱하고 시커멓게 굳었어요. 모든 것이……"

그 말이 끝나자마자 여자의 호흡이 가빠진다. 임종이 눈앞에 온 것이다.

"죽어가고 있어요. 숨이 넘어가요, 숨이. 아, 멀리 다른 하늘이 보여요. 톈산산마이, 산맥 위로 펼쳐지던 하늘 빛깔이 달라지고 있어요. 보랏빛 광선이 하늘을 가득 채우고 있어요. 그 너머로 날아가기 위해 제가 준비하고 있어요."

절규하듯 숨가쁘던 여자의 마지막은 평온을 찾은 듯 차분했다. 미지의 세계를 향해 날아오르듯 두 팔을 벌려 뭔가를 안던 뮤는 이윽고 몇 번이나 크게 숨을 들이마시고 내쉰 뒤 고요해졌다. 마치 육체로부터 영혼이 빠져나가는 것 같았다. 임종 장면을 그대로 재현하듯 한바탕 요동을 친 뮤의 몸은 장의자 속에 깊이 파묻혀 납작해져 있었다. 그 모습을 바라보는 카모쉬의 눈에 눈물이 맺혔다.

리우시쥔, 리우시쥔…… 생전 처음 듣는 중국어 이름이었지만 낯설지 않았다. 세션이 끝난 뒤 카모쉬는 뮤가 전생에 사용했다는 이름자를 만트라처럼 암송하며 인터넷을 검색해 자료를 찾았다. 역사의 기록을 뒤져 최면 중에 있었던 일의 사실 여부를 확인하고 싶었던 것이다. 카모쉬가 찾아낸 기록은 한무제 때의 일이다.

—무제 원봉 6년(기원전 105년) 가을에 크게 가물고, 황충蝗蟲이 있었다. 오손왕이 천 필의 말을 몰고 가서 강도국의 왕이던 유건의 딸 유세군을 빙례聘禮 했다.

전생

"전생이란 게 정말 있을까요?"

무진에게 그렇게 물었던 적이 있다.

"없어."

뜻밖의 대답이었다.

"아니 승복을 입은 도사님이 무슨 소리예요, 전생이 없다니? 전생이니 환생이니 하는 말은 불교에서 늘 하는 소린데."

"누가 그래?"

반쯤 장난기가 섞인 목소리였다. 이것저것 아는 것이 많고 동에 번쩍, 서에 번쩍하는 무진이 한곳에 몰두해야 하는 수행에 전념한다는 것은 아이러니한 일이다.

"누가 그러긴요. 그런 거 아닌가요, 그럼?"

"그건 오해야. 네가 생각하는 식의 전생이란 존재하지 않을지도 몰라. 아마 어떤 존재가 지금 이 생에 살기 이전에 모습만 달리할 뿐 생명을 가진 하나의 개체로 살았던 생이 있다고 믿는 것이 네 생각일 거야. 아마 그 이상 생각을 펼쳐보진 않았을 거야. 일반적으로 다 그 정도 수준에서 전생이 어떠니 다음 생이 어떠니 하고 말하니까."

달리 대꾸할 말이 없었다. 무진의 지적이 틀리지 않았던 것이다.

"그럼 지금 생 이전에 살았던 생을 전생이라고 하는 게 잘못된 건가요?"

"글쎄 누가 분명하게 말할 수 있겠니 그걸."

"부처가 별에서 온 존재일지도 모른다는 말까지 하면서 전생이 없다고 하니 쉽게 이해가 되진 않는군요."

"전생과 별은 좀 다른 문제지. 붓다가 외계인일지도 모른다는 말을 한 적도 있으니 전생도 그럼 제대로 된 불교식으로 설명을 해볼까?"

천불동의 벽화 이야기를 상기하며 하유는 무진의 말에 귀기울인다.

"붓다는 전생을 알고 싶으면 지금 이 생에서 네가 받고 있는 과보를 보라고 하지. 그 말은 결국 지금 내가 겪고 있는 행운과 불운을 보라는 말과 같아. 지금 이 생에 사는 모습을 보면 자신이 전생에 좋은 행위를 한 것인지 그렇지 않은 것인지, 어떻게 살았는지에 대해 알 수 있다 그 말이야."

"그런 원론적인 이야기 말고요."

"전생이란 것도 결국 윤회를 전제로 해서 성립되는 것이지. 죽고 태어나고, 또 죽고 태어나고를 반복하는 게 윤회인데, 그런 윤회의 과정이 있어야 전생도 있고, 현생도 있을 거잖아. 예를 들어 액체이던 우유를 굳히면 버터도 되고 치즈도 되지. 그런데 굳어서 버터나 치즈가 된 우유도 우유라고 부르는 게 맞을까?"

"그거야 버터지 우유는 아니지요."

"그러면 버터의 전생은 뭐니?"

"그게? 우유겠지요?"

"그렇다면 우유와 버터는 같은 거니 그렇지 않은 거니?"

말장난 같은 무진의 질문에 하유는 잠깐 고심한다.

"뭘 말씀하시려는 거예요. 윤회의 개념이 우유와 버터의 관계와 같다는 말을 하고 싶은 거예요? 그렇게 돌고 도는 거라 그 말씀이에요?"

"버터를 우유라고 말할 수는 없지만 그렇다고 우유가 아니라고 말할 수도 없겠지. 그러나 가령 버터가 지금의 생이고, 우유가 과거의 생, 그러니까 전생이라고 친다면, 그 둘은 별개의 것이면서도 또 별개의 것이 아닐 수도 있는 거야. 예를 들어 전생에 내가 장군이었다고 가정해보자. 그런데 그 장군이라는 전생의 내가 과연 지금의 나와 동일한 인물인 것일까? 버터를 우유라고 할 수 없듯이 그 장군도 나라고 할 수는 없는 거야. 지금 나는 장군이 아니잖아.

물론 그 장군을 알지도 못하고. 그런데 내 전생이 장군이라고 할 수 있을까?"

"그렇지만 버터의 원류는 우유잖아요. 그 맥이 끊긴 건 아니잖아요?"

"그럼 우유의 맛과 버터의 맛이 같니? 액체와 고체의 그 둘이 모양은 같니?"

"그건 아니지요."

"내가 말하고 싶은 건, 설령 전생이 있다 해도 그 전생의 나라는 것은 지금의 나와는 또다른 개체라는 말이야. 전생에 대해 사람들이 가지고 있는 망상은 마치 천 년 전 전생에서 맺지 못했던 사랑을 지금 생에서 다시 만나 맺게 된다는 식인데, 그런 전생은 영화나 소설 속에서나 존재할 뿐 현실에선 존재하지 않는다는 거지."

"어렵군요."

진지하게 듣는 하유를 본 무진은 한 가지 예를 더 들며 흥을 낸다.

"그럼 등잔에 붙은 불을 다른 등잔으로 옮겨붙일 때 첫번째 등잔이 다른 등잔으로 옮겨간 것이라고 할 수 있을까?"

"등잔이야 그대로 있지 옮겨간 게 아니잖아요."

"그렇지. 옮겨간 건 불이잖아."

"불이지요."

"그럼 두번째 등잔의 그 불은 불의 성격을 그대로 가지고 있는 거니 아닌 거니?"

"그거야 가지고 있지요."

"윤회니 전생이니 하는 것도 그것과 마찬가지야. 불은 옮겨가지만 등잔은 그대로 있잖아. 몸은 옮겨갈 수 없지만 윤회하는 주체인 불은 그 성격 그대로 다시 옮겨붙는 거야. 옮겨갈 수 없는 몸이, 이미 죽어서 폐기된 몸이 윤회나 환생에 의해 다시 태어난다고 믿는 게 전생에 대한 잘못된 생각을 낳게 하는 거야."

"그러니까 영혼은 윤회하지만 몸은 없어진다 그런 말이군요."

"그렇지. 그렇지만 영혼이 윤회한다고 해서 우유와 치즈의 관계에서 보듯이 지금의 영혼이 그때의 그 영혼과 동일한 영혼이라고는 할 수도 없는 거지. 더구나 몸이 다시 태어나는 법은 결코 없어."

내 생의 푸른 저녁

눈을 뜨고 있지만 우리는 잠들어 있다. 깨어 있다는 것은 정확하게 어떤 상태를 의미하는 것일까? 눈만 뜨고 있으면 다 깨어 있는 것일까?

깨어 있는 상태란 반응하지 않는 상태다. 이때의 반응이란 정신적 자극에 충동적으로 행동하지 않는 것을 뜻한다. 예컨대 화가 그렇다. 화를 낼 때 사람들은 자신을 잃어버린다. 평온은 사라지고 화와 하나가 되어 불같이 역정을 낸다. 이럴 때 반응하지 않는다는 말은 화에 반응하지 않는다는 말이다. 화와 하나가 되어 자신을 잃어버리지 않는다는 말이다. 외부의 자극에 반응해 충동적으로 행동하는 한 눈 뜨고 있어도 우리는 깨어 있는 것이 아니다. 충동적인 반응을 자제할 수 있는 사람만이 깨어 있는 사람이다. 반응을 자기 의지대로 조절할 수 있는 사람이 깨어 있는 사람이며, 그런 사람은 자신과 반응 사이에 간격을 만들어낸다. 이럴 때 화는 객관적 대상일 뿐이다. 객관적으로 화를 바라볼 수 있다면 화는 줄어들거나 아예 일어나지 않을 것이다. 깨어 있다는 것은 그런 것이다.

세션중에 잠들었지만 한 생이 흘러간 듯 많은 사건들을 꿈속에서 겪었다. 그것이 꿈인지도 모른 채 하유는 꿈속에서 귀기울이고, 꿈속에서 공감했다. 프로이트의 말대로라면 꿈은 원하는 어떤 것을 충족시키기 위해서 일어나는 것이다. 또 한편 꿈은 일종의 타게스레스트Tagesrest이기도 하다. 오늘 경험한 일을 꿈에서 그대로 보는 것이 타게스레스트이다. 하유가 꾼 꿈도 그런 것일까? 눈을 뜨고 깨어 있는 듯 살아가지만 인생의 삼 분의 일은 수면이 차지한다. 인생은 정녕 꿈같은 것이다.

잠이라는 늪에 빠진 하유의 의식은 물질계를 벗어나 다른 곳으로 나아갔다. 최면을 통해 이완된 몸이 잠들자 또하나의 신체인 아스트랄체가 깨어난 것이다. 인간은 눈으로 볼 수 있는 물질적인 몸과 눈에 보이지 않는 영적인 몸을 가지고 있다. 육체와 영체라 불리는 이 두 개의 몸 중에서 영체는 차원의 높이에 따라 에테르체와 아스트랄체, 그리고 멘탈체로 나뉘어진다. 그중에서 의식이 저장된 곳이 아스트랄체다. 사람이 죽어 뇌의 기능이 정지되면 아스트랄체는 몸밖으로 빠져나간다. 몸은 죽어 재가 되지만 그 몸에 깃들어 있던 의식은 죽지 않고 어딘가로 빠져나가는 것이다. 죽은 이의 영혼을 접했다는 것은 결국 아스트랄체와 만났다는 말이다.

아스트랄계界에서 가장 특기할 만한 것은 시간에 대한 개념이 지워진다는 것이다. 여기서는 현재, 미래, 과거의 경계가 사라진 다. 이 차원에서 과거와 현재와 미래는 단지 동시에 일어나는 현상 일 뿐이다. 물론 몸을 가지고 있는 동안 이것을 납득하기란 힘들 다. 인간의 육신은 영계가 아닌 물질계에 속하기 때문이다. 그러 나 예민한 사람들의 꿈속에선 무슨 이유에선지 가끔 아스트랄계 가 활성화된다. 에테르계와 연결되어 있는 낮은 단계의 영계靈界인 아스트랄계는 그다음 차원인 멘탈계와 마찬가지로 시간과 공간의 제약을 받지 않는다. 생각만으로 모든 것이 이루어지는 단계가 그 차원이다. 그러나 이것 역시 정보나 신념이 만들어낸 개념 속의 세 상일 뿐 진실이 아닐지도 모른다. 그것이 실제로 존재하는 것이 아 니라 우리의 생각이 그것이 존재하도록 만들어낸 것일 수 있다는 말이다. 그러나 무엇이 진실인지 진실에 대한 믿음 또한 인간이 창 조해낸 또하나의 생각일 뿐이다.

죽은 이의 영혼이 생전의 경험을 통합하고 성찰하는 아스트랄 계에서 사람들은 삶을 복습하며 다음 차원으로 갈 준비를 한다. 그 러나 하유의 아스트랄체(界가 아니라 體라는 것을 유념하라)가 깨 어난 곳은 그런 곳은 아니다. 아스트랄계 또한 여러 차원이 존재하 는데, 지금 하유의 아스트랄체가 가 있는 곳은 높은 단계가 아닌

중간층에 속한다. 높은 경지에 비해 상대적으로 낮은 단계이지만 그 또한 물질계와는 비교할 수 없을 정도로 초월적인 세계다. 때로 꿈속에서 사람들은 어떤 계시를 받거나 지혜를 얻기도 하는데, 꿈 속의 '나'는 생시의 '나'보다 훨씬 자유롭고 초월적인 경우가 많다. 꿈속에서 사람들은 새처럼 훨훨 날아다니기도 하는 것이다.

하유의 아스트랄체는 최면중에 목격한 아버지의 임종을 다시 한번 스쳐갔다. 눈 덮인 피레네산맥이 배경으로 지나갔고, 딸그락 거리는 묵주 소리도 조그맣게 들려왔다. 모든 것이 생생하고 입체 적으로 느껴졌다. 그러나 정작 만나고자 했던 미리는 거기서도 만 날 수 없었다. 지구에서의 경험은 순간이었고, 몸에 갇혀 있던 영 혼이 굴레를 벗어나자 시공이란 애당초 존재하지도 않는 것이었 다. 내가 지금 혹시 죽은 것은 아닌가? 하유의 의식이 스스로에게 반문했다. 잠깐 자각몽 같은 상태가 느껴졌지만 자각몽은 아니었 다. 몸을 벗어난 아스트랄체가 자연스럽게 깨어난 것일 뿐, 하유는 지금 몸의 위치를 자각하는 신경 신호가 차단되었거나 아주 미약 한 상태다. 그런 상태에선 시공간이 존재하지 않는다는 착각에 빠 진다. 물론 그것은 착각이 아니라 실제일 것이다. 경전은 우리가 현실이라고 믿는 물질 세상이 사실은 환幻이라고 말하지 않았던 가. 마치 감각 차단 탱크 속에 들어간 것처럼 하유는 새로운 체험 속으로 빠져든 것이다.

감각 차단 탱크란 미국의 한 정신과 의사가 감각이 완전히 차단

된 상태에서 인간이 어떤 반응을 보이는지를 연구하기 위해 만든 커다란 통이다. 뚜껑을 완전히 밀폐하고, 황산마그네슘을 섞은 물을 삼 분의 일쯤 채운 통 속에 들어가 누우면 물의 밀도에 의해 몸이 뜨게 되는데, 물의 온도는 섭씨 삼십사 도에 맞춰져 있다. 빛과 소리가 완전히 차단된 상태로 그렇게 감각 차단 탱크를 체험한 연구자는 보고서에 시간이 지나감에 따라 아무도 없는 통 속인데도 마치 타인과 함께 있는 것같이 느꼈다는 내용을 작성한다.

보고서엔 모든 것이 차단된 상태에서도 타인을 보고, 느끼고, 그가 내는 소리까지 들을 수 있었다는 내용이 기록되어 있다. 연구자의 체험이 환상인지 아닌지 확인할 수 없는 일이지만, 그는 감각 차단 탱크 안에서 앉아 있는 스스로를 보는 자각몽 체험까지 했다고 기록한다. 감각이 완전히 차단된 상태에서 새로운 세계를 경험했다는 것이다. 그가 본 것은 단지 개인적이고 특수한 체험에 지나지 않는 것일까? 아니면 우리가 실제라고 믿고 있는 이 현상 세계가 사실은 더 복잡하고 다양한 세계를 감추고 있는 것일까? 어쩌면 우리는 감각에 의해 교란된 세계에 살고 있는 것인지도 모른다.

꿈속에서 하유는 지금까지 믿어왔던 것들과 하나하나 분리되었다. 마치 대기권을 벗어나 우주의 중심으로 진입한 듯 중력을 잃어버린 상태에서 하유는, 그러나 이 모두가 꿈이기 때문에 그런 것이라고 믿었다.

태양의 자외선에 의해 공기는 이온화되고, 몸을 벗어난 의식은 더이상 호흡이 필요 없는 상태가 되었다. 무한정 펼쳐진 공간을 부유하던 하유의 아스트랄체는 눈부신 빛 속에 앉아 있는 사람 하나를 발견한다. 구름 위에 걸터앉은 듯 전혀 무게가 느껴지지 않는 존재는 뜻밖에 무진이었다. 그러나 그것이 몸의 형체를 가지고 있는 건 아니었다. 구태여 말하자면 그것은 존재가 아니라 상태 같은 것이었다. 그러나 형체가 없어도 하유는 대번에 그가 무진이라는 것을 알아차렸다. 바람같이, 향기같이 모든 것이 있는 그대로 느껴질 뿐이다.

좌선을 하듯 앉은 채 무진은 스스로를 주시하고 있었다. 그러나 위빠사나를 하듯 그가 자신의 호흡을 지켜보고 있는 것 같진 않다. 아스트랄 상태인지, 하유와 마찬가지로 그 또한 이제 호흡을 필요로 하는 존재가 아닌 것이다. 가까이 가자 "옴!"이라는 소리가 들렸다. 언젠가 무진이 우주가 창조될 때 발생한 소리가 옴이라고 했던 말이 기억났다. 그러나 하유에게 그 소리는 무!라고 새겨졌다. 없을 무無. 아무것도 손에 잡히는 것이 없는 것처럼 느껴진 것이다. 메아리처럼 길게 여운을 남기는 그 소리는 음향이 아니라 허공에 찍히는 무늬 같기도 했다. 앉아 있는 무진을 구름처럼 감싸며 무늬는 넓게, 넓게 퍼져나갔다. 잠들지 않는 눈동자가 구름 너머로 깨어났다. 하유는 그것이 제3의 눈이라는 사실을 알아차렸다. 네팔의 부다나트*에 갔을 때 거대한 초르텐의 이마에 새겨져 있던 제3의 눈, 지혜의 눈이라고 불리는 저게 바로 순수의식의 눈일 거야. 하유는 그렇게 생각했다. 모든 분별심이 사라진 상태에서 깨어나는 순수의식, 일단의 수행자들은 그것을 높은 자아自我라 부르기도 한다. 미국의 심리학자 로렌 슬레이터는 뇌졸중으로 인해 시력을 잃은 사람이 죽은 눈을 통해 편지를 읽는 놀라운 일을 목격한 적이 있다고 기록했다. 이것 또한 제3의 눈에 의해 일어난 일은 아닐까?

그렇게 하유가 허공의 눈동자를 의식하는 동안 여자 하나가 무진의 뒤로 다가왔다. 그녀 역시 존재가 아니라 상태였다. '옴'이라고 발음하던 소리의 여운을 느끼며 하유는 금세 여자가 누군지 알아차렸다. 그러나 그것 또한 마음이 만들어낸 환영인지 모른다. 잇달아 일어나는 환영을 의식하자 하유는 자기가 혹시 감각 차단 탱크 속에 누워 있는 건 아닌지 주위를 둘러봤다.

앤드루 뉴버그라는 신경학자는 '감각 입력 정보가 완전히 차단되었을 때 인간의 뇌는 공간이 전혀 존재하지 않는 주관적 감각을 창조한다'고 했다. '신경 신호의 완벽한 차단은 뇌의 어떤 영역에 극적인 효과를 가져오게 하며 그것 때문에 인간의 뇌는 공간이 전

---

* 저녁 사원이라고 불리는 티베트 사원으로, 탑에 제3의 눈이 새겨져 있다. 초르텐은 티베트 말로 탑이라는 뜻.

혀 존재하지 않는 주관적인 감각을 만들어낸다'는 것이다. 뇌과학자들의 말에 따르면, 지금 하유가 겪고 있는 상황은 하유의 뇌가 창조해낸 주관적 감각일 것이다. 마치 감각 차단 탱크에 들어간 듯 하유는 지금 감각 입력 정보를 느끼지 못하고 있는 것이다. 그렇게 몸과 주변의 경계를 찾을 수 없게 된 상태에서 마음이 지각하는 자아는 한계가 없어지니 어쩌면 그것이 바로 신을 느끼는 지점이며 깨달음을 얻는 지점일 것이다.

분리되어 존재하는 어떤 물체나 존재도 없고, 공간에 대한 감각이나 시간의 흐름에 대한 분별도 없어지며, 자신과 우주 사이의 경계도 존재하지 않는 순간이 오면 주관적 자아는 사라지고 만다. 자아가 사라진 이런 상태는 주체와 객체가 따로 없는 초월적이고 절대적인 일체 상태다. 만물이 하나가 되는 이런 상태에 대한 각성이 바로 깨달음이다. 그러나 불교에서 본래면목이라 부르는 이런 절대적 일체 상태 역시 뇌과학자들은 뇌에서 일어나는 신경학적 사건으로 이해한다. 지금 하유가 잠 속에서 경험하는 것도 신경학자 입장에서는 뇌가 만들어낸 하나의 창조인 것이다.

"모든 것이 무야. 텅 빈 게 아니고 아예 없다는 말이야."

무진은 그렇게 말하고 싶었던 것인지도 모른다. 모든 게 무라는 그 상태를 확인하기 위해 헤매는 것인지 무진의 발길은 꿈이 아닌 현실 속에서도 세상 곳곳으로 뻗쳐나갔다. 미얀마에 있는가 하면, 어느새 티베트에 가 있고, 티베트에 있는가 하면 또 어느새 그는 중국에 가 있다. 중국 간쑤성 란저우에서 버스로 네 시간가량 가야 하는 샤허에서 뜻하지 않게 그를 만난 적이 있다. 리틀 티베트라고 불릴 정도로 티베트 문화가 그대로 남아 있는 샤허를 관광 루트로 개발하라는 여행사 대표의 지시를 받고 그곳에 갔을 때 일이다.

샤허

샤허를 가기 위해선 란저우 남터미널에서 아침 여덟시 삼십분 발 버스를 타야 한다. 때는 8월, 들판엔 유채꽃이 만발하고, 기후는 여행하기 딱 좋다. 머릿속으로 당일에 시닝까지 갈 수 있을지를 계산하며 하유는 만약의 경우를 생각해 하룻밤 묵을 숙소를 검색해둔 뒤 버스에 올랐다. 샤허까지는 약 세 시간 삼십 분. 라브랑스를 들러 시닝의 타얼스까지 가서 그곳을 체크하고 돌아오는 코스다. 라브랑스와 타얼스는 드레풍, 세라, 간덴, 타쉬룬포와 함께 티베트의 대표적인 사찰로 겔룩파의 6대 사원이라 불리는 곳이다. 여행사의 계획은 이 여섯 개의 사찰을 모두 순례하는 여행 상품을 개발하겠다는 것이다.

라브랑스와 타얼스 외엔 이미 하유가 섭렵한 곳이다. 그동안 처음 가이드 일을 시작한 미얀마뿐만 아니라 중국과 티베트, 그리고 네팔 쪽으로도 영역을 넓혀온 것이다. 이 또한 무진의 영향이 컸다. 직장이 필요할 때마다 용하게 무진으로부터 도움의 손길이 왔던 것이다. "무슨 도사님이 그렇게 발이 넓으세요?"라고 묻는 하유에게 무진은, "너도 알다시피 도사 이전에 닦아놓은 인연이 많잖아"라고 대답했을 뿐이다.

생각지도 않게 무진을 만난 곳은 라브랑스 입구였다. 입구까지 끝이 보이지 않도록 늘어서 있는 마니차가 볼 만한 사원이 라브랑스다. 경문이 새겨져 있는 마니차는 돌릴 때마다 업장이 소멸된다고 알려진 원통형 불구佛具로, 티베트 사원이 있는 곳엔 어김없이 놓여 있다. 이십육만 평이나 되는 크기에 방만 만 개나 있는 엄청난 규모의 사원인 라브랑스는 외벽에 설치된 마니차의 길이만 무려 4킬로미터나 된다.

한국 절의 단청 같은 무늬들이 울긋불긋 새겨져 있는 원통들을 건성으로 돌리며 매표소를 찾던 하유는 낯익은 한복 차림에 시선이 갔다. 붉은빛이 도는 진한 갈색 개량 한복을 입고 있는 사내 하나가 눈에 와 박힌 것이다. 승복은 아니지만 낯이 익었다. 기도를 하는지 사원 담벼락에 이마를 처박은 채 사내는 꼼짝 않고 서 있었다. 손에 쥔 염주를 만지작거리고 있는 걸 보면 아마 옴마니파드메훔 같은 만트라(眞言)를 염송하는 모양이다. 온몸을 던져 오체투지를 하거나 담벼락에 이마를 기댄 채 진언을 염송하는 사람들을 여기서는 쉽게 볼 수 있다.

저렇게 간절히 기도를 올리는 저들의 염원은 왜 이루어지지 않는 것일까? 하기야 그들의 염원이 중국으로부터의 독립이라 짐작하는 것은 하유의 오버센스일지도 모른다. 그들은 아마 하유보다 더 확실히, 이 생에서 독립을 맞는 것이 불가능한 일이라는 사실을 알아차리고 있을 것이다. 중국의 힘은 갈수록 강해지기만 하고, 척박한 환경 속에 살아가야 하는 티베트인들에겐 팍팍한 삶의 무게로부터 벗어나는 것이 독립보다 더 시급한 문제인 것이다. 독립을 포기한 그들은 아마 현세의 복락보다 내세의 복을 더 갈구하고 있을지 모른다.

1950년 10월 7일, 중국은 전격적으로 티베트를 침공해 광대한 영토와 유구한 역사를 가진 이 나라를 식민지로 만든다. 『티베트에서의 7년』이라는 책을 펴낸 오스트리아인 하인리히 하러의 기록을 보면, '티베트의 상황은 점점 심각해졌다. 동티베트에서 중국 기병과 보병이 국경 근처에 집중되고 있다는 보고가 들어왔다. 그래서 정부는 적을 막기에는 너무 약하다는 것을 알면서도 군대를 동쪽으로 파견할 수밖에 없었다. 티베트는 외교를 통해 무엇인가를 이루려 했지만 아무런 성과도 얻지 못했다. 사절들은 인도에 머물러 있었으며, 외부로부터 어떤 도움도 기대할 수 없었다. 한국의 예는 유엔군조차도 공산군에 대해서는 별로 도움이 되지 않는다는 것을 충분히 증명해주었다. 사람들은 체념하기 시작했다. 중국은 여섯 군데서 동시에 티베트의 국경을 침략해왔다. 첫번째 전투가 시작됐는데도 라싸 사람들은 열흘 후에야 그 소식을 들을 수 있었다. 첫번째 전투에서 티베트 군인들이 조국을 지키기 위해 죽어가는 동안 라싸 사람들은 여전히 축제를 즐기면서 기적만을 바랐다. 정부는 사절을 통해 그 불행한 소식을 듣고는 유명한 무당들을 모두 불러들였다'*라고 되어 있다.

중국의 무력 침략에 유명한 무당들을 불러 대응했던 나라, 그 당시 티베트는 현실계에 몸담고 있는 나라가 아니었던 모양이다. 어쩌면 그들은 아스트랄계에나 존재할 수 있는 나라 아니었을까. 그러나 아스트랄계에서 통용되는 삶의 공식이 물질계에서 통할 수 있는 것은 아니다. 철저히 물질적인 현실계는 무력적인 힘의 논리에 의해 모든 질서가 왜곡되고 재편된다. 중국의 무자비한 침략에 티베트라는 아스트랄계는 풍비박산이 되었고, 국가의 수장이던 달라이라마는 히말라야를 넘어 인도로 망명하고 만다.

담벼락에 머리를 처박고 있는 사내가 무진 같다는 생각이 들자 하유는 얼른 사내 쪽으로 다가갔다. 늘 입던 승복은 아니지만 승복과 다를 바 없는 진한 갈색 통바지에 저고리 차림인 그는 머리카락이 마치 티베트 승려처럼 자라 있었다. 그러나 뒤통수만으로도 하유는 그가 무진이라는 사실을 알아봤다. 줄곧 생각을 했는데 만나게 되다니, 라는 반가움이 마음을 들뜨게 했다. 그러나 인기척을 느끼자 사내는 귀찮다는 듯 돌아보지도 않은 채 내뱉었다.

"아 갸미 민."

"아"라는 발음에 비음이 섞여 있었다. 사람을 잘못 본 것인가? 갑작스런 티베트 말에 하유는 멈칫거렸다.

"워 부스 중궈런."

멈칫거리는 움직임을 알아차린 건지 사내는 다시 같은 말을 중국어로 한번 더 내뱉었다. 워 부스 중궈런, 중국인이 아니라는 뜻이다. 그 소리를 듣자 하유는 사내가 무진이라는 것을 확신했다. 중국어로 말했지만 어딘가 어색한 성조聲調가 틀림없는 무진이었던 것이다. 4성으로 되어 있는 중국어 성조는 억양과 음의 높낮이에 따라 의미가 달라지는데, 지역에 따라선 5성과 7성까지 있다. 무진임을 확신하자 하유는 장난기가 발동했다.

"워 스 한궈런. 슈어 차오차오 차오차오 따울러."

하유의 중국어를 들은 뒤에야 사내는 처박고 있던 고개를 천천히 뒤로 돌렸다. 워 스 한궈런, 나는 한국인이라는 말이었다. 웬 조선놈이야?라고 불평이라도 하듯 돌아보던 무진의 눈이 하유의 눈과 마주치자 금방 환하게 웃음을 일으킨다. 입보다 눈이 먼저 웃음을 보이는 건 무진의 특징이다. 세 줄로 굵게 주름진 미간을 활짝 펴며 눈동자부터 먼저 웃음을 지은 뒤 비로소 소리내어 너털웃음을 터뜨리는 것이다.

"슈어 차오차오 차오차오 따울러."

터져나온 첫마디는 하유가 했던 말과 같은 중국어였다. 중국에 가면 수시로 듣게 되는 말, 호랑이도 제 말 하면 온다는 말이다.

"호랑이도 제 말 하면 온다니 누구하고 제 말이라도 했어요?"

"했지 했어. 이게 누구야 정말. 이 중생이 갑자기 여긴 웬일이야?"

곧이어 껄껄거리는 소리가 다시 이어졌다. 갈색 속에 붉은 빛깔이 살아 있는 옷차림이 왠지 티베트 승려들 복장을 떠올리게 한다. 좋은 일이 생기면 목젖이 보이도록 웃음을 터뜨리는 것도 무진의 특징이다.

"그런데 승복은 어디다 팽개치고 옷차림이 왜 이렇게 바뀌었죠?"

웃음을 머금고 있던 무진의 입꼬리가 살짝 비틀린다. 무슨 사연이 있다는 말이다.

"그려, 그려. 그건 차차 알게 될 것이고. 라브랑스까지 온 걸 보니 박사장이 이제 영역을 넓히려는가보네?"

눈치 빠른 사람이었다. 대번에 하유가 온 목적을 알아맞히며 무진은 여행사 사장의 안부를 묻는다. 하유의 지금 직장 역시 무진에 의해 연결된 것이다.

"그래, 여행사는 그럭저럭 잘 굴러가는가보지? 여기까지 영역을 넓히려는 걸 보면."

"네. 티베트 쪽에 호기심을 가진 여행자가 늘어나는 것 같아서요. 그 미션을 가지고 온 거예요."

"라브랑스를 본 뒤 아마 타얼스까지 돌아보는 일정이겠군?"

"네. 그런데 샤허엔 언제 오셨어요?"

"여기 설이 시작되기 전이니 육 개월이 다 되었네. 탕카(탱화)도 보고 티베트식 수행법도 좀 익힐까 하고 왔는데 이러다간 눌러앉게 되겠어."

티베트의 설은 대략 3월 초에 들어선다. 탕카를 보러 왔다는 말은 몬람 축제를 보러 왔다는 말이다. 샤허의 대표적인 볼거리인 몬람 축제는 거대한 탕카를 내거는 티베트 불교의 전통적인 축제다. 티베트의 수도인 라싸는 이미 한족이 대거 이주해 그들의 숫자가 티베트인보다 많다. 중국의 식민지 정책 때문이다. 라싸에 비해 샤허는 아직은 한족보다 장족이라 불리는 티베트인들이 더 많다. 그만큼 전통문화가 잘 보존되어 있는 곳이 샤허이고, 그런 문화를 보기 위해 찾아오는 외지인이 한꺼번에 몰리는 때가 바로 몬람 축제다.

"몬람 축제에 맞춰 관광객을 모시고 오려고 답사하는 건가?"

"축제에 맞추는 게 아무래도 모객에 유리하겠죠?"

"축제를 보는 건 좋은데, 단체로 숙박할 만한 곳이 많지 않아. 저 앞에 보이는 야산에 어마어마하게 큰 탕카를 내거는데, 가로가 이십 미터, 세로가 삼십 미터나 되지. 그걸 보기 위해 수만 명의 순례객이 몰려드니 시골 마을의 시설로는 도저히 관광객을 감당할 수가 없어."

"어쩌죠 그럼?"

"어쩌긴, 단체로 한꺼번에 숙박하는 건 어려운 거지. 따로따로 떨어져 자되 서둘러 예약하고 확인하고 철저하게 점검을 해야 되지."

"도와주실 수 있죠?"

"그때까지 여기 있게 되면. 그런데 아시다시피 내가 바람이잖아."

"바람 잘 날을 기다려야 하나요 그럼?"

"내 인생에 바람 잘 날이 있겠나. 축제 날 아침 사원에서 스님들이 부는 둥첸 소리를 들으면 다른 세계에 와 있다는 생각이 드니 선뜻 떠나기가 힘들긴 해. 마치 중국이 티베트를 점령하기 이전 옛날을 느끼는 기분이라고나 할까. 명절 기분과 어우러지니 축제 분위기는 최고긴 하지. 첫째날 탕카를 내거는 행사를 보고, 두번째 날에 참 공연까지 관람하면 기가 막히지."

"참이 뭐예요?"

"가면극이야."

하유의 미션을 위해 무진은 상세한 설명을 한다.

"탕카와 가면극 외에 빠트릴 수 없는 구경거리로 성스러운 물

146

세례도 있어. 일종의 성수를 맞으려고 사람들이 몰려들지."

"가톨릭의 루르드 샘물 같은 것이라도 있나보죠?"

"있지. 성분은 달라도 효능 면에서 보면 유사할지도 몰라. 모든 성수가 신앙의 산물이라는 측면에선."

여기서 무진은 다시 한번 너털웃음을 터뜨렸다. 평소보다 웃음은 조금 더 길게 계속되었고, 하유의 호기심 또한 조금 더 부피가 늘어났다.

"이때 절에 가면 라마승들이 주전자로 거룩한 물을 사람들에게 나눠줘. 병을 들고 서서 사람들은 서로 받으려고 하지. 그런데 그 주전자 속 내용물이 재미있어."

"성수를 주전자 속에 넣은 것 아닌가요?"

"그렇지. 그렇긴 한데, 그게 성분이 좀……"

재미있는 말이라도 하겠다는 듯 다시 무진이 뜸을 들인다.

"성분이 뭔데요?"

"오줌이야."

무진이 키득거리며 웃음을 터뜨린다.

"고승들의 오줌이야. 그걸 일 년 동안 모았다가 나눠주는 거야. 그게 여기 식 성수지."*

"황당하군요."

---

* 이해선 여행 에세이 『내 마음 속의 샹그리라』(북스캔, 2007)에서 변용.

"고승들의 오줌을 몸에 바르면 악귀를 쫓을 수 있다는 거지. 그래서 몸에 좋다는 거야."

"어이가 없네요."

"뭐, 자기 오줌을 마시는 건강 요법 같은 것도 있잖아. 그러니 효과가 있는 건지도 모르지. 건강을 해치는 건 다 악귀니까."

티베트 불교의 신비가 무너진다는 듯 하유가 고개를 좌우로 내저었다.

"어쨌건 한꺼번에 관광객들이 몰려드니 하수 시설도 형편없고, 축제 때가 되면 대소변 처리도 큰 문제가 되지. 그러니 그 시기엔 마을의 위생 상태가 좋을 수가 없어. 사찰 순례를 하려면 그 기간을 피하는 게 좋지만, 일 년에 한 번씩 딱 축제 때만 탕카를 선보이니 그걸 놓치기도 아깝고."

인도에선 요가를, 중국에선 태극권을, 그리고 미얀마에선 위빠사나를 배운다며 떠돌아다니던 무진이다. 석굴의 벽화에 빠져 몇 번씩이나 둔황을 찾아갔고, 부처님 손가락 사리를 보러 간다는 말에 그를 따라 시안에서 120킬로미터나 떨어진 법문사까지 갔던 적도 있다. 눈이 펑펑 쏟아지던 법문사엔 11월인데도 빨갛게 샐비어가 피고 있었다. 거룩한 곳이 천박한 관광지가 되었다고 투덜거리던 무진은 그때만 해도 가끔씩은 절에 들어가 염불을 하고, 재를 지내는 일을 거들며 돈을 타 오기도 했다. 그런 무진의 삶을 하유는 조금 불안하게 바라봤다. 어디에도 걸리지 않고 사는 듯했지만 무진의 삶이 안정감 있게 느껴지진 않았기 때문이었다. 늘 유쾌하거나 호탕한 듯 보였지만 하유는 가끔 혼자 있을 때 무진이 어떤 모습을 하고 있을지 궁금할 때가 있었다.

환속

한번씩 더이상 세상을 살아야 할 이유가 없지 않을까 하는 의문이 들 때가 있다. 마음이 끝없이 나락으로 떨어질 때, 입으로는 농담을 뱉고 있지만 그 농담이 장터에 떨어진 배춧잎처럼 지나는 사람들의 발에 밟혀 짓이겨질 때 무진은 자신을 아무도 모르는 어딘가에 파묻고 싶어졌다. 에니어그램을 공부한 이유도 그 때문이었다. 도대체 '나'라는 인간은 무엇일까 하는 의문이 인간의 성격 유형에 대해 관심을 갖게 한 것이다. 스스로 7번 유형이라 자각했지만 그것도 사실과 다를지도 모른다. 마음을 언제나 새롭고 흥미로운 일로 채우고 싶어 하는 것이 7번이라는 말에 꽂혀 그렇게 추측했을 뿐 에니어그램에서 분류한 아홉 개 유형의 특성과 장단점을 그는 두루 가지고 있었다. 그러나 인간이라는 알 수 없는 물체를 어찌 아홉 가지 유형만으로 나눌 수가 있겠는가. 모든 것을 개념화시켜놓아야 안심하는 인간의 불안이 성격에까지 번호를 매겨놓은 것일 뿐.

뭔가 새로운 것들을 찾아 마음을 채움으로써 부정적인 상황과 대면하는 것을 회피하려 드는 7번 유형의 특성 그대로 무진은 불행한 순간과 마주치자 마음을 무엇인가로 채우려고 나섰다. 살펴보면 그런 행동의 밑바닥에는 두려움이 있다. 7번 유형들은 두려운 상황을 정면으로 보는 것이 두려워 새롭고 흥미로운 것을 찾는 것이다. 출가도 무진에겐 그런 것일지 모른다. 출가 이후 명상이니 수행이니 하면서 뻔질나게 미얀마나 티베트를 떠돌아다닌 것도 결국은 두려운 어떤 것과 정면으로 마주치지 않기 위해 그랬던 것인지 모른다. 그러나 이젠 그것도 끝났다. 서슴없이 승복 놀이(수행자로 살기라 바꾸어 말해도 될 것이다)를 걷어치운 것은 두려움으로부터 멀어졌기 때문이다. 두려움에도 시효가 있는지, 아니면 두려움에 익숙해진 건지 무진은 7번 유형이라 생각했던 스스로의 판단에 오류가 있었다는 사실을 이제 그만 인정하고 싶은 것이다. 물론 그 배경에 리옌이 있다는 것 또한 부인할 수 없는 사실이다. 리옌에 대해선 차차 말하자. 들어가는 문은 언제나 나가는 문이 되니 출가도, 환속도 무진에겐 결국 사람과의 인연이 그 동기가 된 셈이다. 출가의 동기가 C와의 인연 때문이었다면 환속은 리옌과의 인연이 커다란 역할을 한 것이다.

지금도 C를 잊은 것은 아니다. 유서 한 장 남겨놓지 않고 세상을 떠난 그를 어찌 잊을 수가 있겠는가. 납득할 수 없는 일이었다. C가 왜 자살을 택했는지, 우울증이 원인이라는 한마디 말만으로는 도저히 스스로를 납득시킬 수 없어 무진은 잠을 이루지 못하고 방황했다. 거의 모든 시간을 붙어다니다시피 했던 무진이 이해하지 못하는 일을 그러나 사람들은 너무나 쉽게 이해했다. 우울증이라니까 뭐, 하며.

자신이 무너질 것 같다는 위기감이 드는 순간 무진은 평소 C가 가려 했던 길을 대신 가야겠다는 생각으로 집을 나섰다. 무진 자신이 말리던 길을 스스로 선택한 것이다. 어쩌면 그것은 죄책감 때문에 저지른 실수 같은 것인지도 모른다. 그러나 그것이 어찌 실수로 저지를 수 있는 일이겠는가. 그것 또한 결핍감이 만들어낸 행동일 것이다. 때로 사람들은 결핍을 채우기 위해 술을 마시고, 결핍 때문에 돈을 모으고, 결핍 때문에 사랑을 하는 것이다.

집을 나온 무진은 생사의 문제를 해결하겠다는 결심(사실 이 말은 C가 하던 말이었다)으로 출가를 단행했다. 무슨 이유에선지 C는 승려가 되겠다며 몇 번이나 출가를 시도했고, 그럴 때마다 무진이 절까지 찾아가 그를 도로 끌고 나온 것이다. 그랬던 무진이 출가를 하겠다고 찾아가자 주지는 기다렸다는 듯 "드디어 올 놈이 왔구나"라고 말했다. C를 데려오기 위해 찾아갔던 바로 그 절이었다. 올 놈이라니? 주지의 말에 무진은 "인생이란 결국 누군가가 써놓은 각본에 따라 움직이는 드라마 같은 것인가?"라고 중얼거렸다. 주지의 말을 듣는 순간 여기까지 온 자기의 결심이 비장하게 느껴진 것이다.

"드라마는 무슨 드라마. 팔자 따라 살지 않고 팔자를 피해 가려 하면 죽음과 만나는 수도 있어."

중얼거리는 무진을 쳐다보며 주지가 말했다.

"죽음과 만날 수도 있다니요?"

"운명을 거스를 수가 없다는 말이야. 그걸 거슬러가려 하다가는 제 명대로 살지 못할 수도 있다는 뜻이지."

"그럼 처음부터 팔자가 정해져 있다는 말씀이신가요?"

"그 말이 그 말이지. 살 놈은 살고, 죽을 운명이면 죽는 거란 말이지."

"지금 말씀이 혹시 죽은 그 친구를 두고 하시는 말씀인가요?"

주지의 말이 아무래도 C의 죽음을 염두에 둔 것 같아 무진이 묻는다.

"이왕 출가를 하겠다니 간 사람은 놔두고 네 업이나 닦을 생각을 하는 것이 좋겠다는 말이다."

"혹시 그때 출가하도록 내버려두기만 했어도 그 친구가 안 죽었을까요?"

"하늘이 정한 팔자를 내가 어찌 이렇다 저렇다 할 수 있겠나."

"아무래도 출가를 방해했던 저를 꾸짖는 말씀같이 들려서요."

"승복을 입을 팔자면 승복을 입어야지. 운명을 거슬러 가려는 사람은 그만큼 도를 닦아야 운명을 이길 수가 있어. 네가 이렇게 출가를 하겠다고 찾아온 것도 다 네 팔자소관이지. 그 팔자와 반대로 가면 죽음인들 만나지 말라는 법이 어디 있겠냐."

"팔자대로 살지 않으면 죽음을 만날 수도 있다는 것은 결국 운명은 정해져 있다는 말씀이네요?"

"그 말이 옳은지 아닌지를 알아내는 것이 바로 도 닦는 일이다."

무진의 질문이 계속되자 주지는 그 문제에 대해서는 더이상 말을 섞고 싶지 않다는 듯 "이놈은 삭발도 하기 전에 깨닫기부터 먼저 하려는구나"라며 앞으로는 모든 것을 선가의 방식으로 인가할 것이라고 말했다. 그러나 선가의 방식이란 게 뭔지 들어본 적조차 없던 무진에게 주지의 그런 말은 과장된 자기과시같이 느껴졌을 뿐이다.

삶이 만들어놓은 각본을 운명이라고 말하는 사람도 있다. 성격이 운명이라고 말하는 사람도 있고, 운명은 스스로 만드는 것이라고 말하는 사람도 있다. 모든 걸 운명 탓으로 돌리며 포기하는 사람도 있고, 운명 따위가 어디 있느냐며 무시하는 사람도 있다. 세상엔 각양각색의 사람들이 살고 있으며 그 숫자만큼 운명 또한 각양각색이어서 그것은 폭풍처럼 몰려오거나, 돌처럼 굴러다니거나, 있는 듯 없는 듯 소멸되어 사라지기도 한다.

삭발을 하고 승려로 사는 동안 무진은 운명 뒤엔 체념이 따라온다는 사실 하나만은 분명히 깨달았다. 인생이란 결국 체념과 만나기 위해 걷는 가시밭길 같은 것이다. 가시밭길을 걷고 또 걷다가 포기하거나 아니면 가시밭길을 피하기 위해 꼼수를 부리지만 결국 또다른 가시밭길과 직면하는 것이 인생이라고 무진은 체념에 대한 나름대로의 일가견을 얻은 것이다.

행자와 사미 과정을 거쳐 마침내 비구계를 받고, 무진이라는 법명까지 받아 스님이 된 그는 그러나 돌연 가사 장삼을 반납하고 환속했다. 속세로 도로 돌아온다는 말이 환속이지만, 그사이 무진의 머릿속엔 어디가 속俗이고 어디가 비속非俗인지 구별을 할 수 없다는 판단이 자리잡고 만 것이다.

"강산이 변할 만큼 승복을 입고 지냈지만, 거기나 여기나 차이나는 건 없었어. 산에 있거나 저잣거리에 있거나 그게 중요한 것도 아니었고. 승僧이 속俗이고, 속이 승이더군. 색즉시공 공즉시색이란 말이지. 결과적으로 말하자면 다 전생에 지은 업 때문에 삭발까지 했다는 게 지금의 내 결론이야."

티베트의 라마승처럼 머리카락을 왜 그렇게 자라도록 방치해두고 있는지 무진은 서서히 털어놓기 시작했다.

"승복을 벗어던진 이유가 결국 업 때문이라는 것이군요?"

"옷 벗고 나온 뒤에 문득문득 '팔자와 반대로 가면 죽음인들 만나지 말라는 법이 있겠느냐'라고 하던 주지스님 말이 떠오를 때가 있긴 해."

무진의 표정이 착잡해진다. 그때 무진의 그 착잡하던 표정을 좀 더 시간이 지난 어느 날 벼락처럼 떠올리게 될 줄 그때 하유는 알 리가 없었다.

"그래, 어쨌건 다 업 때문이지. 입었던 옷을 다시 벗었으니 업을 또 짓는 건 아닌지 모르겠다만……"

변명하듯 무진이 말꼬리를 흐린 것은 실망하는 하유를 의식했기 때문이다. 승복 입은 자신에게 하유가 은근히 기대와 의지를 하고 있었다는 사실을 무진도 알고 있는 것이다.

"사오린스에 갔던 적이 있어. 그때만 해도 그 옷을 입고 뭔가를 이루려고 하던 때였지."

무진의 변명이 계속되었다.

"사오린스?"

"숭산 소림사 말이야. 무술로 유명한 곳이지만 사실은 중국 선종의 본산이 거기야. 달마대사가 득도한 곳도 거기고."

"달마가 거기서 구 년 동안 벽만 바라보고 앉아 도를 닦았다는 건 저도 알고 있어요."

"승복을 입은 지 얼마 되지 않아 열정이 넘칠 때라 그 당시 달마대사가 얼마나 치열하게 면벽좌선을 하며 공부를 했는지 그 증거를 보기 위해 찾아갔었지. 대사가 공부한 토굴이 소림사 산 위에 남아 있으니까."

"그러니까 달마가 전설 속의 인물이 아니라 실제로 있었던 인물이라는 말이군요?"

"그거야 역사적인 사실이니 전설이 아니지. 사오린스가 창건된 건 중국의 북위 시절이었어. 낙양 동쪽에 있는 숭산에 절을 지었는데, 절이 창건되고 이십여 년 뒤 달마대사가 인도에서 오게 된 것이지."

"그래서 증거는 찾았어요 거기서?"

"그림자가 새겨진 바위를 봤어."

"무슨 그림자요?"

"달마대사가 얼마나 치열하게 정진했는지 징표가 되는 그림자였어. 크게 감동이 오더군. 생각해봐. 벽을 보고 앉아 수행 정진하는 달마의 모습이 바위에 그림자로 새겨졌으니 얼마나 치열했으면 그런 일이 다 일어났겠어. 면벽영석面壁影石이라고 이름 붙인 바위를 지금도 사오린스에 가면 볼 수 있어."

그때의 감동이 다시 밀려온다는 듯 무진의 표정이 다시 생기를 찾는다.

"사오린스에서 나를 감동시켰던 건 그뿐이 아니야. 달마에 이어서 중국 선종의 두번째 계승자가 된 혜가스님에 대한 이야기도 만만치가 않아. 달마의 법맥을 이은 두번째 조사가 바로 혜가스님이지. 제자로 받아줄 것을 간청하는 혜가에게 달마는, 지금 내리고 있는 눈이 붉은 눈으로 바뀌면 너를 제자로 받아들이겠다, 라며 혜가를 떠보지. 그 말을 들은 혜가는 서슴지 않고 칼을 들어 자신의 한쪽 팔을 잘라버렸어. 하얗게 눈 덮인 주변은 금세 붉은 피로 물들고, 달마는 결국 혜가를 제자로 받아들여 법맥을 잇게 했어. 지금도 소림사에 가면 스님들이 두 손을 모아 합장하지 않고 한 손만 들어올려 인사를 하는 이유가 바로 한쪽 팔을 자르면서까지 진리를 찾았던 혜가스님의 치열한 구도 정신을 계승한다는 뜻이야."

솔깃하게 듣는 하유를 보자 흥이 난 무진은 한 가지 이야기를 더 보탠다.

"중국뿐 아니라 19세기 일본에서도 그렇게 치열하게 진리를 구하던 승려가 있었어. 에도 시대에 살았던 료넨*이라는 여승인데, 이 비구니 스님은 뛰어난 미모 때문에 출가를 하려 해도 절에서 받아주지를 않자 스스로 불에 달군 인두로 얼굴을 지진 뒤 스님이 되지. 그만큼 진리를 찾겠다는 마음이 치열하고 간절했던 거야. 그 비구니 스님이 남긴 시가 승복을 벗고 산문을 나서는 날 자꾸 생각나더군."

예순여섯 번이나 내 눈은
바뀌는 가을 풍경을 지켜봤네.
달빛에 대해서도 충분히 말했으니
더이상 묻지 말라.

---

* 황벽종(黃蘗宗)의 비구니(1646~1711).

시를 암송하는 무진을 바라보던 하유가 입을 연다.

"인두로 얼굴을 지지면서까지 출가를 했다니 참으로 대단한 일이군요."

"그렇지. 그렇게 할 것까지야 있나라는 생각이 들 정도로 대단하지. 결국 그렇게까지 할 수가 없었던 나는 이렇게 승복을 벗은 것이고. 난 끝내 그런 치열함을 따라갈 수가 없었어."

무진의 표정이 조금 쓸쓸해졌다.

"승복을 입을 사람은 내가 아니라 날개였는데, 나보다 그 녀석 팔자가 삭발하고 출가하는 건데. 팔자대로 살지 못하게 내가 제지하는 바람에 녀석이 세상을 떠난 것인지도 몰라."

"에이, 그 소린 그만하세요. 무슨 그런 말도 안 되는 소리를 자꾸 해요."

"말도 안 되는 소리가 아니라 살아가면서 점점 팔자대로 살아야 된다는 말이 옳다는 생각이 들어. 팔자를 거슬러 살려고 하다보면 철퇴를 맞는 거지."

"철퇴는 무슨 철퇴를 맞았다고."

"우주가 철퇴를 내리는 것이지. 우주의 원칙으로부터 벗어났으니까."

"그럼 형은 팔자에 없는 승복을 입었다가 다시 원래 팔자 그대로 승복을 벗은 셈이군요?"

"모르겠어. 내 팔자가 뭔지. 사실 승려로서 지켜야 할 계율도 내겐 버거웠어."

무진의 입에서 계율이라는 말이 나오자 하유 또한 짚이는 게 없는 건 아니다. 승려도 인간인데, 그리고 남자인데 그런 걸 꼭 그렇게 엄격하게 지키며 금욕을 강요하는 것이 옳은 것인가 하는 생각 때문에 아는 척하지 않았을 뿐이다.

"그런데, 승복을 벗는 것도 다 업이라고 하면서도 전생 같은 건 없다고 하셨잖아요? 전생이 없는데 업이 있다는 것도 논리적으로 안 맞는 거 아니겠어요?"

"그건, 전생이 없다는 게 아니고, 특정한 한 개인이 모습만 바뀌어 그대로 다시 태어나는 그런 식의 전생이나 윤회는 없다는 말이었지. 그러나 그것 또한 지금은 딱 잘라 뭐라고 단정할 수가 없어. 아니 오히려 더 모르겠어. 이젠 솔직히 혼란스러워."

처음 보는 모습이었다. 좌절한 것인지, 무진의 흔들리는 모습은 하유까지 심란하게 했다. C가 죽었을 때 무진은 심하게 흔들렸지만 그때의 흔들림은 그러나 뼈가 있는 것이었다. 흔들려도 속으로 그 흔들림을 지탱해나가는 뼈대 같은 것 말이다.

한편으로 환속이란 무진에게 새로운 방황의 신호 같은 것이기도 했다. 절집을 떠나 다시 세상으로 돌아온 무진은 예전보다 더 분주하게 여기저기를 떠났다. 샤허로 가기 전 그는 먼저 둔황으로 향했다. 무진에게 둔황은 처음이 아니다. 번번이 확인할 게 있어 간다고 말했지만 그때 그는 이미 뭔가에 빠져 있었던 것이다.

"알고 보면 모든 이별은 죽음에 대한 연습이야."

미리와 헤어졌다는 말을 듣자 무진의 첫마디는 그것이었다. 결과적으로 무진의 그 말은 중환자실에 눕게 될 미리의 운명에 대한 예언이 된 셈이다.

"모든 두려움 뒤에는 죽음이 있어. 인간은 모두 죽음을 피하고 싶어하지. 그러나 우리 모두는 태어나는 그 순간부터 죽음을 향해 나아가는 시한부 인생이야."

박박 밀고 다니던 머리는 지저분하게 자라고 있었다. 티베트의 라마승들을 볼 때마다 머리를 왜 깨끗하게 깎고 다니질 않는지, 추운 지방의 스님들이라서 그런 것인가? 하며 바라보던 하유에겐 지금 무진의 머리가 꼭 티베트 승려의 그것처럼 보인다.

"가까운 이의 죽음은 삶에 대해 많은 생각을 하게 만들지. 어쩌면 나보다 더 잘 알겠지만."

"결국 우리도 다 가는 거니까 어쩔 수 없지요, 뭐."

아버지에 이어 어머니까지 세상을 떠나자 하유는 죽음에 대한 두려움이 커졌다. 모든 것과 결별하는 죽음은 죽는다는 것 그 자체보다 자신을 지지하던 모든 것으로부터 떠나간다는 것이 더 두려운 일이었다.

"그런데 도사님, 아니 이젠 형이지. 다시 옛날로 돌아가서 형,

그런데 한 가지 묻고 싶은 게 있어요."

"뭐?"

"오래된 의문인데 마침 형이 죽음 이야기를 하니 생각나네."

"뭔데, 말해봐."

마음속에서 떠나지 않고 있던 의문이었다. 아는 사람이라서 밝힐 수 없다는 말에 더 캐묻지 않았을 뿐 삭발하고 출가하는 무진을 보는 순간부터 의문은 더 깊게 뿌리를 내렸다.

"그때, 날개 형이 죽는 날 꿈을 꿨다고 그랬잖아요."

"그래서?"

"그땐 말할 수 없다고 했는데, 그때 형이 꾼 꿈속에서 칼로 날개 형을 죽인 사람이 누구였죠?"

짧게 침묵이 흘렀다. 생각에 빠진 듯 입을 다물고 있던 무진의 표정은 그러나 오래가지 않고 풀렸다.

"지금 와서 갑자기 왜 그걸 묻니?"

"혹시 그 사람이 형인 건 아닌가 해서."

"왜 그런 생각을 하지?"

"그러니까, 좀 엉뚱한 상상인지 모르겠지만, 형이 전생에 날개 형에게 그런 일을 저질렀기 때문에 그런 꿈을 꾼 것은 아닐까 하는 생각이 들었어요."

굳게 입을 다물겠다는 듯 입 주변 근육에 힘을 주긴 했지만 무진은 천천히 고개를 아래, 위로 끄덕였다.

"출가도 혹시 그 꿈 때문에 한 것이었어요?"

다시 쐐기를 박듯 하유의 눈길이 무진의 표정에 가 박힌다.

"내 입에서 나와야 할 전생 이야기가 네 입에서 나오니 좀 황당하긴 하다만 꿈에 나온 인물이 나인 건 맞다. 그렇지만 왜 꿈에서 내가 날개 녀석을 찌른 것인지. 네 말마따나 전생에 얽힌 업이 있는 모양이지. 그러니까 녀석이 가려던 길을 내가 따라간 거지. 절에 가 있던 녀석을 번번이 내가 가서 끌고 나오지만 않았어도……"

출가 이야기였다. 정작 출가하려고 절에까지 갔던 C를 그렇게 막지만 않았더라도 그가 목숨까지 끊진 않았을지도 모를 일이라는 것이다.

"에이, 그 말은 그만하세요. 인생에 가정법은 필요 없어요. 그때 그 일을 안 했더라면 이런 결과가 없었을 것인데, 하는 건 후회일 뿐 운명은 그런 후회와 상관없이 닥치는 거잖아요. 그건 그렇고 왜 이 오지에 이렇게 오래 머무시죠?"

어쨌건 그동안 궁금했던 의문이 풀렸다는 듯 하유가 이야기의 주제를 바꾼다.

"버스 타면 올 수 있는 곳인데 오지는 무슨 오지. 둔갑술이나 좀 알아볼까 해서."

"둔갑술? 그건 또 무슨 농담이세요?"

"농담 아니야. 그것도 죽음을 극복하는 방법이 될까 싶어서 여기까지 온 거라니까."

"그럼 환속은 왜 했어요? 죽음을 극복하는 방법으로 출가를 택한 것 아니에요?"

"승복을 입어도 길이 안 보이더군."

"그래서 다시 옷을 바꿔 입어본 건가요 그럼?"

"네가 한 눈에 알아보긴 했지만, 헌옷을 벗고 새 옷을 갈아입었으니 이 또한 둔갑술 아니겠나?"

"인터넷으로 모든 것이 다 드러나는 세상인데 아직도 그런 황당한 이야기를 믿으세요?"

"그게 황당한 것일까? 기적도 일어나는 세상인데 둔갑술인들 못하라는 법이 있을까? 알고 보면 존재 자체가 기적인데. 둔갑술을 부려서라도 난 나를 바꾸고 싶어."

하유를 바라보고 있지만 스스로에게 묻듯 무진의 말끝은 독백 같은 의문형이다. 기적이라는 말에 하유는 다시 미리 생각이 났다. 기적의 현장을 확인하고 와야겠다며 멕시코까지 갔던 여자 아닌가. 하유는 성모 발현의 기적을 찾아 과달루페로 갔던 미리 생각을 한다.

1531년, 멕시코 과달루페의 인디오 후안디에고에게 발현한 성모는 푸른 틸마(망토)를 걸친 모습으로 나타났다. 신비한 구름 속에서 나타난 성모마리아는 자신이 누구인가를 밝힌 뒤 그 자리에

164

성당을 세우라는 말을 남긴다. 그러나 후안디에고로부터 성모 발현 소식을 들은 과달루페의 주교는 증거를 제시하라며 그를 믿지 않는다. 어쩔 수 없이 후안디에고는 다시 성모가 나타났던 장소로 갔고, 기다렸다는 듯 다시 발현한 성모로부터 "산 위에 올라가 장미꽃을 꺾어오라"는 지시를 받는다. 때는 장미가 피지 않는 겨울이었고, 성모가 가리키는 산은 풀 한 포기 나지 않는 바위산이었다. 그러나 후안디에고가 성모의 말을 믿고 위로 올라가자 눈앞에 놀라운 풍경이 펼쳐졌다. 장미꽃이 만발해 있었던 것이다. 감동한 후안디에고는 틸마 가득 장미를 담아 내려갔다. "어서 이 장미를 가져가 주교에게 보여주거라"는 성모의 말을 따라 다시 주교를 찾아간 후엔 후안디에고가 보라는 듯 망토를 펴자 수십 송이 장미가 성당 바닥으로 흩어졌다. 더욱 놀라운 것은 장미를 비워낸 망토 위로 성모의 형상이 새겨졌다는 사실이다. 눈앞에 펼쳐진 기적에 놀란 주교는 무릎을 꿇고 기쁨과 참회의 기도를 올렸다.

그뒤, 망토에 나타난 성모의 형상을 검사한 과학적 결과 또한 신기하다. 붓질한 자국이 없는 성모의 형상엔 물론 물감의 안료 성분도 검출되지 않았다. 기적이라는 말 외에 달리 표현할 말이 없는 것이다. 망토에 새겨진 성모의 눈동자에도 신비가 숨어 있는데, 눈동자 속에 사람의 그림자가 비친다는 사실이다. 그림자의 주인들은 망토를 펼친 그 순간, 그 자리에 있었던 사람들로 추정된다.

성모 발현의 기적에 대해 가톨릭교회는 '실제로 성스러운 힘이 개입한 것으로 믿으며 성모 발현의 주된 목적은 성모가 실제로 존재한 인물이었다는 사실과 함께 성모가 여전히 이 시대를 살아가는 그리스도인들을 보살피고 있다는 사실을 증명하기 위한 것'이라 해석한다. 성모가 발현한 자리에 세워진 과달루페 대성당은 세계에서 두번째로 큰 성당으로 1921년, 대성당은 괴한이 던진 폭발물에 의해 제단이 파괴되는 피해를 입는다. 그러나 성모의 형체가 새겨진 망토는 아무런 피해도 입지 않았다고 한다.

과달루페에서 돌아온 뒤 다시 여행 경비가 모이자 미리는 이탈리아로 갔다. 이번엔 성인에게 꽂힌 것이다. 비행사들의 수호성인이라 불리는 '쿠페르티노의 성요셉'의 흔적을 찾는 게 여행의 목적이었다. 공중에 떠다녔다는 성자의 이야기를 과달루페에서 만난 한 순례자로부터 들은 것이다. 가이드라는 직업 때문에 늘 집을 비우는 하유와 뭔가를 찾아 끊임없이 헤매고 다니는 미리의 사이가 차츰 벌어지던 때의 일이었다. 미리를 보낸 뒤 하유는 성요셉이 어떤 인물인지를 찾기 위해 그의 전기가 실린 자료를 찾아 읽었다.

이탈리아 브린디시 남서쪽에 있는 마을 쿠페르티노 출신인 성요셉은 헛간에서 태어났다. 예수와 마찬가지로 가난한 목수를 아버지로 둔 그는 멸시당하고 구박받는 어린 시절을 보냈다. 간신히 수도원에 들어가긴 했지만 그러나 그는 영악하지 못한 성품 때문에 어렵게 얻어낸 수습 수도사 자격을 박탈당하고 쫓겨나기까지 한다. 천신만고 끝에 다시 들어간 수도원에서도 그는 말이나 돌보는 마부 신세였다. 그러나 흥미로운 사실은 그렇게 멸시당하는 삶을 살면서도 그가 늘 웃음을 잃지 않는 순박한 성품을 유지했다는 것이다.

그의 인생에 반전이 일어난 것은 힘들게 사제가 되고 한참 지나서였다. 여전히 부족한 말주변과 행동으로 질책과 질시 속에 살던 그에게 기적이 일어난 것이다. 그의 육체가 공중부양을 하기 시작한 것이다. 미사를 하는 제대나 나무 위로 날아올라가는 등 그의 공중부양은 수시로 일어났다. 심지어 밥을 먹는 도중 접시를 든 채 날아올라 사람들을 놀라게 하기도 했다. 또한 그의 눈엔 하느님이 보이기 시작했는데, 혼이 빠져나간 사람처럼 보였지만, 하느님이 보이는 동안 그는 마치 돌기둥처럼 꼼짝도 하지 않고 서 있었다. 그런 그를 사람들은 심지어 불붙은 장작으로 건드리는 등 여러 가지 방법으로 자극했지만 마치 감각이 없는 사람처럼 그는 그 자리에 서 있기만 했다. 물질세계를 떠난 그의 의식이 온전히 신의 영역에 가 있는 순간이었다. 그런 그를 두고 사람들은 영혼이 하느님과 조우한 것이라고 말했다.

동물들과도 대화를 하는 등 그가 보인 이적은 수없이 많다. 그러나 그런 초월적 사건들이 기적으로 공인받게 되기까지는 많은 세월이 흘러야 했다. 생존했던 당시 그는 오히려 그런 일 때문에 재판을 받았을 뿐 아니라 수도원으로부터 격리되고 감금당하는 고난을 겪어야 했다. 가난한 목수의 아들로 태어나 평생 소외와 멸시 속에 살았던 그는, 그러나 힘없고 약한 사람들로부터는 특별한 존경과 사랑을 받았다. 똑똑하고 힘있는 사람들이 알아보지 못한 인간적 덕성을 가난하고 힘없는 이들은 알아봤던 것이다. 자신의 죽음을 미리 예고했던 그는 1663년 9월 18일 60세의 나이로 세상을 떠나는데, 지상을 떠나는 순간 그가 마지막으로 남긴 말은 '이제 나귀가 산을 오르기 시작하는구나'라는 한마디였다고 한다. 백 년이란 긴 세월이 지난 뒤인 1767년, 가톨릭교회는 마침내 그를 성인으로 인정하게 된다.

기적에 대한 이야기를 하는 동안 하유의 목소리엔 힘이 들어갔다. 자료를 찾고, 미리로부터 이야기를 듣던 당시의 그 동요되던 마음이 되살아난 것이다.

"이론적으로 말하자면 기적이란 보이지 않는 자연의 에너지를 보이는 형태로 바꾸어놓는 일이라고 할 수 있어. 에너지가 물질로 바뀌는 현상을 물현物顯이라고 부르지. 자연을 지배하는 에너지의 구조를 변형시켜 비물질적인 것을 물질적인 어떤 것으로 바꾸어놓는 능력이 바로 기적이야. 그건 가톨릭뿐만이 아니라 모든 종교에서 다 일어나는 일이지. 여기 티베트엔 그런 기적에 대한 일화가 유난히 많아. 밀라레빠*나 파드마삼바바**에 대한 이야기는 전설이 되어 있지. 그렇게 기적을 신봉하는 사람들이 믿음 하나를 무기로 멀고 먼 라싸에서 카일라스산까지 오체투지를 하며 순례를 하잖아. 그러나 기적이 없다고 말하는 사람들은 발등에 불이 떨어지기 전까지는 눈에 안 보이는 세계가 있다는 사실을 인정하지 않아. 아직도 마법 같은 일들이 티베트 같은 곳에선 여전히 일어나고 있는데도 말이야."

기적 이야기에 동조한 무진이 반색을 하며 말을 잇는다.

"그럼 티베트같이 가난하고 소외된 곳에 기적에 대한 이야기가 더 많은 이유는 뭘까요?"

"아마도 그건 사람들의 영혼이 아직 물질세계에 물들지 않아서 그런 것일 거야. 어디서도 기적이야 일어날 수 있고, 또 일어나고 있지만 그것 또한 인간의 의식이 반영된 것이니까 번뇌 망상으로 물들어 있는 현대인들에겐 좀체 일어나질 않는 것이지."

"맞아요. 뉴욕이나 서울 같은 대도시 한복판에서 기적이 일어났다는 말은 잘 들어보질 못했으니까요."

---

* 티베트 불교 까규파의 추앙받는 성자로서 수미산이라 불리는 카일라스산과 얽힌 신화적인 이야기가 많다. 그의 깨달음의 시를 모은 『밀라레빠의 십만송』이 국내에도 번역되어 출간된 바 있다.

** 연꽃 속에서 태어난 성자라는 뜻을 가진 파드마삼바바는 티베트에선 구루린포체라고 불리기도 한다. 밀라레빠와 함께 티베트 불교 최고의 성자이며 아미타불의 화신(化身)으로 추앙되고 있다.

"그런 곳에선 설령 기적이 일어난다고 해도 아마 사람들이 그걸 기적이라고 인정하지 않을 거야. 그냥 우연한 일이라고 한쪽으로 치워버리고 말거야. 자기가 알고 있는 상식 밖의 일을 정면으로 마주보는 것이 귀찮기도 하고 두렵기도 하고, 물론 돈도 안 되니까 그런 거지."

돈도 안 된다는 말에 하유는 실소를 흘렸다.

"그러나 실제로 기적은 어디서나 일어나고 있어. 광활한 이 우주에 우리가 존재한다는 것 자체가 이미 기적이고 신비니까."

미리와 비슷한 말을 한다고 느끼며 하유는 무진의 다음 말을 기다린다.

"샤허에 있으면 그런 신비와 접할 기회가 많지 않을까 하는 생각 때문에 여기 머무는 것이지. 이제 샤허만큼 티베트의 옛 모습이 남아 있는 곳도 없으니까. 라싸는 글렀어. 티베트 사람들은 밀려나고, 이미 한족의 도시가 되어버렸어."

"그럼 여기서 기적을 기다리고 있는 셈이군요?"

"여기 티베트 불교의 수행 중에 룽곰 수행이라는 게 있어. 일종의 축지법인데, 그 수행을 마스터한 사람은 날아가듯 빠른 속도로 이동하지. 실제로 땅에서 발이 튀어오르듯 달려간다고 하는데, 지금 시각으로 보면 그것도 기적 같은 것 아닐까?"

축지법이라니 이건 또 무슨 엉뚱한 호기심인가. 이 또한 마음의 빈 곳을 새롭고 흥미로운 일로 채우려 하는 7번 유형의 특성이 만들어낸 호기심인가? 사원의 매표소 쪽을 향해 걸어가며 하유는 지금까지와는 다른 눈길로 주위를 둘러보게 된다. 무진의 이야기를 듣고 나니 여기 사람들이 하나같이 신비하게 보이는 것이다.

알렉산드라 다비드 넬*이 쓴 책에는 실제로 티베트에서 축지법이나 변신술을 목격한 이야기가 나온다. 프랑스 출신의 이 여성 학자는 티베트뿐만 아니라 1917년경, 이미 우리나라 금강산까지 다녀간 사람이다. 그녀는 실제로 축지법을 사용해 허공을 떠가듯 달려가는 라마승에 대한 목격담을 기록해놓고 있다. 그뿐 아니라 그녀는 둔갑술로 허깨비 말을 만들어내기도 하고, 그 말이 울음소리를 내며, 말을 탄 허깨비 사람이 말에서 내려 길 가는 사람들과 이야기를 나누는 그런 일까지 실제로 일어난 일이라고 말하고 있다. 나아가 그녀는 스스로 둔갑술을 배웠던 사실까지 글로 남겨놓았다.

"과학적으로 믿기 힘든 이야기예요."

무진의 설명을 들은 하유가 고개를 절레절레 흔든다.

"그러나 알고 보면 과학적으로도 일리가 있는 이야기야. 티베트 요가의 스승들은 무지개 몸이라고 부르는 유체를 사용해서 우리 눈에 보이지 않는 비물질계를 오갈 수도 있다고 하지. 무지개 몸이

---

* 1868년에서 1969년까지 살았던 프랑스의 여성 문화인류학자이며 여행가, 언어학자, 아나키스트로 알려져 있다.

라는 것을 과학적으로 말하자면, 파동과 관련된 몸의 변화 같은 거라고 난 믿어."

"하지만 그건 책 속의 이야기일 뿐 실제로 그런 일이 일어날 수 있는 건 아니잖아요."

"실제로 확인하고 경험한 뒤 책을 써서 기록으로 남긴 것도 못 믿겠다면 할말이 없는 거지."

다비드 넬은 대초원 지대에서 우연히 축지법의 달인을 만나게 된다. 룽곰파 라마(승려)라고 불리는 그 달인은 처음엔 망원경을 통해 발견되었을 정도의 먼 거리에 있다가 불가사의한 속도로 다비드 넬 앞을 지나갔다고 한다. 발이 땅에 닿을 때마다 용수철처럼 튀어오르며 지나가는 그를 보는 순간 티베트인들은 모두 엎드려 절을 했는데, 다비드 넬은 자기가 본 달인은 무아지경에 빠져 있는 것 같았다고 기록했다. 그런 상태에서 만약 누가 그를 가로막기라도 하면 내면에 깃들어 있던 신이 빠져나가 달인은 죽음을 맞이할 수도 있다는 것이 티베트인들의 믿음이다.

"신들린 경지군요. 우리나라 무당들이 맨발로 날카로운 작두 위에서 춤을 추는 것과 비슷한 경우네요."

"그렇지. 그렇게 보면 축지법이니 변신술이니 하는 것이 허무맹랑한 속임수만은 아니야. 과학적으로 설명하자면, 변신술이란 파동을 바꾸는 일이라고 할 수 있어. 모든 생명이 일종의 파동이라는 사실만 알아도 형체를 바꾸는 것이 불가능한 일이 아니라는 것을 유추할 수 있지. 인간의 세포는 쪼개보면 분자로 구성되어 있고, 그 분자는 또 원자로 나뉘고, 원자는 원자핵과 그 주위를 도는 전자와 소립자 같은 것들로 구성되는데, 이것들이 서로 마이너스와 플러스의 전기적 특성을 통해 밀거나 끌어당기며 진동을 발생시키지. 그게 파동이야. 인간의 세포도 쪼개보면 결국 파동으로 이루어져 있다는 말이지. 세상에 존재하는 모든 물질이 그렇게 구성되어 있고, 각각 고유의 진동수를 가지고 있어. 서로 주파수가 다르다는 거지. 그 사실만 알아도 변신술이니 둔갑술이니 하는 게 결코 불가능한 것이 아니라는 사실을 수긍하게 될 거야. 이론적으로 보면 진동수만 바꾸어도 다른 존재로 변할 수 있으니까. 어떻게 보면 티베트의 스승들은 양자물리학의 원리를 일찌감치 알고 있었던 셈이지. 물론 그건 분석적으로 알게 된 지식이 아니라 직관적이고 경험적으로 터득한 것이겠지만. 둔갑술이란 각자가 가지고 있는 고유의 진동수를 바꾸는 기술이라는 게 내 생각이야. 어때 납득이 가지?"

무진의 말을 선뜻 수긍할 수 있는 것은 아니다. 티베트의 스승들이 실제로 변신술 같은 초월적인 현실을 만들어낼 수 있는 힘이 있었다면 왜 중국의 침공 같은 것은 막지 못했을까 하는 생각이 하유의 머리를 지배했기 때문이다. 『티벳 해탈의 서』에는, '생물과 무생물의 모든 형태를 창조한 정묘한 심령 에너지를 요가의 힘에 의해 무효화함으로써 몸을 해체하여 보이지 않게 하거나, 몸의 진동 비율을 변화시켜 타인이 지각하지 못하도록 할 수도 있다"고 적혀 있다. 아무도 볼 수 없도록 변신할 정도의 능력이 있는데, 그렇다면 왜 그들은 나라를 빼앗겼을까? 그들은 왜 중국이 수많은 티베트인들을 죽이고 나라를 빼앗는데도 아무런 역할을 하지 않았던 것일까?

"그래서 그 진동수 바꾸는 기술을 배우러 여기 샤허까지 왔다는 말인가요 그럼?"

"겸사겸사."

무진의 입꼬리에 묘한 미소가 걸쳐진다. 그의 그런 미소를 볼 때마다 하유는 마치 이쪽으로 올라갔다가 다시 저쪽으로 올라갔다가 하는 시소에 걸터앉은 듯 마음이 올라갔다가 내려갔다가 한다.

"진동수를 바꿔서 뭘 하려고요? 독립운동이라도 할 거예요?"

"무슨 독립운동?"

"티베트와 위구르땅을 다 돌려주면 중국의 영토는 아마 절반은 잘려나가게 될 걸요?"

갑자기 서울에 있는 티베트 박물관을 갔을 때 일이 생각나서 한 말이다. 사설 박물관이었는데, 마침 현장에 있던 관장으로부터 티베트가 독립하면 수집한 유물을 돌려줄 것이라는 말을 들었던 기억이 난 것이다. 작은 규모였지만 엄청난 유물이 전시되어 있는 박

---

* 파드마삼바바, 유기천 옮김, 『티벳 해탈의 서』, 정신세계사, 2000, 108쪽.

물관이었다. 그중에서 티베트 고승들이 입던 의상을 모아놓은 컬렉션은 압권이었다. 티베트 여행을 가기 전 단체손님들을 모시고 미리 답사를 했는데, 뜻밖에 티베트 현지에서도 보기 힘든 유물들을 거기서 보게 된 것이다. 지금은 이런 의상은 티베트에 가도 찾을 수 없다고 말하던 관장은 이어서 유리로 된 장 속에 전시되어 있던 피리에 대해 설명했다. 입을 대어 부는 구멍인 취공吹孔과 몇 개의 지공指孔이 있는 이 피리는 죽은 이의 뼈로 만든 악기다. 깔링이라고 부르는 이 뼈피리엔 티베트인들의 불교적 생사관이 담겨 있다. 그들은 생과 사가 결코 다르지 않다고 믿고 있는 것이다. 사랑하는 이가 죽은 뒤 그 뼈로 피리를 만드는 것은 어쩌면 그가 영원히 살기를 바라는 간절함 때문이 아닐까. 눈 덮인 히말라야 산중에 퍼져나갈 뼈피리 소리를 떠올리자 하유는 지금 자기가 샤허에 와 있다는 사실 또한 예사롭지 않은 인연으로 느껴졌다.

"티베트 문화가 신비를 품을 수 있었던 건 국토의 대부분이 고산에 위치해 있다는 지역적인 특징도 한몫을 한 것 같아요. 만년설 덮인 설산은 바라보기만 해도 신비로우니까요. 그러니 형 말마따나 둔갑술이니 축지법이니 하는 초월적인 일들이 일어날 수도 있겠다는 생각이 들긴 해요"

"그런데 그런 초월적인 일들을 자세히 보면 생사의 문제와 직결돼. 생명이 파동으로부터 비롯된다는 사실을 깨닫고 난 뒤부터는 생과 사 역시 몸만 바뀔 뿐 각각 다른 주파수 대로 옮겨가 거주하게 되는 건 아닐까 하는 생각을 했어. 반야심경에 보면, '늙고 죽는 것도 없고, 늙고 죽는 것이 다하는 것도 없다'는 말이 나와. 불가에서는 또 생사불이, 즉 생과 사가 둘이 아니라고도 하지. 그 말을 현대적으로 바꾸어서 말하면, 진동수가 달라질 뿐 생의 세계와 사의 세계가 다른 것이 아니라는 말이 되지."

"승복은 벗었지만 그동안 절밥을 공짜로 드신 건 아니네요."

"세상에 공짜가 어딨겠나 이 사람아. 반야심경엔 시제법공상是諸法空相, 즉 모든 것이 텅 비어 있다는 말도 있어. 그 말이 바로 모든 물질이 파동의 상태라는 것을 뜻하는 거지. 파동이란 비어 있는 것 아니겠어? 옛날 티베트의 라마승 중엔 이미 파동을 이용해 환영을 창조해내는 능력을 가진 이들도 있었던 것 같아. 진동수를 바꾸어 허공에서 뭔가를 창조해낸다는 건데, 지금 달라이라마 같은 경우를 화신이라고 하잖아. 관세음보살 같은 불보살이 변화해서 형체를 가진 인물로 구체화된 것이 달라이라마라는 거지. 그런데 그 화신이라는 게 바로 주파수 대역이 전환되며 모습이 바뀐 존재라고 나는 이해해. 그렇게 환생한 존재를 티베트에선 툴쿠라고 부르지. 달라이라마뿐만 아니라 많은 툴쿠가 티베트엔 현존하고 있어."

대를 이어 환생하는 티베트의 달라이라마 제도란 곧 화신이 승계되는 제도다. 환생을 거듭해 벌써 14대째인, 현재의 달라이라마 역시 승계된 화신이다. 현존하는 달라이라마가 세상을 떠나며 자신의 환생을 암시하고, 그 암시에 따라 그다음 대의 달라이라마를 찾아내도록 제도는 만들어져 있다. 여러가지 상징적인 증거와 엄격한 심사를 통해 환생이 인정된 달라이라마는 생불生佛로 추앙되며 티베트인들의 정신적 지주가 된다. 환생에 대한 신비롭고 독특한 티베트인들의 신앙이 만들어낸 전통이 바로 달라이라마라는 활불活佛, 즉 살아 있는 부처라는 제도이다.

"그러니까 지금 현존하는 달라이라마 같은 분이 툴쿠라는 말이지요?"

"그렇지. 툴쿠의 대표적인 인물이 달라이라마지."

"지금 14대 달라이라마는 자신이 죽은 뒤 환생하지 않겠다고 선언한 걸로 아는데, 그분 스스로 환생 제도라는 것이 과학적 근거가 희박하다는 의구심이 생겨서 그런 건 아닐까요?"

"그렇다고 볼 수도 있겠지만, 그보다는 환생에 대한 티베트의 독특한 전통까지 중국이 정치적인 목적으로 조작하려고 하기 때문에 그런 선언을 하게 된 것이지. 달라이라마가 티베트 불교의 일인자라면 이인자는 판첸라마야. 티베트의 시가체에 있는 타쉬룬포 사원의 수장이 판첸라마인데, 그도 달라이라마처럼 툴쿠야. 그런데 달라이라마와 판첸라마의 환생자를 결정하는 방법이 독특해. 판첸라마가 죽고 나서 다시 환생하면 그 환생자는 달라이라마의 승인을 받아야 판첸라마로 인정되지. 그와 마찬가지로 달라이라마가 죽고 나서 환생하게 되면 그 환생자를 승인하는 권한이 판첸라마에게 있어. 여기서 중국 정부와 티베트 망명 정부 사이에 갈

등이 생긴 것이야. 현재 망명 정부의 수장인 달라이라마가 인정한 판첸라마를 중국 정부가 엉뚱한 사람으로 바꾸어버린 것이지."

여기서 무진은 주위를 둘러보며 조금 뜸을 들인다. 정치적으로 민감한 이야기라는 뜻이다.

"그건 왜요?"

"현재의 달라이라마가 세상 떠난 뒤 환생할 경우 그 환생자를 중국 당국이 마음대로 결정하려는 포석이지. 꼭두각시 판첸라마를 앉혀놓고, 그 꼭두각시가 승인하는 이를 다음 달라이라마로 추대하려는 계략."

"아, 그래서 지금 달라이라마가 자기는 더이상 환생하지 않겠다고 선언한 것이군요."

"그렇지. 자기가 죽고 난 뒤 환생한다 하더라도 그 환생자를 꼭두각시 판첸라마가 인정하지 않을 게 뻔하니까. 아예 달라이라마 제도를 없애더라도 티베트인들의 정신이 가짜에게 지배당하지 않도록 하기 위한 극약 처방 같은 것이지."

그제야 이해가 되었다. 일본의 식민지였던 한반도를 떠올리자 하유는 티베트가 겪고 있는 현실이 남의 일 같지 않게 느껴졌다. 날이 갈수록 강해지는 중국을 보면 티베트라는 국가는 지구상에서 영원히 사라질지도 모른다.

리옌

당신을 사랑하지만 당신은 내 것이 아니에요.
당신을 사랑하지만 당신은 당신의 것
사랑은 소유할 수 있는 것이 아니랍니다.

밤의 기차역은 썰렁했다. 무진은 노래를 흥얼거리며 광장 쪽으로 내려왔다. 내용도 모르는 채 따라하던 중국 노래였다. 처음엔 멜로디에 끌려 흥얼거렸지만 차츰 가사가 궁금해졌다.

'런허런부능용요우아이칭' 사랑은 소유할 수 있는 것이 아니랍니다. 가사를 알고 나자 가장 인상적으로 와닿는 것이 그 구절이었다. 포르투갈의 파두를 연상하게 하는 처연한 멜로디가 중국 노래 같지 않다. 어디를 가나 그렇게 노래부터 귀에 꽂히는 건 아직도 남아 있는 직업의식 때문일 것이다.

'워아이니, 딴니부스워더. 워아이니, 딴니쯔스니더. 런허런부능 용요우아이칭.' 당신을 사랑하지만 당신은 내 것이 아니에요. 당신을 사랑하지만 당신은 당신의 것. 사랑은 소유할 수 있는 것이 아니랍니다.

노래를 흥얼거리며 무진은 리옌 생각을 했다. 시원치 않은 무진의 중국어 발음을 교정해주며 그녀는 가수 못지않은 솜씨로 노래를 불러 무진을 놀라게 했다.

'당신을 사랑하지만 당신은 내 것이 아니에요.'

맞는 말이다. 공이 즉 색이고, 색이 즉 공이라 모든 것이 있는 듯하지만 실상은 없는 것인데 내 것이라 말할 것이 어디 따로 있겠는가? 광장 쪽으로 걸어가며 무진은 리옌과 함께 잤던 밤들을 생각했다. 남자와 여자에게 잔다는 말이 의미하는 것은 무엇인가. 그것은 수면으로서의 잠이 아니라 육체의 교류를 뜻한다. 사람이 아닌 짐승들의 그것을 교미라고 부른다. 그러나 무진과 리옌에게서의 잠은 사전적인 뜻으로 교미에 해당하는 '체내수정을 하는 동물에서 암수의 개체가 몸을 접촉시켜서 서로의 생식구를 밀접시키거나, 수컷의 음경을 암컷의 생식구에 삽입하여 정자를 암컷의 체내에 넣는 행위'를 하는 것은 아니었다.

그들은 그냥 잤다. 그렇게 그냥 잘 수 있었던 것은 어쩌면 C에 대한 죄책감 때문일지도 모른다. 그녀 위로 올라가 그녀의 몸에 자신의 몸을 포개고 싶은 충동이 들 때마다 무진은 C를 떠올렸던 것이다. 그러나 무진이 C의 여자를 가로챘던 것은 아니다. 사랑은 결코 소유의 대상이 될 수는 없는 법이니까. 리옌 또한 마찬가지다. 사랑은 소유할 수 있는 게 아니라고 노래 부르는 여자를 어찌 가질 수가 있겠는가? 무엇 때문인지 무진은 리옌과의 인연이 오래가진 못할 것이라는 예감을 느낀다. 세상의 아픔 대부분은 소유할 수 없는 것을 소유하려는 마음으로부터 비롯된다. 무소유는 비단 물질의 문제만은 아닌 것이다.

떠돌아다니는 동안 은행 잔고는 모래가 흩어지듯 새어나갔다. 둔황에 머물던 어느 날 문득 무진은 자기가 빈털터리가 되었다는 사실을 알았다. 그러나 빈털터리가 되었다는 그 사실을 깨닫는 순간 마음은 오히려 걱정으로부터 놓여나 편안해졌다. 아무것도 가진 것이 없으니 잃을 것도 없고, 잃을 것이 없으니 집착하며 매달릴 것도 없다. 가진 것이 없다는 사실이 그렇게 홀가분하게 느껴질 줄 몰랐다. 출세니, 돈이니 하는 것들이 다 부질없는 망상에 지나지 않는다는 사실을 무진은 명사산과 월아천月牙川이 있는 둔황에서 확인하게 된 것이다.

천년을 마르지 않던 샘물 월아천은 이제 인간의 욕심에 의해 말라가고 있다. 천녀天女가 흘린 눈물이 아름다운 오아시스가 되었다는 그 아름다운 전설도 모래 속에 묻힐 때가 된 것인가. 초승달같이 생긴 월아천을 떠올리며 무진은 자기가 정말 둔황에서 몇 번의 생을 살았던 건 아닌가 생각한다. 남들이 말하는 식의 전생을 믿지 않았지만 둔황에 있는 동안 생각이 달라졌다. 언젠가 걸었던 것 같고, 언젠가 살았던 것 같은 기시감은 도대체 무엇 때문인가. 뭔가에 홀린 것 같은 나날이었다. 며칠씩 잠을 자지 않을 때도 있었고, 하염없이 모랫길을 걷거나 달밤의 명사산을 달이 지도록 바라보기도 했으며 열차를 타고 먼길을 미친듯 달려가기도 했다.

둔황에서 탄 열차는 지아위꽌, 장예, 우웨이를 거쳐 란저우에 닿는다. 천 킬로미터가 넘는 먼길이다. 끝없이 펼쳐지는 초원이나 노란 유채꽃이 만발한 들판, 영화의 한 장면처럼 태양이 해바라기 위로 지는 것을 보며 무진은 까닭 모를 슬픔에 잠기기도 했다. 한 무제가 흉노족과 전투를 치르며 개척했다는 도시인 우웨이나 장예를 거쳐 만리장성이 끝나는 곳인 지아위꽌(가욕관)에서 눈 덮인 치렌산맥을 하염없이 바라보며 무진은 머리를 깎고 살았던 십 년 세월을 떠올리기도 했다. 시간은 결코 흘러가거나 사라지는 것이 아니다. 시간은 과거로부터 출발해서 현재를 지나 미래로 달려가는 직행열차처럼 앞으로, 앞으로 전진하는 것이 아니다. 소유의 차원에서 시간은 모자라거나 넘치는 것이지만 존재의 차원에서 시간은 지배해야 할 대상도 아니고 속박되어야 할 대상도 아닌 그냥 인간의 생각이 만들어낸 환상일 뿐이다.

그렇게 기차역 앞을 어슬렁거리며 무진은 이런저런 생각을 했다. 전생이라? 과연 전생은 어디에 있는 것이며, 그것과 현재의 생과는 어떤 관계일까? 혹시라도 전생이 인간의 일반적인 인식이 미치지 않는 어딘가에 정말 존재하는 것이라면 그 전생으로 돌아가 잘못된 생의 한 부분을 수정하거나 변화시킬 수는 없는 것일까?

세상엔 수많은 사람이 살고 있고, 전생을 믿는 사람이 있는가 하면 그렇지 않은 사람도 있다. 리옌은 전생을 중국어로 치옌셩이라고 발음했다. 광장 저쪽에서 다가오는 리옌을 보며 무진은 또 한 번 기시감을 느낀다. 언젠가 지금과 꼭 같은 장면이 두 사람 사이에 있었던 것 같은 것이다.

"전생부터 나를 기다렸다고 하는 걸 보니 리옌은 전생이 있다고 생각하나보지?"

만나고 얼마 되지 않아 그렇게 물었던 적이 있다.

"없다는 생각보다 있다고 믿는 것이 더 합리적인 것 아닐까요?"

"왜 그렇게 생각해? 이유가 뭐지?"

"눈에 보이지 않는다고 외면하는 것보다 우리가 모르는 또다른 세계가 있다고 가능성을 열어두는 것이 더 합리적이라고 믿어요. 눈에 보이지 않는 게 얼마나 많은데요. 전생도 없다는 증거보다 있다는 증거가 사실은 더 많잖아요. 로버트 먼로라는 미국인 들어본 적 있으세요?"

로버트 먼로에 대한 이야기는 리옌에게 처음 들었다. 라디오 프로듀서 생활을 했던 로버트 먼로는 자유자재로 유체 이탈을 했던 사람이다. 자신이 개발한 헤미싱크Hemi Sync라는 기법을 통해 유체 이탈을 하는 방법을 타인에게 전수하기도 했던 그는 유체 이탈을 통해 사후 세계를 탐험했다. 그의 딸이 운영하는 로버트 먼로 연구소가 미국에 있다.

"서울에 갔을 때 강의를 들었던 적이 있어요."

"무슨 강의를 서울에서?"

"헤미싱크 기법을 전수받은 미국인이 한국에 와서 강의를 했거든요. 유체 이탈과 사후 세계에 대해서. 흥미로웠어요."

"그걸 듣기 위해 둔황에서 서울까지 갔단 말인가 그럼?"

"네. 미국 가기보단 쉽잖아요."

리옌은 그런 여자였다. 강의를 듣기 위해 둔황에서 서울까지 갈 수도 있는 여자. 무진은 리옌의 그런 점에 끌렸던 것인지도 모른다.

"둔황에 오면 어디서 본 듯한 사람, 어디서 마주쳤던 것 같은 장면, 그런 것들이 많아. 기시감 때문에 여기가 낯설지를 않아."

"치엔성, 그러니까 당신과 나는 전생에 서로 빚이 있는 사이였다니까요. 쯔스위안펀바?"

쯔스위안펀바, 이게 인연이겠죠?라고 묻는 여자에게 처음부터 끌렸다. 이제 서른셋, 자신과 띠동갑인 그녀를 볼 때마다 무진은 인연이란 것이 참으로 신비한 힘에 의해 끌려오는구나, 라는 생각이 들었다. 세상의 변방에 있던 한 존재와, 또다른 변방에 있던 생면부지의 다른 존재가 어느 날 만나 연인이 되고, 친구가 된다는 것은 기적이라면 기적 같은 일이다. 우연이라고 하기엔 너무나 완벽한 각본에 의해 짜여진 것 같고, 그렇다고 필연이라 말하기에 인생의 만남들은 너무 돌발적일 때가 많다. "제가 전생에 당신을 배신했어요. 그 대가로 이번 생에 다시 당신을 만나서 갚아야 해요. 이번 생에 카르마를 풀지 못하면 더욱 어두운 세월들을 보내야 해요." 관계가 깊어지자 리엔은 뜬금없는 고백을 했다.

처음 만난 건 둔황이 아니라 시안이었다. 시안의 '자싼관탕빠오즈관'에서다. 시안의 중심가인 종루鐘樓를 지나 커다란 북이 매달려 있는 고루鼓樓 오른쪽 방향으로 펼쳐지는 회족 거리의 만두 가게 '자싼관탕빠오즈관'을 찾은 무진이 칭차이쟈오즈(야채만두)를 주문한 뒤 막 자리에 앉았을 때였다.

"니 하오. 라이쯔러한궈마?"

치파오 차림으로 말을 걸어온 여자가 처음엔 만둣집 종업원인 줄 알았다. 한국에서 왔냐고 물으며 조심스레 말을 거는 여자를 향해 무진은 더듬거리며 "워스한궈런. 워부후이숴한위. 뚜이부치"라고 대답했다. 한국 사람이라 중국말을 잘 못해서 미안하다는 말이다. 무진의 대답이 떨어지자마자 여자는 바로 한국어로 말을 걸어왔다.

"둔황에서 본 적이 있는데 모르시겠어요?"

배운 여자인지 또록또록하고 밝은 얼굴이었다.

"둔황에서 저를 봤다고요?"

"네."

"조선족이신가요?"

"워스중귀런, 중국 사람입니다. 서울에서 좀 살았습니다."

"그렇군요. 한국어를 너무 잘하셔서."

"아니오, 한국어, 서툴러요. 칭짜이슈어만이덴."

칭짜이슈어만이덴, 좀 천천히 말해달라는 부탁이었지만 순전히 겸손이었다. 여자의 한국어 실력은 대단했고, 둔황의 막고굴에서 봤는데, 뜻밖에 시안의 만둣집에서 다시 보게 되자 반가운 마음에 인사를 건넨다는 것이다.

"막고굴에선 225굴에 유난히 오래 계셨어요. 그렇게 한곳에만 몰두하는 것이 인상적이었어요. 왜 그러셨어요?"

둔황이 고향인 여자였다. 무슨 특권을 가진 건지 석굴을 자유롭게 드나든다는 여자는 225굴에 몰두하는 무진을 발견하고 강한 호기심을 느꼈다는 것이다.

"벽화를 보는 것에 뭐 특별한 이유가 있겠어요? 그림에 마음을 빼앗겨서 그런 것이지요, 뭐."

처음 보는 여자지만 왠지 마음속 이야기를 털어놓고 싶은 충동을 무진은 참았다.

"같은 장소를 몇 번씩이나 들어가신 걸 보면 거기 아는 연구원이라도 있으신가봐요?"

허락 없이 마음대로 들어갈 수 있는 곳이 아니었다. 굴은 세계 문화유산으로 보호되어 있고, 735개의 석굴 중에 벽화와 조각이 있는 492개의 석굴은 조각상만 해도 이천 개가 넘는다. 철문에 자물쇠를 채워놓고 경비까지 서는 석굴을 무단으로 들어갈 수 있는 사람은 드물다. 더구나 일반 굴이 아닌 특별 굴은 당국의 허가 없인 들어갈 수 없는 곳이다. 대답 대신 무진은 싱긋 미소만 지을 뿐이다. 세상에 마음먹어서 안 될 일이 어디 있냐는 듯.

"하기야 열쇠를 가진 연구원과 친하면 못 들어갈 일도 아니지만, 225굴에 있는 벽화는 앉아서 공양을 올리는 여인의 모습인데, 설마 벽화 속의 그 여인이 미인이라서 그랬던 건 아니겠죠?"

"부커치, 천만에요. 그림의 용모가 선명하게 드러나는 것도 아닌데 그럴 리가 있나요."

무진이 관심을 둔 225굴의 벽화는 무릎을 꿇은 채 향로를 받들어 공양하는 여인 모습이 그려져 있다. 무엇에 홀린 듯 몇 번씩 찾아왔던 둔황이었지만 처음 만난 그림이다. 이것 때문에 여기까지 왔구나. 여인의 머리에 두른 붉은 두건을 보는 순간 무진은 심장이 쿵쾅거리는 걸 느꼈다. 이렇게 강한 기시감은 처음이다. 자기가 그린 그림을 다시 보듯 붓질하던 느낌이 그대로 전해져온다. 쿵쾅거리는 심장박동 속에 화공의 숨소리가 섞여 있는 것만 같다. 마치 우주를 건너 날아오는 별빛처럼 한순간에 영혼을 사로잡는 그것은 비밀을 찾아내는 강한 직감 같은 것이다. 이걸 확인하러 여기까지 온 것인가? 동공을 좁혀 포커스를 맞추자 그 옛날 막고굴과 둔황의 풍경이 파노라마처럼 펼쳐진다.

"225굴의 그림이 저를 끌어당겼어요. 그 앞에서 떠나기가 싫더군요."

"그러셨군요. 그건 저도 마찬가지예요. 저도 처음 225굴의 여인을 보는 순간 아, 하고 탄성을 질렀어요. 매일이다시피 들락거린 곳이지만 그 많은 벽화 중에서 그 여인 앞에만 서면 영혼이 떨리는 것 같아요."

두 사람의 인연은 그렇게 225굴로 인해 시작되었다. 전체적으로 채색을 자제한 그림은 풍부한 묵선을 통해 여인의 옷자락을 묘사하고 있다. 옷자락 이야기를 하는 동안 리옌은 전율이 느껴진다는 듯 바르르 입술을 떨었다.

"담백해서 마음이 가는 그림이지요. 머리에 두르고 있는 붉은 띠와 입술에 사용한 붉은색 안료가 마아주馬牙朱를 쓴 것인지 아니면 홍토나 주사 같은 걸 사용해서 채색을 한 것인지, 어떻게 색깔을 내었기에 천 년이 넘는 세월이 지나도 남아 있을 수 있는지, 그 시절 착색법의 비결은 뭘까 추측해보는 것도 재미있는 일이지요."

"안료를 연구하시는가보죠?"

"부스."

부스不是, 아니라는 말이다. 중국어로 대답하며 무진은 이제 리옌에게 친근감을 느낀다. 치파오를 입고 있긴 하지만 왠지 오래된 한국 친구같이 편안한 여자다.

"그런데 어떻게 안료에 대해 알고 있는 것이죠?"

"몇 번 찾아오다보니 관심이 생기더군요."

"막고굴의 벽화에 대해서 많이 아시는 거군요?"

"알기는 뭐. 그저 화공이 된 기분으로 이것저것 찾아본 거지요."

"전생에 화공이었던 건 아니세요 혹시?"

자신의 속내를 알기라도 하듯 빤히 쳐다보는 여자의 눈길에 무진이 놀란다.

"전생의 일을 어떻게 알 수가 있겠습니까."

"벽화 앞에 서 계시는 모습을 처음 봤을 때부터 어디서 많이 본 분 같다는 생각을 했답니다."

"그랬군요. 전혀 몰랐습니다."

"그림에 빠져 계셨으니 당연히 모르셨겠죠."

"너무 몰입한 것 같아요."

"네. 그런데 이상한 건 그런 모습이 익숙했어요. 제겐."

리옌 또한 기시감을 느낀 것인가. 어디서 많이 본 사람 같다는 느낌이 무엇을 뜻하는 것인지 리옌은 이미 답을 내려둔 상태다.

"사실은 제가 기다리는 사람이 있었기 때문에 그랬던 것인지도 몰라요."

"기다리는 사람이라고요? 둔황에서 말입니까?"

"네. 막고굴에서요. 언젠가 찾아올 사람을 눈여겨보고 있었어요."

"무슨 말인지?"

"살다보면 만날 사람은 언젠가 꼭 만나게 되더라고요. 그게 인연이고요."

마치 자기를 두고 하는 말 같아 무진은 묘한 기분이 들었다. 그러나 싫은 것은 아니다. 크지 않은 키였지만 사랑스러운 외모에 다정다감한 목소리가 매력적이다. 적당히 마른 몸매에 찰싹 달라붙는 치파오는 육감적이기까지 하다.

"둔황에서 우연히 본 사람을 시안에서 기억하다니. 그것도 인연이라면 보통은 넘는 인연이군요."

"그것도 만둣집에서 말이죠. 니워요위엔."

니워요위엔, 우리 둘은 인연이 있다는 말이다. 하얀 치아를 드러내며 여자가 웃는 동안 주문한 쟈오즈가 나왔다. 만두소가 야채로 채워진 '칭차이쟈오즈'를 무진은 가게 벽에 붙어 있는 각종 만두 사진 속에서 찾아내었다. 일종의 메뉴판이라고 할 수 있는 사진 밑엔 쟈오즈 이름이 가득 적혀 있었는데, 야채를 뜻하는 청채青菜라는 이름을 발견하고 주문한 것이다.

"시안에서 제가 가장 좋아하는 만두 가게가 이 집이랍니다. 여기 말고 '더파창쟈오즈관'도 유명하지만, 쇼핑몰이 있는 그쪽보다는 재래시장같이 소란스러운 회족 거리가 재미있어서 여길 오게돼요."

무진도 같은 생각이다. 회족 거리의 복잡하고 어지러운 활발함이 싫지가 않다. 서민적인 냄새가 풍기는 이곳의 만두를 좋아한다며 리옌은 따로 양고기가 들어 있는 챠오즈를 주문했다.

"처음엔 왜 225굴에만 늘 가 계셨는지 그게 궁금하더라고요. 혹시 지금도 화가인가요?"

"지금이라니? 언제 제가 화가였기라도 한 것처럼 말하네요?"

"네. 화가였어요. 제가 알기로는."

농담을 하듯 입가에 미소를 머금고 있는 여자를 보자 무진은 자신이 미대 출신이라는 것을 이 여자가 알고 있는 것일까? 하는 생각을 했다. 그러나 자신이 바보 같은 생각을 했다는 것을 무진은 금세 깨달았다. 여자는 지금 전생 이야기를 하고 있는 것이다. 225굴의 여인을 그린 화공이 무진이라는 사실을 여자는 말하고 싶은 것이다. 그런 여자의 마음을 알아차린 순간 눈앞의 얇은 막 같은 것이 걷히며 현재와 과거가 두 개의 영상처럼 절묘하게 오버랩되었다. 동공을 좁혀 여자를 바라보자 무의식에 저장되어 있던 필름이 영화가 상영되듯 풀려나기 시작했다. 눈앞에 있던 사물들이 배경으로 물러나며 아련하게 돌출되는 풍경 속으로 여자 하나가 붓을 들고 무진을 바라보고 있는 것이다. 당나라 때나 입었을 법한 복색을 한 여인은 붓을 든 채 스승에게 용필법을 배우고 있었다. 지금과는 전혀 다른 얼굴이지만 무진은 그녀가 리옌이라고 느꼈다. 무슨 이유에선지 전생의 한 부분이 드러나고 있는 것이다. 전생의 어느 순간과 현재가 겹쳐지며 말아두었던 두루마리가 풀리듯 과거의 한 장면이 풀려나오고 있었다.

무진에게 전생을 보는 능력이 갑자기 생긴 것은 아니다. 역행인
지력逆行認知力이라 부르는 그 능력은 C가 죽고 난 뒤 한번씩 드러
날 기미를 보이기 시작했다. 그러나 그런 이야기를 꺼낼 때마다 주
지는 "삿된 길로 빠져선 안된다"라는 말을 반복하며 무진을 제지
했다. 선가의 방식만을 고집하는 주지에게 보이지 않는 세계에 대
한 이야기는 망상이나 삿된 길로 가는 지름길로 느껴졌던 것이다.
그런 주지의 영향 때문인지 무진 스스로도 그것을 굳이 믿으려 하
진 않았다. 오히려 헛것이 보이는 것이라 여기며 애써 그런 세계로
부터 벗어나려 했을 뿐이다. 그러나 인간이 합리적이라고 용인한
세상 또한 다수에 의해 도출된 합의 같은 것일 뿐 진실은 아니다.
절집 생활을 하면서 조금씩 자신이 옳다고 믿었던 것들이 무너지
고 생각이 바뀌면서 무진은 자신에게 생긴 능력이 결코 삿된 것이
아니라는 사실을 자각하기 시작했다. 남들이 보지 못하는 어떤 것
들이 자신의 눈앞에선 펼쳐지는데 어쩌란 말인가. 펼쳐지는 그것
들을 계속 환상이라고 부정하는 것만이 합리적이라 말한다면 그
것이야말로 불합리한 태도다.

"225굴에서 찾으신 게 뭔지 말씀해줄 순 없나요? 궁금하네요."

자신을 바라보는 무진의 눈길에서 자신감이라도 얻은 듯 리옌
의 말소리가 분명해진다.

"뭘 특별히 찾은 게 아니라 채색을 할 때 뭘 사용한 것인지 알고
싶었소."

192

"어떤 물감을 사용해 벽화를 그린 건지 그게 궁금하다는 말이군요?"

"말하자면, 그런 셈이지요."

이쯤에서 무진은 자신의 전생 이야기를 여자에게 하고 싶어진다. 그만큼 여자에게 끌리고 있는 것이다. 그런 마음을 눈치챈 것인지 리옌은 장난이라도 하고 싶다는 듯 젓가락으로 만두를 하나 집어들어 무진의 눈앞에 들이밀다가 입안으로 넣는다. 하늘하늘할 정도로 얇은 만두피는 용케 젓가락에 들러붙지 않고 입속으로 들어갔다. 청채라는 글자를 보고 주문하긴 했지만 만두 속에 들어 있는 청채가 무슨 채소인지 맛으로 짐작하기란 쉽지 않다.

"여기 만두는 속에 들어가는 재료가 다양해서 좋아요."

"만두를 좋아하나보군요?"

"네. 엄마가 전생부터 먹던 습(習)이 남아 있어서 그런 거라고 했어요. 엄마는 제가 전생에도 여기 시안이나 둔황에서 살았다고 해요."

"어머니가 전생을 보시나요?"

"네. 어머니는 그런 능력이 있어요. 제가 어릴 때 둔황에 있었던 한국 화가가 생각이 나네요. 그 사람만 보면 엄마는 늘 치옌셩, 치옌셩 하셨어요. 저 사람은 아마 전생에 여기서 살았을 거야, 그렇게요. 그때 그분이 했던 말이 인상적이어서 기억하고 있어요. '내가 둔황으로 온 것이 아니라 보이지 않는 힘이 나를 이곳으로 이끌었다'라고요. 그분이 말했던 그 힘이란 것이 바로 전생의 염력이라고 엄마가 말했어요. 전생 기억이 사람을 끌어온 것이라는 말이지요. 그분 말씀을 듣고 저도 한동안 어떤 힘에 끌려 나는 여기서 살게 되었을까? 하는 의문을 가졌어요."

"그런 분이 있었군요."

"네. 제 전생도 엄마로부터 상세하게 들었어요. 재미있는 것은 엄마와 나는 전생엔 남매 사이였다고 해요."

말끝에 리옌은 소리내어 웃었다. 젓가락으로 만두를 집어드는 그녀의 손가락이 길고 가늘다.

"쟈오즈는 그때부터 먹던 음식이에요. 원하는 안료를 구하기 위해 먼길을 갈 때는 속을 여러 가지 재료로 채운 쟈오즈를 먹었지요. 아마도 시안이나 둔황까지 오신 것도 인연의 힘이 작용했을 거예요. 결코 이 쟈오즈의 맛이 낯설지 않으실 거예요."

"인연이라는 것이 꼭 정해져 있는 것처럼 말하는군요."

"만날 사람은 결국 만나게 된다고 저는 믿어요."

"정말 그럴까요?"

"엄마가 그랬어요. 머지않아 너를 찾아오는 남자가 있을 것이라고요."

환상 속으로 빠져들어가는 것 같았다. 서울에서의 기억은 어느새 사라지고, 둔황과 시안이라는 공간이 주는 이국적인 감흥에 싸여 무진은 지금 있는 이곳이 오래전 전생 속에서 있던 공간같이 느껴졌다.

무진의 눈에 전생이 보인 것은 C의 빈소를 지키고 있었을 때가 처음이었다. 영정사진을 바라보고 있던 눈앞에 갑자기 전생의 풍경이라 여겨지는 영상이 펼쳐진 것이다. 짧은 순간이었지만 영상은 많은 것을 보여줬다. 무진은 C가 죽던 그날 밤 자신이 꾼 꿈이 무엇을 의미하는 것이었는지 비로소 알게 되었다. 정신을 차리자 무진은 주위의 사람들이 모두 어떤 인연으로건 자신과 전생에 관계가 있던 사람들이라는 사실을 깨달았다. 마치 내면에 있는 또하나의 눈이 깨어나는 것과 같았다. 깊이 잠들어 있던 눈이 깨어나며 감춰진 세계가 보이기 시작한 것이다. 그런 무진을 두고 사람들은 죽은 C의 혼이 빙의된 것 같다는 풍문을 만들었다. 그것이 싫어 무진은 출가를 감행하고, 갑자기 생긴 자신의 능력을 부인하려 애썼다. 그가 무엇인가에 빙의된 것은 아니다. 누구보다 그 사실을 잘 알고 있는 사람은 무진 자신이었다.

"니워요위엔. 우린 정말 오래된 인연이 있어요. 그러니 이렇게 다시 만났죠."

잠시 기억 속을 헤매던 무진을 돌아오게 한 것은 리엔의 목소리였다.

"돌이켜보면 그 시절이 우리에겐 후아양니엔화였어요."

"후아양니엔화?"

"네. 누구에게나 화양연화의 시절은 있겠지만, 우리에겐 그때가 가장 아름다웠던 시절이었어요. 한 사람은 붓을 들고, 한 사람은 그 그림 앞에 정물처럼 앉아 있고."

225굴 벽화 이야기였다. 리옌은 무진과 자신의 인연이 225굴 벽화의 그림으로 얽혀 있다고 믿고 있는 것이다. 그러나 리옌의 확신과 달리 무진은 자신이 전생의 한 시절 정말 225굴의 벽화를 그린 화공으로 살았던 것인지 믿음과 의문 사이를 오락가락했다. 마아주나 주사, 홍토 같은 안료들을 사용해 그림을 그렸던 무진은 정말 막고굴의 화공이었던 것인가?

무늬의 노래

노랫소리가 들리는 순간 하유의 아스트랄체는 꿈에서 벗어나 몸속으로 돌아왔다. 다시 물질계로 온 것이다. 마치 어릴 적 임사 경험 끝에 몸으로 돌아왔듯. 그러나 다시 왔지만 하유는 물질계와 아스트랄계가 미묘하게 섞이는 경계 지점을 자각하진 못했다. 그저 잠에서 깨어났다고 생각했을 뿐 아무것도 기억나는 것이 없었다. 삶에서 일어난 모든 사건들의 기억이 기록되고 저장되는 곳이 아스트랄계다. 하유의 꿈 또한 아마 거기 저장되었을 것이다. 살아 있는 사람이 경험하는 아스트랄계는 대체로 꿈이나 환각에 의해 빚어진다.

눈을 뜨자 희미한 빛 속에 앉아 있는 카모쉬가 보였다. 날아다니는 요정같이 노랫소리가 들려왔고, 마음속에서 누가 '답답해'라고 속삭였다. 물론 소리로 전달된 말은 아니었다. 의식에 무늬가 아롱졌다고 해야 할까. 그러나 그뿐이었다. 눈물은 말라 있었고, 긴 여행에서 돌아온 사람처럼 하유는 천천히 몸을 일으켰다.

"노래가 마치 천상에서 들려오는 것 같네요?"

텅 빈 성당에서 흘러나오는 성가같이 노래는 투명하고 낭랑했다.

"깨어났군요."

조명의 밝기를 올리며 카모쉬가 말했다.

"어디서 많이 듣던 노래 같아서요."

"최면이 끝나면 늘 이 노래를 들려드리지요. 신비한 목소리가 마음을 고요하게 해주니까요."

이어폰에서 흘러나오던 소리를 떠올리며 하유는 미리를 생각했다.

"누가 부른 노래죠?"

"뮤라고 합니다……"

"뮤?"

그제야 하유는 노래의 정체를 제대로 알아차렸다. 미리가 즐겨 듣던 CD에 적혀 있던 이름이었다. 뮤. CD를 가리키며 미리는 "마음이 열리게 하는 목소리야"라고 했다.

"전처가 좋아했던 음악입니다. 도대체 이 노래에 사용하는 언어가 어느 나라 말인지 궁금했어요."

"그렇죠. 영어도, 불어도, 스페인어도 아닌 언어를 처음엔 저도 알 수가 없었지요. 우주의 색깔을 드러내는 언어라고 해요."

"무슨 말이죠 그게?"

"우주의 에너지를 색깔로 표현하고, 그 색깔을 노래로 부른다고
나 할까요. 기본적으로는 돌고래의 언어와 같이 파동으로 마음에
울림을 주지요."

색이라는 것도 알고 보면 하나의 파동이다. 모든 색은 각각 고
유의 파장을 가지고 있다. 시인 랭보는 그의 시 「모음voyelles」에
서 '검은 A, 흰 E, 붉은 I, 푸른 U, 파란 O, 모음들이여, 언젠가는
너희들의 은밀한 탄생을 말하리라'라고 노래했다. 그 또한 말에서
색깔을 본 것이다. 왜 A에서 검은색을, 그리고 E에서 흰색을 연상
하는 것인지 따위의 질문은 어리석은 물음이다. 색과 모음의 조합
이 어떤 연관성에 의해 그런 것인지에 대해서는 각자의 느낌이 다
를 수 있다. 그것은 단지 시일 뿐 과학은 아니다. 색에 대해 민감했
던 역사학자 미셸 파스투로*는 모음과 색에 대한 랭보 식의 조합을
시인 자신의 말을 빌려 '근거 없고 자의적'이라고 말한다. 랭보가
그 시를 썼던 나이와 같은 나이인 열일곱에 파스투로는 랭보와 달
리 빨간 A, 파란 E, 노란 I, 하얀 O, 파란 또는 초록색 U라는 조합
을 만든다. 모음이 아닌 자음은 어떨까? 미셸 파스투로는 '자음의
음악성은 모음과 다르고, 색들의 울림 또한 그리 분명하지 않다'

---

* 중세 문장학의 대가로 알려져 있다. 특히 색의 역사 연구의 세계적 전문가이다.
우리말로 번역된 책으로는 메디치상을 받은 책 『우리 기억 속의 색』과 『파랑의
역사』가 있다.

고 말한다.

랭보나 파스투로처럼 뮤 또한 말에서 색을 봤다. 노래를 하며 그녀는 마치 화가처럼 듣는 이의 마음에 색을 입히는 것이다. 자신의 노래에 우주의 에너지가 스며 있다고 하는 뮤의 생각이 터무니없는 것은 아니다. 소리의 진동으로 만들어진 것이 노래이며 색 역시 고유한 파장으로 이루어져 있으니 파장의 길이에 따라 색온도는 차이가 난다. 진동인 노래와 파장인 색이 만나 청각을 통해 듣는 음악이 시각화되는 것이 뭐 이상할 것이 있겠는가.

"이 여자 노래를 듣고 있으면 꼭 한 폭의 수채화를 보는 것 같아요."

"그렇죠. 뮤의 노래를 들은 어떤 언어학자가 그녀가 노래로 부르는 언어가 아틀란티스어로 추정된다는 글을 블로그에 올린 적도 있어요."

"아틀란티스? 사라진 대륙 말입니까?"

"네. 이 모든 것이 초의식 차원에서 알아낸 사실이라고 설명하면 납득하지 못할 일도 아닙니다. 기원전 18,000년경에 사라진 제국의 언어를 해독하는 언어학자가 있다는 것이 놀라운 일이지요."

2,400여 년 전 플라톤은 아틀란티스가 있던 위치를 '헤라클레스 기둥이 있는 해협의 서쪽'이라고 주장했다. 사람들은 그곳이 현재의 지브롤터 해협이라 믿고 있다. 뮤의 노래가 아틀란티스의 언어라면 그건 언어라기보다 일종의 울림 같은 것일 수도 있다. 내용은

사라지고 울림만 남은 것이다. 울림이란 결국 파동 아닌가. 돌고래의 언어가 바로 그런 파동을 이용한다. 음파를 내보내고, 내보낸 그 음파와 반사되어 돌아오는 음파가 서로 부딪치며 만들어내는 간섭 파동을 이용해 돌고래는 대상에 대한 정보를 입체적으로 알아낸다. 그런 소통을 통해 돌고래는 인간처럼 복잡한 말을 하지 않고도 서로 메시지를 주고받는다. 말에 의해 오해를 빚어내는 인간과 달리 돌고래의 언어는 단순한 음파만으로도 소통이 가능한 것이다.

"뮤의 노래는, 우주의 어떤 존재, 우리가 알지 못하는 미지의 생명체가 보내는 메시지를 전하는 것 같아요. 말하자면 그녀는 노래로 채널링을 하는 셈이지요."

영매의 접신 같은 것이다. 미지에 있는 높은 의식을 가진 존재로부터 지혜의 메시지를 수신하는 채널링은 지구 별 곳곳에서 이루어지고 있다. 하유 또한 채널링에 대해 모르는 것은 아니다. 별에 있는 외계인과 교신한다는 미리의 행위 또한 일종의 채널링 같은 것이다.

"그렇다면 그것도 다 초의식 차원에서 하는 일이겠군요?"

"그렇다고 할 수 있지요. 초의식이란 우주의식과 연결되어 있으니까요."

카모쉬의 포스팅을 통해 학습된 내용이다. 의식과 무의식 너머 존재하는 초의식은 신과 연결되는 통로라고 카모쉬는 포스팅했다. 카모쉬의 말에 따르면 초의식은 결국 우주의식이며, 인간의 과거와 현재가 모두 거기에 저장되어 있는 거대한 집단의식이라는 것이다.

"초의식은 우리의 모든 것을 알고 있습니다. 최면 또한 초의식 차원에서 이루어지기 때문에 전생의 일까지 알 수 있는 거지요. 뮤의 언어 역시 초의식과 연결시켜보면 납득하지 못할 것이 없습니다. 지금 지구상엔 6,000여 개의 언어가 존재하고 있습니다. 인터넷이 발달하면서 이 언어들이 서로에게 영향을 주며 변형되고, 왜곡되어 사라지고 있지요. 정보가 활발하게 교류되다보니 언어도 강자에게 약자가 흡수되어 없어지는 것이라고 생각됩니다만, 사람들은 이미 언어를 대신해 아이콘이나 이모티콘 같은 것을 사용하고 있어요. '그림'이란 뜻을 가지고 있는 히브리어에서 시작된 아이콘을 보면서 저는 인류가 선사시대를 동경하는 건 아닌가 하는 생각을 하죠. 문명이 고도로 발달한 지금에 와서 마치 바위 위에 암각화를 그려놓듯 언어 대신 이모티콘 같은 것으로 소통을 시도하는 걸 보면 참 신기해요. 초의식에 대한 이야기를 했지만, 샤머니즘이 왕성했던 선사시대는 아마 초의식에 의해 모든 것이 결정되던 시대였으니 언어가 필요 없었을지도 모릅니다."

이야기를 듣는 동안 하유는 미리를 떠올렸다. 초의식은 모든 걸 알고 있다는데 왜 미리는 최면을 통해서도 연결되지 않는 것일까.

"그런데 최면 속에서도 왜 미리와 만나지질 않는 걸까요? 그리고 왜 갑자기 아버지의 죽음이 보인 걸까요?"

"제 생각에 의하면……"

뜸을 들이듯 카모쉬가 잠깐 말을 멈춘다.

"미리님은 아직 이 세상을 떠나진 않을 것 같습니다."

"네?"

"그러니까 그녀의 의식은 아직 물질계에 머물고 있다는 말입니다."

"죽지 않는다는 말인가요?"

"네. 선친은 이미 몸을 떠난 존재지만, 미리님은 아직 그런 때는 아닌 것 같습니다."

위안을 주는 말이었다. 카모쉬의 말에 기대를 걸며 하유는 그만 일어서야겠다는 생각을 한다. 귀 옆에서 재촉하듯 자꾸 시계 소리가 째깍거리며 들리는 것만 같았다. 내일 아침 비행기로 미얀마로 가야 하는 것이다. 얻고자 하는 것을 얻진 못했지만 세션중에 아버지의 죽음을 목격했다는 것만으로도 놀라운 일이다. 아직 몸을 떠날 때가 아니라는 카모쉬의 말을 의지 삼아 이제 미리의 의식이 깨어나도록 기다리는 수밖엔 별 도리가 없다. 그러나 카모쉬는 그대로 있으라는 듯 음악의 볼륨을 조금 올려놓는다.

"세션이 끝난 뒤 음악을 들려드리는 이유는 우주의 에너지를 받으시라고 그런 것입니다. 뮤의 노래는 마치 스테인드글라스가 비치는 성당에 있는 것같이 거룩하고 고요한 효과를 주지요. 이 노

래를 들을 때마다 전 성슈테판성당의 스테인드글라스를 떠올리곤
해요."

볼륨을 올리자 노래는 마치 중세의 성당에서나 울려퍼질 그레
고리안 성가같이 다가온다. 아카펠라의 깨끗한 음색은 듣고 있기
만 해도 마음이 정화되는 것 같다.

"성슈테판이라면 모차르트의 결혼식과 장례식이 열렸던 빈의
그 대성당을 말하는 겁니까?"

미리와 함께 갔던 대성당을 떠올리며 하유가 물었다.

"아니요. 거기 말고, 제가 말하는 곳은 마인츠에 있는 성슈테판
성당입니다. 샤갈이 채색한 스테인드글라스가 유명한 곳이지요."

카모쉬의 머릿속으론 스테인드글라스의 아름다운 무늬와 함께
엄마가 떠올랐다. 엄마를 찾기 위해 갔던 도시가 마인츠였다. 라인
강과 마인강이 만나는 도시, 아니 모든 만남이 헤어짐과 이어져 있
으니 라인강과 마인강이 만났다가 헤어지는 도시 마인츠는 일종
의 두물머리다. 어렵게 찾아간 그곳에서 카모쉬는 그러나 빈손으
로 돌아왔다.

"네 엄마 세례명이 요안나란다. 믿음이 강해서 열심히 성당에
다녔던 사람이었어. 네 엄마에 대해 사람들이 하는 이야기를 그대
로 믿진 말거라. 엄마가 결코 너를 버렸다고 생각하진 말아라. 엄
만 엄마대로 피할 수 없는 사정이 있었던 거란다. 소문이란 대부분
악의적일 때가 많지."

엄마의 절친 안젤라는 그렇게 말했다.

"처음엔 이태리에서 소식이 왔지. 그러다가 그것도 끊겼어. 네 아버지가 널 꼭꼭 숨기고 싶어했으니 요안나도 너를 볼 수 없어 애 태웠을 거야. 그러다가 이렇게 세월이 흘러버린 거지."

"아버지가 저를 숨기고 싶어했다니 그건 무슨 말이죠?"

"숨긴 게 아니라 피한 것일 수도 있어. 네 아버지도 어쩌면 세상을 피해 숨고 싶었을 거야. 그게 다 악의적인 소문 때문이야. 엄만 결코 도망간 게 아니야. 내가 아는 한 그런 일은 없었어. 네가 알아야 할 중요한 것은 세상에 자식을 사랑하지 않는 엄마는 없다는 사실 그거 하나란다. 그걸 잊지 말았으면 좋겠구나."

어렵게 안젤라를 만났지만 얻어낸 정보는 별로 없었다. 그러나 파이프오르간을 연주하는 요안나를 만난 사람이 있다는 말 하나에 의지해 카모쉬는 마인츠까지 날아갔다. 프랑크푸르트역에서 열차로 사십 분, 인구 이십만의 크지 않은 도시였지만 풍문을 듣고 찾아갔던 마인츠에서 카모쉬는 끝내 엄마를 만나지 못했다.

"엄마 대신 샤갈과 만났지. 바로 그 스테인드글라스 말이야. 신비한 색채와 디자인에 끌려 그날부터 엄마 생각을 하면 온통 바다 빛깔 같은 그 블루가 떠올라. 울트라마린 블루. 분노를 가라앉게 했던 빛깔이 그거였어. 성당의 십자가를 밟아버리고 싶어 했을 만큼 격렬한 분노였지. 불같은 증오심을 주저앉혀놓은 것도 다 샤갈의 그 블루 덕이었어."

내 안엔 또다른 내가 있다. 내게 말 거는 나와, 그 나를 물끄러미 지켜보는 나. 마인츠 시내를 걸으며 카모쉬는 내 안에 있는 또다른 나를 향해 그렇게 독백하듯 중얼거렸다. 독일의 3대 성당으로 알려진 마인츠 대성당까지 가기 위해 프랑크푸르트역에서 ICE를 탔다. 일반열차와 소요되는 시간이 비슷했지만 마음이 바빴다. 만날 가능성은 희박했지만 그렇게라도 해야 했다. 마인츠 중앙역에서 내리자마자 카모쉬는 대성당을 찾아갔다. 그러나 거기서 파이프오르간 연주를 한 적이 있다는 엄마는 찾을 수가 없었다. 엄마를 알고 있을 거라며 소개받았던 한국인 신부는 아예 마인츠성당에 적을 둔 일도 없었다. 허탈감과 함께 치밀어오르는 화를 삭이기 위해 카모쉬는 무작정 거리를 걷기 시작했다. 대성당이 있는 시내 중심부에서 라인강이 보이는 지점까지 걸어가는 동안에도 분노는 가라앉지 않았다. 불같은 화가 잡히기 시작한 것은 성슈테판성당에서였다. 걸어서 거기까지 온 카모쉬의 눈에 스테인드글라스의 푸른빛이 비쳤던 것이다.

성당으로 가는 길은 언덕이었다. 언덕길 위로 삼각 모양의 지붕과 각이 있는 둥근 지붕 두 개가 눈에 들어왔다. 지붕 아래 세로로 긴 창문들이 나 있고, 수수하고 흐린 벽돌색 사암으로 된 건물이 창문을 껴안듯 감싸고 있었다. 고풍스런 석축으로 되어 있는 담장은 높았고, 푸른 나뭇가지들이 늘어져 있었다. 미사를 올리는 제단 뒤편으로 보이는 스테인드글라스는 하늘로 올라가듯 물결치는 푸른 잎새들의 무늬와 샤갈 특유의 동화 같은 성화聖畵로 신비로웠다. 샤갈의 블루라고 일컫는 고요하고 신비한 푸른빛은 허공에 매달린 듯 벽 쪽으로 설치된 파이프오르간의 차가운 은빛과 함께 카모쉬의 분노를 가라앉히기에 제격이었다.

실제로 샤갈은 성당 측의 부탁에 의해 스테인드글라스를 제작했다. 유태인이던 샤갈에게 독일의 성당에서 스테인드글라스 제작을 의뢰한 것은 아마 평화와 화해의 상징적 의미가 있었을 것이다. 칠 년 동안 모두 열일곱 개의 스테인드글라스를 제작하며 열정을 바쳤던 샤갈은 성슈테판성당뿐 아니라 빈의 성폴성당과 스위스 취리히의 프라우뮌스터 수도원에도 동화적이고 환상적인 작품 세계가 드러나는 스테인드글라스를 남기고 있다.

존재의 사랑

뮤를 다시 만난 건 네팔에서였다. 처음 만난 지 꼭 삼 년 만의 일이다. 그녀의 자선 연주회가 있다는 소식을 접한 카모쉬가 만사를 제쳐놓고 네팔로 날아간 것이다. 그녀를 찾기 위해 수시로 인터넷을 검색한 결과였다. 음반을 낸 그녀가 자선 음악회를 개최한다는 사실을 지인의 블로그에서 발견한 것이다. 연주회는 카트만두와 파탄에서 각각 한 번씩, 두 차례에 걸쳐 열리도록 되어 있다. 비행기 사정으로 카트만두에서의 일정을 맞추지 못한 카모쉬는 공항에 내리자마자 파탄을 향해 달려갔다. 카트만두공항에서 택시로 약 삼십 분, 네와르족*의 왕국이던 파탄은 유네스코 문화유산으로 지정된 곳이다. 택시를 타기 전 뮤가 묵고 있는 호텔로 연락하

---

*네팔 인구의 약 6% 정도를 차지하는 소수민족.

자 메시지를 남기면 전해주겠다는 답이 돌아왔다. 파탄에 도착한 카모쉬가 호텔 프런트로 가 메시지 이야기를 하자 박물관 앞으로 갈 테니 거기서 기다려달라는 그녀의 메모를 전해준다. 얼마나 기다려야 하는지에 대해선 언급이 없다. 그러나 그녀가 자기를 잊지 않고 있다는 사실에 감동하며 카모쉬는 안도의 숨을 내쉬었다. 그렇게 카미노에서 만나 세션을 했지만, 말 한마디 남기지 않고 떠나버린 그녀였다.

사원과 왕궁이 있는 도시 파탄의 시간은 샘물처럼 고여 있다. 그것은 마르지 않고 차오르는 오래된 샘 같다. 16세기의 우물을 그대로 간직하고 있지만 건물은 낡았고, 거리는 번잡했다. 왕궁인지 신전인지 구별하기 힘든 건물과 조각 위로 사람들은 걸터앉았거나 누운 채 세상을 마냥 관조하는 것만 같다. 먼지 앉은 탕카들을 걸어둔 가게들은 조잡한 만다라를 앤티크라 강변하며 팔고 있었고, 붐비는 광장은 아름다웠지만 지저분했다. 파탄은 미의 도시라는 뜻의 '랄릿푸르'라는 또다른 이름을 가지고 있을 만큼 아름답고 세련된 곳이다. 멀리 설산이 보이는 더르바르광장에서 하늘을 우러러보며 카모쉬는 입술을 모아 뮤, 라고 발음해본다. 자신의 이름을 뮤라고 밝히는 순간 입술에 떠오르던 황금빛 무늬를 카모쉬는 다시 보고 싶은 것이다. 그러나 황금빛 무늬가 새겨진 것은 입술만이 아니다. 멀리 석양을 받아 빛나고 있는 설산 또한 황금빛이다. 파탄에서 보이는 설산은 랑탕 히말이다. 번잡한 거리의 골목

끝에서 엎어놓은 반달처럼 반듯하게 이마를 드러내는 히말라야는 보는 이의 가슴을 설레게 한다.

그때 그 세션 이후 한시도 뮤를 잊은 적이 없다. 그것이 정말 오래된 인연의 힘 때문인지 아닌지는 카모쉬 스스로도 알 수가 없다. 세상은 원래 알 수 있는 것보다 알 수 없는 것이 더 많은 법이다. 박물관 지붕이 만들어낸 그늘 아래 앉아 석양의 햇살을 피하던 카모쉬가 아, 하고 일어난 것은 설산의 황금빛이 왕궁의 지붕 쪽으로 건너올 무렵이었다. 대번에 눈길을 사로잡는 얼굴이 나타난 것이다. 일 미터 칠십은 될 것 같은 큰 키에 화장기 없는 얼굴이었지만, 인파 속에서도 드러날 만큼 선명한 용모였다. 가죽끈이 달린 샌들을 신고 어깨서부터 허리까지 붉은 사리를 내려뜨린 뮤는 마치 현지인처럼 자연스러운 차림이다.

"이제 서른일곱이 되었겠군요."

최면이 시작되기 전 물어봤던 뮤의 나이를 잊지 않고 있었다. 그때 많은 것을 확인하고 싶었지만 그녀는 더 물어볼 기회를 주지 않았다.

"나이를 기억하고 있었군요. 그러네요. 어느새 해가 세 번이나 바뀌었어요."

"삼 년 전 일을 잊지 않으셨군요."

"어찌 잊을 수가 있겠어요. 리우시췬의 아픈 사연을."

"아직도 유럽에 사시는 건가요?"

만나자마자 카모쉬는 그녀가 어디 살고 있는지부터 캐묻고 싶었다. 스웨덴 국적을 가지고 있다는 것만 알고 있었을 뿐 찾아내려 애썼건만 찾을 수 없었기 때문이다.

"아니요. 지금은 네팔에 있어요. 안나푸르나가 좋아서."

카모쉬의 궁금증을 알고 있기라도 한 듯 뮤는 미소를 지으며 대답했다. 비제의 미뉴에트를 연주하는 플루트의 음색처럼 청아한 목소리가 광장의 번잡함 속에서도 신선했다.

"파탄엔 저도 오랜만에 왔어요."

"아, 그러면 카트만두에 사시는가보군요?"

"그때나 지금이나 팔려가는 운명을 피할 수가 없나봐요. 여기저기 떠돌아다니며 살고 있어요. 지금은 포카라 근처에 있고요."

정략결혼으로 팔려갔던 전생의 리우시췬을 떠올린 것인지 뮤가 약간 쓸쓸한 표정을 지으며 웃는다.

"정말 운명적으로 그렇게 팔려가는 사람이 없는 건 아닌가봐요."

"최면 속 이야기를 그대로 믿고 있군요."

"오랫동안 가지고 있던 의문이 그것 때문에 풀렸는데 안 믿을 수가 있나요."

맑은 음색이지만 한 번씩 어색한 말투가 섞여 있다. 서툰 말투가 나올 때마다 고개를 숙이며 미안하다는 듯 눈웃음을 보내는 뮤를 보자 가슴이 덜커덩거리는 소리를 내며 흔들린다. 눈웃음 하나만으로도 그녀는 카모쉬를 쉽게 포로로 만든 것이다. 그 또한 알수 없는 일이다. 단 한 번, 그것도 뜻하지 않은 세션을 통해 대면했을 뿐인 여자를 삼 년이란 시간 동안 오매불망했으니.

그때, 작고 새까만 소년 하나가 악기를 들고 두 사람 앞으로 다가왔다. 갑작스러운 소년의 출현에 두 사람의 주의가 그쪽으로 쏠린다. 두 사람이 자기를 쳐다본다는 사실을 알자 신이 난 소년이 고개를 까딱거려 장단을 맞추며 악기를 연주한다. 손에 쥐고 있는 것 말고도 소년은 악기를 여러 개 등에 메고 있다. 조잡하게 보이는 악기는 몇 가닥 현이 달려 있고, 조그만 활로 현을 그어대자 빠른 템포의 소리가 흘러나왔다.

"사랑기라는 민속 악기예요. 이 아인 지금 우리보고 저걸 사달라고 이러는 거예요."

"그렇군요. 멜로디는 재미있네요."

"〈렛삼피리리〉라는 산 노래예요. 네팔 어디서나 끊임없이 저 노래가 들리지요. 렛삼피리리, 렛삼피리리, 우데라 자운키 다르마 번장 렛삼피리리."

작게 손뼉을 치며 악기 소리에 맞춰 노래를 따라 부르던 뮤가 일 달러짜리 지폐를 하나 쥐여주자 소년은 두말없이 자리를 뜬다. 삼년 전 그날, 카미노의 성당에서 듣던 그 신비한 노래의 느낌과는 달랐지만 격의 없는 뮤의 행동에 카모쉬는 마음이 환해졌다.

"노래 가사까지 아시는군요."

"절벽 위에 위험하게 서 있는 어린 송아지를 내버려둘 수 없듯 당신을 놓아둘 수 없으니 함께 가자며 애원하는 내용이에요. 이크나리 번둑 두이날리 번둑 미르가라이 따께꼬, 사슴을 겨누듯 내가 총으로 겨누는 건 사랑이에요, 당신과 내가 같은 마음이라면 우린 함께 갈 수 있어요, 라는 애절한 내용인데, 멜로디는 단순하고 흥겹죠."

뮤가 설명하는 가사 내용에 카모쉬는 또 한번 흔들린다. 그리워하던 사람이 눈앞에 있는 것이다.

"사랑이란 그러니까……"

파탄의 박물관은 입장권을 소지해야 들어갈 수 있다. 소년이 연주했던 〈렛삼피리리〉의 여운 탓인지 입장권을 사들고 오던 뮤가 할말이 남은 듯 이야기를 이어간다.

"사랑이란 그러니까, 뭐죠?"

"그걸 어떻게 말로 설명할 수가 있겠어요. 뮤는 사랑이 뭐라고 생각하세요?"

건네는 입장권을 받아들며 카모쉬가 되묻는다.

"받아들이는 거예요."

"네?"

"있는 그대로 받아들이는 거라고요."

"네?"

카모쉬의 말끝에 연이어 물음표가 찍힌다.

"그러니까 상대의 그늘과 햇빛을 있는 그대로 받아들이는 게 사랑이라는 말입니다."

"분별심에 대해 말하는 건가요?"

"분별심?"

알아듣지 못했다는 듯 뮤가 반문한다.

"그러니까, 있는 그대로 받아들이는 것의 반대라고 할까요. 대상에 대해 이런저런 자기 의견을 붙여서 판단하고 비교하며 그 대상을 자기 식대로 해석하는 걸 분별심이라고 합니다."

"아, 분별심, 맞아요. 자기 식대로 해석하는 게 분별심이라면 맞아요. 자기 식대로 해석한다는 말은 상대를 자기 것처럼 여긴다는 말이지요. 자기의 해석과 일치하면 받아들이고, 일치하지 않으면 내치는 건 사랑이 아니에요. 그건 소유를 뜻해요. 사랑도 그냥 사랑이 아니라 마이 러브, 이렇게요. 내가 원하는 식의 사랑이 내 사랑이지요. 내 뜻대로 되질 않으면 금방 갈등이 일어나고, 마침내 깨어지는 그런 사랑 말이에요. 사랑을 한다면서도 사람들은 소유하길 원해요. 내 사랑, 이런 건 다 소유의 차원이지 사랑이 아니에요. 사랑은 결코 소유가 아니에요. 내 것이니 내 마음대로 하겠다는 게 어떻게 사랑일 수 있겠어요. 제 노래가 찾는 건 소유가 아니라 존재랍니다. 존재 그 자체를 사랑할 수 있는 사람만이 진짜 사랑을 할 수 있어요. 존재의 사랑을 노래하고 싶어요."

말을 끝낸 뒤 박물관으로 들어서는 뮤의 발길이 문턱을 넘는다.

문지방을 넘어 들어가는 한옥처럼 네팔의 문에도 턱이 있다. 모든 것은 저렇게 문턱을 넘어야 안으로 들어 갈 수 있다. 대문은 열려 있지만 문마다 턱이 있다. 또다른 두 종류의 인간이 세상에 존재한다면 그건 아마 문턱을 넘는 사람과 문턱을 넘지 못해 주저앉고 마는 사람일 것이다. 어린 시절 카모쉬에겐 어머니라는 존재가 턱이었다. 그 턱을 확인하기 위해 카미노까지 엄마를 찾아갔고, 그 길에서 뮤를 만났다.

턱이 있다는 것을 아는 사람이 턱에 걸려 넘어질 일이 없듯 더이상 엄마에게 걸려 넘어질 일은 없다. 만나서 확인했으니 된 것 아닌가. 내게도 엄마가 있다는 사실을 확인했으니 된 것이다. 엄마는 엄마의 인생, 나는 나의 인생, 오랫동안 이어졌던 혈연이라는 그 우연한 필연을 카모쉬는 더이상 턱으로 여기지 않기로 했다. 그때까지 카모쉬는 뮤 또한 비슷한 갈등을 안고 살았다는 사실을 모르고 있었다.

크지 않은 박물관은 번잡한 바깥과 달리 조용했다. 오래된 왕궁을 박물관으로 사용하는 이 목조건물은 규모에 비해 전시된 유물이 수준급이다. 이층으로 올라가는 좁은 나무 층계를 따라 한 바퀴 회랑을 돈 뒤 뮤는 박물관 안에 있는 찻집으로 카모쉬를 인도했다. 단아한 정원이 있는 카페의 테이블에 앉는 순간 카모쉬는 낯익다는 생각을 했다.

"언젠가 여기에 와본 것 같네요. 마치 저쪽, 정원도 언젠가 거닐었던 곳같이 느껴져요."

"어쩌면 전생의 기억이 남아 있는 곳인지 모르지요. 저도 그래요. 이곳에만 오면 언젠가 와봤던 곳이라는 생각이 들곤 해요. 이렇게 살아오기까지 수많은 전생을 거쳤을 테니 어디인들 낯익지 않은 곳이 있겠어요."

"그런데 그땐 왜 그렇게 떠났어요."

"네?"

"삼 년 전 그때, 세션이 끝난 뒤 왜 말 한마디 남기지 않고 그렇게 가버렸어요?"

뜸을 들이듯 잠깐 뮤의 입술에 힘이 들어갔다.

"두려웠으니까요."

"두려웠다고요?"

"네. 뜻밖의 일에 충격을 받았어요. 전생에서도 버림받았다는 사실을 알게 되자 겹치는 트라우마 때문에 머물러 있기가 힘들었어요. 그대로는 아무것도 할 수 없을 것 같았어요."

궁극적으로 최면은 치유를 위해 필요하다. 충격을 받았다는 말에 카모쉬는 순간적으로 세션이 잘못되었던 건 아닌지 되돌아본다.

"시술자인 제 입장에서도 너무나 인상적인 세션이었어요. 그뒤 최면에서 만났던 전생에 대한 일을 확인하고 싶어 역사적인 자료까지 찾아봤어요. 그런데 혹시 버림받은 트라우마가 또 있다는 말인가요?"

"네."

"전생에서요?"

"아니요. 이번 생에서요."

먼 곳을 바라보듯 뮤의 눈길이 아득해진다. 그 눈길 속에서 카모쉬는 끝없이 이어지던 백양나무 가로수길을 떠올린다. 먼지 날리는 길 위로 점처럼 아득하게 멀어지던 마차와 천산의 만년설, 눈녹은 물을 끌어당겨 경작하던 투르판의 포도밭과 신장위구르 자치구의 수도인 우루무치에서 들었던 가성의 민요, 몸에서 향기가 난다고 해서 향비라 불렸던 여인의 이야기가 인상 깊었던 카슈가르에서의 하룻밤. 스스로의 전생을 확인하기 위해 갔던 실크로드에서 카모쉬는 전생이란 것이 결코 지어낸 이야기나 환상이 아니라는 생각에 사로잡혔다.

―전생이란 것도 사실은 다 인간의 뇌가 만들어낸 환상이며 창조에 지나지 않아. LSD 같은 마약을 한 사람들의 뇌에서도 유사한 환상이 일어난다는 것은 이미 연구 결과로도 나와 있어.

전생이란 것이 얼마나 비과학적이며 미신 같은 것인지 아느냐며 침을 튀기던 과학자 친구가 떠올랐다. 그러나 과학이나 의학이 보이지 않는 세상의 신비를 벗겨내기까지 인류는 아직 가야 할 길이 많이 남아 있다. 한때 자기가 생각했던 것과 똑같은 말을 하고 있는 과학자를 향해 카모쉬가 제기한 반론은 그러나 더 큰 반론으로 돌아왔다. 전생이란 것의 황당함을 강조하기 위해 과학자는 이런 이야기를 덧붙였다.

—마약 이야기가 나왔으니 말인데, 윤회니 전생이니 하는 것을 신봉하는 사람들의 문화권과 대마의 분포권이 일치한다는 연구 결과도 있어. 대마가 재배되는 곳, 즉 아시아에 사는 사람들에게 윤회나 전생이란 것이 크게 설득력을 얻는다는 거지.

그러고 보니 뮤도, 카모쉬도 아시아 사람이다. 과학자 친구의 말대로라면 그들은 대마의 분포권과 일치되는 문화권에 사는 사람들이다. 그러나 뮤의 국적이 스웨덴이라는 데 생각이 미치자 카모쉬는 자기와 뮤는 다를 수도 있겠구나, 하는 생각이 든다.

"국적이 스웨덴이라고 하셨어요. 한국어도 이렇게 잘하는데 어떻게 된 거에요?"

"아버진 스웨덴인이었지만 양어머니가 한국인이었어요. 그래서 한국어를 잘해요."

"그러면?"

"전 아주 어릴 적 스웨덴으로 입양되었거든요."

"아!"

그제야 뮤의 트라우마에 대해 감이 잡힌다.

"생모를 찾기 위해 한국까지 갔지만 찾을 수가 없었어요. 그게 제 트라우마예요. 전생에서나 지금 생에서나 전 완벽하게 버림받은 거예요. 그렇죠?"

오히려 뮤가 카모쉬에게 묻는다.

"그날 이후 많은 생각을 했어요. 전생과 관련된 논문도 찾아서 읽고, 카르마가 뭔지도 공부해서 알았어요. 버림받는다는 게 카르마 때문에 그런 것이라는 생각이 들었거든요. 제가 노래를 하게 된 것도 다 카르마 때문에 그랬던 것 같아요."

"그래서 그렇게 홀연 떠났던 건가요?"

"네. 그 순간은 두려웠어요. 모른 척하고 싶었던 진실이 드러나는 것 같았다고나 할까. 아무튼 감당하기 힘든 경험이었어요. 생모로부터 버림받았던 것도 괴로웠지만 이혼했던 아픔까지 그대로 살아나는 것 같아 몹시 힘들었어요. 그게 다 카르마의 결과이겠지만요."

"이혼하신 거군요?"

"네. 제가 그만 살기로 했지만, 돌이켜보면 그것도 결국은 버림받는 트라우마 때문에 그랬던 것 같아요. 이런 마음 아세요? 버림받는 것이 두려워서 먼저 버리는 마음."

뮤의 미간이 잠깐 주름에 접히다가 펴진다. 내가 왜 이런 이야기까지 했지? 하는 표정으로 뮤가 눈썹을 찡긋거리며 카모쉬를 바라본다.

"어떤 장소는 시간이 숨겨놓았던 이야기를 풀어놓게 하는 에너지를 가지고 있나봐요. 마치 성인의 머리 뒤에 떠 있는 후광처럼 공간도 각각의 고유한 오라Aura가 있어요. 흉가의 느낌이 음산하듯 공간도 다 그곳을 거쳐간 사람들의 이야기를 품고 있는 법이니까요. 올 때마다 느끼지만 여기는 과거의 이야기가 쉽게 풀려나오는 공간 같아요."

뮤를 바라보며 카모쉬는 엠마뉴엘 스베덴보리*를 떠올렸다. 영능력자로 알려져 있는 그는 인간이 뭔가를 생각할 때 그 생각의 파동을 눈으로 볼 수 있었던 사람이다. 말하자면, 사람들의 생각이 그에겐 그림으로 나타나 보이는 것이다. 뮤가 그와 같은 스웨덴 국적이라는 건 우연이겠지만, 심령가들은 사람들이 가지고 있는 각각의 오라를 눈으로 보고, 그 오라를 통해 그 사람의 많은 것을 알아차린다.

"지금 우리가 앉아 있는 이 공간은 어떤 빛깔인가요? 언젠가 함께 있었던 곳 같다는 생각이 드네요."

"여긴 은색이에요. 차갑지 않은 은색이 공간을 부드럽게 물들이고 있어요. 나쁜 독소를 제거하는 기능이 있는 은수저를 동양에선

---

* 18세기 스웨덴의 천재 과학자로 57세 되던 해 영계를 왕래하는 특별한 체험을 한다. 이후 삼십 년을 지상과 영계를 오가며 많은 경험을 한 그는 천상 여행기를 저술하며 천국과 지옥에 대한 이야기를 한다. 기독교 일각에서는 그를 이단으로 본다.

임금이나 황제의 수저로 사용했지요. 음식에 독이 있으면 수저의 색이 변하니까요. 여긴 그런 정화의 공간이에요. 번잡한 바깥에 비해 이렇게 정화된 공간이 내부에 있다는 것만으로도 이 박물관은 가치가 있어요. 신비가들 중에선 유서 깊은 장소에 가기만 해도 오래된 과거 속으로 들어갈 수 있는 능력을 가진 사람도 있어요."

뮤는 세상이 홀로그램으로 되어 있다는 이야기를 했다. 뮤가 꺼낸 이야기는 『홀로그램 우주』라는 책에 등장하는 조지 맥멀런에 대한 내용이다.

트럭을 모는 운전기사였던 맥멀런은 역사적으로 오래된 어떤 장소에 가면 오직 투시력만으로 한때 그곳에 살았던 사람들과 그 시절 문화에 대한 이야기를 찾아낸다고 한다. 처음엔 맥멀런에 대해 회의적인 시각을 가졌던 고고학자 노만 에머슨은, 그러나 아무것도 없는 빈터를 보고 그 빈터가 북아메리카 원주민인 인디언 부족 이로코이족이 살았던 집터라고 주장하는 맥멀런을 목격한 이후 그에 대한 인식이 달라졌다. 육 개월 뒤 그 자리에서 실제로 옛날 건축의 구조물이 발굴된 것이다.

"그때 최면 이후 신비한 힘에 끌려 찾아 읽은 책이 제 인생의 책이 된 거예요. 오죽하면 책의 저자인 마이클 탤벗을 만나려고 미국까지 연락을 다 했겠어요. 아쉽게도 저자는 작고하셨더라고요."

이어서 뮤가 들려준 오소비키 이야기 역시 같은 책에 나오는 내용이다.

'갑자기 그는 한 궁전의 안뜰에 서 있었고, 그의 앞에는 올리브색 피부의 젊은 여인이 서 있었다. 그는 그녀의 목과 팔목과 발목에 걸린 보석과 살갗이 비치는 하얀 드레스와 사각형의 높은 관 아래로 기품 있게 땋아올린 검은머리를 볼 수 있었다. 그가 그녀를 바라보는 동안 그녀의 생애에 관한 정보들이 물밀듯 그의 마음속으로 밀려왔다. 그는 그녀가 이집트인이고, 파라오의 딸이 아니라 왕자의 딸이라는 것을 알 수 있었다. 그녀는 결혼했고, 여윈 몸매로 여러 가닥으로 가늘게 땋은 머리가 양옆으로 흘러내려 있었다. 그는 그 광경을 앞으로 지나가게 하여 마치 영화를 보듯이 그 여인의 삶의 내력을 훑어볼 수 있었다. 그는 그녀가 아이를 낳다가 죽는 것을 보았다. 그는 그녀의 시신이 방부 처리되는 복잡하고 지루한 과정과 장례 행렬, 죽은 그녀가 석관 속에 안치될 때 행해진 의식을 보았다.'*

오소비키는 실제 인물이며 과거의 생을 투시력으로 꿰뚫어보는 능력을 가진 사람이다. 오래된 물건을 손으로 만지기만 해도 그 물건의 내력을 알아내는 능력이 있던 오소비키는 1935년 2월 14일, 화석으로 발굴된 한 여인의 발에 손을 대자마자 곧바로 여인이 고대 이집트 시대의 왕족이라는 것을 알게 된다. 불행하게도 여인은 아이를 낳다가 죽고 마는데, 그런 그녀의 전생을 투시력으로 알아

---

* 마이클 탤벗, 이균형 옮김, 『홀로그램 우주』, 정신세계사, 1999, 277쪽.

낸 것이다.

오쇼비키의 이런 능력은 고고학 발굴과 고증에도 큰 도움을 준다. 바르샤바대학의 교수이며 인류학자였던 스타니슬라브 포니아토브스키는 교묘하게 오소비키를 테스트한 결과, 그가 알아맞힌 고고학적 사실들이 모두 진실이라는 사실을 인정하게 된다. 『홀로그램 우주』의 저자 마이클 탤벗은 이런 능력을 '주의의 초점을 전환시켜 과거를 들여다보는 능력'이라고 불렀다. 마치 매직아이같이 눈의 초점을 전환시키면 현재에 가려 보이지 않던 과거가 드러나게 된다는 것이다.

흥미롭게도 그 시각, 무진 역시 리옌과 함께 파탄의 박물관에 있었다. 운명이란 그런 것이다. 같은 시각, 같은 공간에 있었다 해도 서로 모르는 사이였던 그들은 당연히 서로를 지나쳐갔다. 스쳐가는 인연은 우연일 뿐 결코 필연이 되지 못한다. 설령 하유를 사이에 두고 서로가 알 수도 있었던 관계라 해도 그들은 영원히 모르는 타인일 뿐 전생에도 그들은 아마 서로 남이었을 것이다. 카모쉬는 뮤에게, 그리고 무진은 리옌에게 전생 이야기를 하며 같은 찻집에 있었지만 그들은 무엇 때문인지 인연을 맺지 못한 것이다. 다만 카모쉬가 웬 한국 스님이 저렇게 여인과 다정하게 이야길 하고 있나 하고 쳐다봤을 뿐. 무진이 아직 환속하기 전의 일이다.

그날 저녁, 공연이 끝난 무대 뒤에서 카모쉬는 가볍게 뮤를 안았다. 전생의 리우쉬진은 단 한 번도 첫사랑을 안아보지 못한 채 유목민의 나라로 팔려갔지만, 뮤는 팔을 벌려 함께 카모쉬를 안았다. 안는다는 행위는 몸이 몸을 안는 육체적 행위를 넘어 마음을 다해 서로를 품을 때 치유가 된다. 무엇인가를 안는 그 순간 우리는 세상에 혼자 선 서로를 잊어버리며 고독 속에 모든 것이 연결됨을 안다. 어머니가 하나뿐인 아기를 안듯 우리는 저마다의 상처를 안는다. 그것은 결코 소유의 차원이 아니다. 모든 사랑은 상대가 있으며 상대에겐 상대의 우주가 있다. 나의 우주와 당신의 우주가 서로를 받아들여 하나가 되는 것을 사람들은 사랑이라 부른다. 받아들인다는 것은 대상을 편견이나 분별 없이 있는 그대로 본다는 것이다. 그때의 하나는 숫자로서의 하나가 아니라 둘이면서 하나인 상태다. 한 송이 들꽃처럼 약하지만 우리는 어딘가에 연결됨으로써 세상을 안는다. 뮤가 노래하는 존재의 사랑이란 그런 것일 것이다.

불안

최면 속에서도 결국 미리를 만나지 못한 것을 어떻게 이해해야 될까? 아니 만나지 못했던 것은 아니다. 잠깐 보였다가 사라졌을 뿐이지 아예 나타나지 않았던 건 아니다. 그건 왜 그랬던 것일까? 그런 갑작스러운 사라짐이 의식불명 상태로 누워 있는 미리의 생사와는 어떤 연관이 있는 것일까?

카모쉬는 아직은 때가 아니라고 했다. 세상을 떠날 때가 아직 아니라는 것이다. 그러나 불안한 마음이 올라오는 것을 어찌할 수가 없다. 불안이란 그것에 주의를 보내면 보낼수록 힘이 커지는 법이다. 눈을 감고 무진에게 배운 방법을 사용해 하유는 밀려오는 불안감을 향해 '불안!' 하고 이름을 붙여본다. 무진은 감정을 향해 이름을 붙이는 순간 감정과 나 사이에 간격이 생긴다고 했다. 그렇게 감정과 나 사이에 간격을 만들어 그것을 객관적으로 바라볼 수 있는 상태가 되면 그것에 빠지지 않을 수 있다는 것이다.

무진이 가르쳐준 대로 몇 번을 거듭하자 정말 마음이 조금 가라앉았다. 살아오면서 지금까지 불가사의한 일에 대해 부정적인 입장을 취했던 건 아니지만, 확신이 서는 것은 아무것도 없다. 페이스북을 통해 카모쉬의 글을 읽고 여기까지 왔지만 혼란만 더 커졌다. 어쩌면 그 모든 것에 대한 답은 미리 정해져 있을 수도 있다. 인간이 항거할 수 없는 일이 세상엔 많은 법이다. 지푸라기를 잡는 마음으로 오긴 했어도 이런 일이란 납득할 만한 답이 바로 주어지는 것도 아니다. 답은 그때그때 상황에 따라 바뀔 수도 있으며, 아예 답이 없는 경우도 있다.

아버지의 임종 장면을 목격했지만 그것이 사실이라고 확인할 수 있는 길 또한 없다. 그것이 사실이 아니라 하더라도 사실이 아니라는 것 또한 증명할 수 있는 길은 없다. 그건 상식에 벗어나는 비과학적인 일이야, 라고 말하기는 얼마나 쉬운가. 그러나 상식은 무엇이며, 과학은 또 무엇인가. 과학이 완전한 것이라면 태어나고, 고생하고, 병들고, 마침내 죽는 인간의 삶은 왜 이토록 불완전한가. 증명할 수 있는 것만을 진실이라 믿는다면 진실은 협소한 울타리에 갇힌 채 질식하고 말 것이다.

'안락사가 허용되는 스위스를 찾아 생을 마감한 한국인에 대한 기사를 본 적이 있다. 살 수 있는 한계까지 생을 살았고, 그 생이

다했다는 판단을 스스로 한 이가 타인이 만든 법에 의해 괴롭게 생명을 연장해야 하는 현실은 옳은 것일까? 인간의 존엄성은 결코 코를 뚫고 영양을 공급하는 병원의 호스에 의해 지켜지지 않는다. 인간이 존엄한 것은 자신의 삶을 자신의 의지로 지켜나가려 애쓰는 그 숭고함에 있다. 만의 하나 신이 있다면, 신은 최후의 순간을 스스로 결정하는 인간의 의지에 박수를 보낼 것이다.'

이런저런 생각을 하며 하유는 아버지를 떠올렸다. 최면 속에서 본 아버지의 죽음이 안락사처럼 느껴진 것은 무엇 때문일까. 피레네와 카미노의 풍경이 최면 속에 등장한 것은 어쩌면 시술자인 카모쉬의 영향 탓인지도 모른다. 그의 무의식에 남아 있던 어떤 울림이 하유의 무의식과 만나 공명했던 건 아닐까? 그것은 마치 잘 조율된 현악기의 개방현 하나를 퉁기면 음높이가 같은 주위의 모든 현들이 덩달아 공명하는 동조현상 같은 것이다. 그러나 카모쉬는 시술자의 무의식에 남아 있는 기억이 피시술자의 무의식과 공명해 그렇게 피레네와 산티아고 길이 떠오른다는 건 가능한 일이 아니라고 잘라 말했다.

"그러니까 그전에 피레네나 카미노를 가본 적이 없다는 말이죠?"

"네."

"그곳에 대한 별다른 정보가 있었던 것도 아니고요?"

"네."

"최면을 하다보면 설명이 안 되는 일과 만나게 됩니다. 설명이 안 된다는 것은 무의식에서 일어나는 일을 우리의 표면의식이 받아들이기를 낯설어해서 그런 것이지요. 불가사의하다고 밖에 표현이 안 되는 그런 일들이 많아요."

아마도 뮤의 전생 이야기 또한 불가사의한 일일 것이다. 사료를 통해 '리우시쥔'이라는 이름을 확인하는 순간 가슴이 두근거리지 않았던가.

"우리가 불가사의하다고 여기는 사건들도 차원이 다른 세계에선 일상적인 일이 될 수 있습니다. 이 별에서 우린 이렇게 지상에 붙잡혀 있지만, 중력이 없는 곳에선 둥둥 떠다닐 수 있는 것처럼요. 무중력 상태에선 일상적으로 일어나는 일들이 중력의 지배를 받는 곳에선 초월적인 일로 보이지요. 최면이란 중력의 법칙에 지배받지 않는 세계입니다."

"그렇지만 그것도 착각 같은 건 아닐까요? 뇌가 만들어낸 일종의 환상 같은 것요."

"그렇게 말하는 사람도 있지요. 그러나 환상이라는 것도 세계의 일부입니다. 세계는 사실 우리의 머릿속, 뇌에서 펼쳐지고 있으니까요. 어떤 종교적 전통에선 우리가 살고 있는 이 세계 자체를 환상이라고 말하기도 합니다만. 그 모든 것들을 뇌과학자들은 다 뇌의 작용에 의한 것이라고 믿고 있지요. 그러나 환상도, 기적도 사실은 그것을 믿는 사람에게만 일어나는 것입니다. 옛날 티베트의 한 스승은 호랑이의 존재를 믿지 않는 사람은 호랑이를 만나더라도 호랑이에게 물려 죽지 않는다는 말을 남기고 있습니다. 내가 인정하지 않는 한 현실은 현실이 되지 않는다는 말이지요. 내가 믿지 않는 한 아무것도 내게 존재하는 것은 없습니다. 나의 우주 속에 존재하지도 않는 것이 어떻게 나를 물어 죽일 수가 있겠습니까."

"그렇다면 최면에서 내가 만난 장면들, 피레네나 산티아고 길, 그리고 아버지의 임종 같은 것들도 다 내가 믿기 때문에 일어난 일이라는 말인가요?"

"중력의 지배를 받지 않는 세계가 최면이라는 말을 했지만, 꼭 최면이 아니라도 그런 일은 일어날 수가 있습니다. 마약이나 환각제를 통해서도 그런 경험을 할 수가 있는 것이지요. 그러나 어떻게 해서 그런 일이 일어난 것인지와 상관없이 일어난 그 일을 믿을 때 비로소 그 일은 하유씨에겐 사실이 될 것입니다."

"결국 오늘 일도 믿지 않으면 환상이 된다는 말이군요."

"믿지 않는 한 그것을 믿게 할 방법은 없습니다. 최면 감수성이 좋지 않은 사람은 최면에도 잘 걸리지 않으니까요. 최면 감수성이 좋다는 말은 결국 최면가의 최면에 쉽게 반응한다는 말입니다. 최면에 대한 일정한 신뢰가 형성되어 있다는 말이지요. 그래서 최면을 믿지 않는 사람에겐 최면을 걸 수가 없어요. 믿지 않는 사람에겐 결국 불가사의한 일이 일어날 수가 없습니다."

불가사의라는 말 끝에 떠오르는 인물이 있다.

"정말 불가사의한 존재를 만났던 적이 있어요. 밥도 안 먹고, 물도 안 마시고 사는 사람을 만났던 적이 있어요. 안 먹고, 안 마시니 배설도 전혀 하지 않는."

"한국 사람인가요?"

"아니요. 아르헨티나 출신의 명상가예요."

우주의 생명 에너지만으로 존재한다는 그를 하유는 미리를 따라가 만난 적이 있다. 인왕산 기슭에 있는 한 명상 센터에서 강연을 했던 그는 마른 체격의 사십대 남자였다. 하유가 그에게 흥미를 느낀 것은 오라가 찍힌 사진 때문이었다. 미리의 폰에 우연히 찍힌 그의 머리 뒤로 후광이 나온 것이다. 함께 찍힌 사람들의 사진엔 나타나지 않은 오라가 유독 그의 머리 뒤에 드리워져 있었던 것이다.

"먹지도, 마시지도 않고 산다니 정말 불가사의한 일이었어요. 한동안 함께 생활했던 사람이 증언하더군요. 먹는 게 없으니 배설도 하지 않는다며. 어찌 이런 일이 가능한지, 가장 먼저 떠오르는 건 정말 그럴 수 있을까 하는 의문이었어요."

"라틴어로 그런 존재를 이데니아Idenia라고 부르지요. 그런 사람들은 그 옛날부터 존재해왔어요. 우주의 생명 에너지를 섭취하고 사는 사람들이지요. 그 사람 외에도 그런 이들은 더 있어요. 호흡만으로 생존한다고 해서 그들을 호흡식가라고 부르기도 해요. 태양의 에너지만으로 존재하는 사람도 있고, 사랑의 에너지만 취하며 살아가는 사람도 있어요."

230

"그게 정말 가능할까요?"

"직접 만났다고 하지 않았습니까?"

"만났지요. 그분이 한국에 오면 함께 기거하는 분을 통해 먹는 게 없으니 아무것도 대접할 것이 없다고 하는 말도 들었어요."

"보면서도 못 믿는다면, 어쩔 수가 없는 것이지요. 대부분의 사람들은 교육과 상식의 틀에 갇혀서 살아요. 그러나 상식이 세상의 전부는 아니지요. 그분 외에도 세계 곳곳에 먹지 않고 사는 사람은 많아요. 저도 언젠가 한국에도 그런 분이 있다는 말을 듣고 찾아가서 만났던 적이 있어요. 그분은 물은 마셨는데 미라처럼 말랐더군요. 그 아르헨티나 출신 명상가는 어땠어요?"

"마르긴 했지만, 건강하고 정상적인 모습이었어요. 그 사람은 자신이 어릴 적 히말라야에 살고 있다는 전설적인 존재와 만나며 극적인 변화를 겪기 시작했다고 말했어요. 히말라야에서 이천 년인가 삼천 년인가를 살고 있는 사람이라는데 믿어지지가 않아요."

"바바지*군요?"

"바바지를 아시는군요."

---

* 'Babaji'는 '존경하는 아버지'라는 뜻으로 육체적인 죽음을 겪지 않는 신적인 존재로 알려져 있다. 1946년, 파라마한사 요가난다의 자서전『요가난다, 영혼의 자서전』을 통해서 세상에 널리 알려졌으며 죽음을 모르는 아바타라(avatara), 즉 인간의 육신으로 하강한 신이라고 전해진다. 요가난다의 자서전에는 '바바지의 영적 단계는 인간이 가질 수 있는 이해력의 범위를 훨씬 초월한다. 인간의 왜소한 시각으로는 결코 바바지의 초월적인 별을 꿰뚫어볼 수 없다'라고 적혀 있다.

"히말라야의 전설적인 존재로 알려져 있지요. 그림자도 없고, 발자국도 남지 않는 신적인 존재라는 사실을 책에서 읽은 적이 있어요."

"그 사람도 바바지를 만나고 난 뒤 삶에 변화가 생겼다고 하더군요. 그러면서 음식을 먹지 않게 되고, 우주와 교감하게 되었다는 것이에요. 음식 대신 우주의 에너지를 흡수하며 살고 있다는 것이지요."

"그 사람 이름이 뭐였죠?"

"빅토르였어요. 빅토르 트루비아노.* 그날 강연에서 그는 행글라이더를 타다가 공중에서 떨어졌던 경험도 이야기했어요. 수백 미터 상공에서 떨어져 척추가 부러지고 온몸이 산산조각이 났다고 해요. 병원에선 생명이 붙어 있다는 사실이 신기하다면서 다시는 일어설 수 없을 것이라고 진단했을 정도로요. 그런데 육 개월 뒤에 부러진 척추가 붙고, 이 년 만에 몸이 완전히 정상이 되었다고 해요. 본인이 직접 했던 이야기였지만, 정말 믿기 힘든 일이었어요. 강연을 듣던 누군가가 그건 빅토르 당신에게만 일어날 수 있는 기적이라며 당신이 특별한 존재라서 그런 것 아니냐고 질문을 했어요. 그 말을 들은 빅토르 대답은 '미러클 포 에브리바디'였어요."

---

* 아르헨티나 출신의 영능력가, 바이올린 연주가였으나 바바지를 만난 뒤 호흡만으로 살아가는 호흡식가가 되었다. 발리에 살며 명상 프로그램을 지도하고 있으며 몇 차례 한국에 와서 명상과 호흡식에 대한 '11day course'를 개설하기도 했다.

흥미로운 것은 자신의 먹지 않는 능력을 빅토르는 일종의 선택 사항이라고 말한다. 그의 말대로라면 수많은 선택이 하나의 가능성으로 우리 앞에 있다는 말이다. "단지 행복해지는 것으로 자신을 치료했다"라는 빅토르의 말을 하유는 생생하게 기억했다.

"인터넷을 검색하면 공원에 앉아 있는 그의 손 위로 새들이 날아와 모이를 먹는 사진도 있더군요. 그런 빅토르를 미리는 외계인이라 가능한 일이라고 말했지요. 저는 외계인보다 성자가 아닐까 생각했고요."

성자라는 말에 카모쉬는 먹지 않고 산다는 사실만으로 성자라고 할 수는 없다는 말로 이야기의 결론을 맺었다. 먹고, 마시는 것 외에도 인간의 욕망은 무수히 많고, 그런 욕망이 남아 있는 한 중력의 법칙을 벗어날 수 없다는 것이 카모쉬의 생각이었다. 성자란 결국 중력의 법칙을 온전히 초월할 수 있는 존재라고 카모쉬는 믿고 있는 것이다. 그렇다면 중력은 욕망에 의해 생겨나는 힘이란 말인가? 이야기를 하는 내내 카모쉬가 손에 크리스탈을 쥐고 있었다는 사실을 하유는 뒤늦게 알았다.

한계 없는 존재

카모쉬가 쥐고 있는 크리스탈은 커시드럴cathedral이라는 이름
의 쿼츠quartz였다. 하유가 잠에 빠져 있는 동안 카모쉬는 자수정
을 쥐고 명상을 한 것이다. 지구의 DNA라고 부르기도 할 만큼 지
구의 진화 과정이 기록되어 있는 라이브러리 같은 것이 크리스탈
이다. 지구의 형성과 함께 형성된 이 신비한 광물은 특정한 주파수
로 진동하고 있다. 생명의 본질이 파동이며 저마다 고유한 주파수
로 진동하고 있다는 사실을 감안한다면 크리스탈 또한 생명체라
고 하지 않을 수 없다. 명상이나 힐링의 도구로 크리스탈을 활용하
는 것은 그 때문이다.

카모쉬가 쥐고 있는 커시드럴은 '빛의 도서관'이라 불릴 만큼
우주의 에너지와 동조하는 힘이 크다. 크리스탈이 지구의 진화 과
정을 기록하듯 커시드럴이 아카식 레코드*에 접근하는 길을 열어

준다고 믿는 사람도 있다. 과거의 모든 기억이 저장되어 있는 아카식 레코드의 문을 열기 위해 커시드럴의 힘을 빌릴 수 있다는 말이다. 카모쉬 또한 그런 신봉자 중 한 사람이다.

"그때 카미노에 갔을 때에도 크리스탈을 빠트리진 않았어요. 비록 순례를 한 건 아니지만 명상을 하기 위해서였지요."

카모쉬는 그렇게 말했다. 카미노에서도 크리스탈을 지니고 있었다는 그 말에 하유는 그가 쥐고 있는 크리스탈을 눈여겨봤다. '카미노 데 산티아고', 산티아고 순례길을 걷는 루트는 여러 가지다. 그러나 그 모든 루트의 목표는 산티아고대성당이다. 프랑스의 생장피에드포르를 출발해 피레네를 넘어 스페인으로 가는 것이 한국인들이 선호하는 루트다.

"뻬로 뽀르께? 디메 뽀르께 떼네모스 께 일 아스따 산띠아고 데 꼼뽀스뗄라?"

쥐고 있던 커시드럴을 한쪽에다 놓은 카모쉬가 혼잣말로 중얼거린다.

"스페인어인가요? 무슨 뜻입니까?"

"도대체 왜? 우리는 왜 산티아고대성당까지의 그 먼길을 가야

---

* 우주의 데이터베이스라 불리는 아카식 레코드는 인류의 모든 기억이 저장되어 있는 저장소 같은 곳이다. 불교에서는 인간이 외부의 대상을 인식하는 여덟 단계 가운데 가장 깊은 곳에 있는 인식의 세계를 아뢰야식이라고 부르는데, 아카식 레코드와 유사한 점이 있다.

만 한단 말인가? 그런 뜻입니다."

아버지의 유품 생각이 났다. 로사리오와 함께 들어 있던 스탬프 찍힌 증명서에도 스페인어가 적혀 있었다.

"증명서 같은 게 유품에 있긴 했지만, 아버지가 그 길을 가셨다는 것이 납득되질 않아요."

"증명서는 크레덴셜입니다. 산티아고 순례자들이 필수적으로 가지고 있지요. 그걸 보면 하유님 아버지가 카미노를 걸으신 건 분명한 것 같아요. 어디서 어디까지 걸으셨는지 스탬프엔 아마 지명이 적혀 있을 것입니다. 카미노를 걷는 순례자들은 그곳을 지나갔다는 사실을 증명하기 위해 크레덴셜에다 도장을 받지요. 독일 성당의 스테인드글라스에 화해의 메시지를 담았던 샤갈처럼 사람들은 자신과의 화해를 위해 산티아고 길을 걷습니다. 지금이야 원래의 종교적 의미와 관계없이 무슨 극기 훈련처럼 그 길을 걷는 사람들이 없진 않지만, 야고보 성인의 유해가 있는 성당에 도착하는 순간 저항하던 내 안의 어떤 존재와 극적인 화해가 이루어질 것이라는 믿음을 가지고 그 먼길을 가는 것이지요."

"아버지도 그랬을까요?"

"저는 반대 방향으로 갔습니다. 자신과의 화해건, 타인과의 화해건 사람들은 대부분 화해를 위해 그 길을 가요."

"그런데 왜 반대 방향으로 가셨어요?"

"목적이 달랐기 때문에 그랬어요."

236

카모쉬는 스페인 팜플로나로에서 출발해 피레네를 넘어 생장피에드포르 쪽으로 향했던 자신을 떠올린다. 카미노를 간 목적이 순례가 아니었기 때문이다.

"저항감 때문이었어요. 욕망의 반대 방향으로 거슬러 가는 것이 저항이지요. 그러나 저항과 욕망이 서로 반대편에 있는 것 같지만 사실은 한몸이라는 것을 거기서 깨달았습니다."

카모쉬의 말이 극본 속 대사 같다. 인생을 흔히 연극에 비유하지만 그것은 결말이 빤한 극본으로 되어 있다. 모든 배우가 다 죽게 짜인 연극이 인생인 것이다. 태어나는 그 순간부터 인간은 죽음을 향해 전진한다. 일단 무대에 오르기만 하면 결말은 해피엔딩이 아니라 반드시 데드 엔딩이다. 다 시한부 인생인 것이다.

"꿈을 꾼 것 같기도 하고요. 아무리 최면 속에서 일어난 일이라고 하지만, 아버지가 그렇게 최후의 순간까지 로사리오를 돌리며 기도를 하셨다는 것도 믿어지지가 않아요. 환상을 본 것만 같아요."

"최면은 암시를 통해 무의식 속에 가라앉아 있는 기억을 불러내는 일입니다. 인간의 의식은 지금 취하는 행동이나 생각, 그리고 감정이나 상황 등을 인식하는 현재의식과, 나도 모르는 사이에 어떤 행동을 취하게 하는 잠재의식이 있지요. 그 잠재의식이란 것은 빙산의 가라앉은 부분처럼 현재의식 밑에 숨어 있습니다. 흥미로운 사실은, 가라앉아 있는 이 잠재의식이란 놈은 특정한 암시를 주면 비판 없이 그 암시를 받아들이는 특성이 있다는 것입니다. 신기한 일이지요. 그뿐만 아니라 마치 사건의 현장을 지켜보는 블랙박스처럼 24시간 잠들지 않고 스쳐가는 모든 것을 기록하고 저장하는 것이 잠재의식이지요. 현재의식이 잠든 사이에도 깨어 있으면서 말입니다. 최면이란 것은 결국 암시를 통해 잠재의식 속에 저장된 기억들을 불러내는 일입니다. 잠재의식의 이런 블랙박스 같은 기능이 융이 말한 집단무의식과 연결된다고 생각해보세요. 현재의식으로는 불가사의하다고밖에 말할 수 없는 일들이 표면 위로 드러나게 되지요. 우리가 알고 있는 것은 세상의 드러나 있는 일부입니다. 감춰진 부분이 더 많지요. 각각 낱개로 떨어져 있는 것 같지만 우리의 의식은 다 연결되어 있습니다."

이야기가 길어질수록 카모쉬의 음성엔 확신의 무게가 얹힌다. 말의 온도가 높아진 것이다. 그런 그의 음성에 색깔을 입힌다면 아마 빨간색일 것이다. 에너지와 활력을 상징하는 빨간색은 아드레날린을 분비시키며 감각신경을 자극한다. 빨간색은 또 뇌와 척수액을 자극하여 교감신경계를 활성화시킨다. 서늘한 블루로 가라앉혀놓고 있지만 그의 내면엔 뜨거운 불이 있는 것이다.

"정신의학자인 융은 '꿈이나 공상, 환시 등에는 인간의 개인적인 과거로부터 나온 것이라고 볼 수 없는 상징이나 사상들이 담겨 있다'고 했습니다. 그는 '신화와 꿈, 환상, 종교적 계시 등이 모두 동일한 근원으로부터 나오는 것이며 모든 사람들이 공유하는 집단무의식이 그 근원'이라고 믿었습니다. 최면중에 목격한 부친의 임종이 설령 환상이라 해도 집단무의식과 연결된 것이라면 그건 이미 저장되어 있던 어떤 사실이 암시에 의해 의식의 수면 위로 떠오른 것이라고 봐야 합니다. 마치 물 아래 가라앉아 있던 빙산의 일각이 어떤 계기에 의해 떠오르는 것처럼 말입니다. 최면은 인류의 거대한 서버인 집단무의식으로 내려가는 사다리 같은 것입니다. 우리는 그 사다리를 타고 내려가 지나간 현실을 저장해둔 창고 문을 열고, 저장된 기록을 열람하는 것이지요. 부친의 임종 장면도 그렇게 저장된 현실이 드러난 것이라는 게 제 생각입니다."

"이론적으로는 이해하겠는데, 꿈을 꾼 것처럼 잘 믿어지지가 않는 것도 사실입니다."

"믿고 안 믿고는 선택의 문제입니다. 먹지도 마시지도 않고 사는 사람 이야기를 했지만, 믿음이란 판단의 영역이 아니라 선택의 영역이라는 말이지요. 우리의 무의식은 불가사의한 일들과 연결되어 있습니다. 맨정신, 그러니까 현재의식으로 알 수 있는 세계는 한정되어 있지요. 한계가 있는 맨정신이 어찌 불가사의한 일에 대해 판단할 수 있겠습니까. 믿을 건지 말 건지, 우린 그냥 선택할 수 있을 뿐입니다. 최면중에 놀라운 전생 기억을 찾아내는 사람들도 있습니다. 그건 최면이 집단무의식, 또는 초의식이라고 부르는 어떤 차원과 연결되기 때문에 가능한 일이지요. 최면이라는 사다리를 타고 우리는 우리의 심연, 그러니까 각자의 개의식個意識이 연결되어 있는 집단무의식을 향해 내려가는 것입니다. 집단무의식에는 인류의 모든 기억이 저장되어 있지요."

집중해서 이야기를 듣는 하유에게 카모쉬는 계속해서 융의 이
야기를 옮긴다.

"융의 환자 중에 이런 청년이 있었다고 해요. 편집성 정신분열
증을 앓는 환자였는데, 창 앞에 서서 태양을 바라보고 있던 그는
융이 뭐하고 있는 거냐고 묻자, 태양의 남근을 바라보고 있는데 자
기가 고개를 까딱거리면 태양의 남근도 따라서 움직이며 바람이
불어온다고 대답합니다. 융은 정신적으로 온전치 못한 청년의 말
이라서 그냥 그러려니 하고 대수롭지 않게 흘려듣지요. 그런데 우
연한 기회에 페르시아의 고대 경전과 만나게 되면서 융은 불현듯
그때 그 청년의 말을 떠올리게 됩니다. 융이 읽었던 내용은 계시에
대한 이야기였는데, 피계시자가 태양을 바라보고 있으면 태양에
매달려 있는 대롱이 보이고, 그 대롱이 시계추처럼 왔다갔다하면
서 바람이 일어난다는 것이었어요. 정신분열증 청년이 하던 말과
흡사한 내용이 오래된 페르시아 경전에 나와 있었던 것이지요. 그
것을 보는 순간 융은 홀연 청년의 환상이 개인의 무의식으로부터
나온 것이 아니라 보다 더 깊은 그 어딘가로부터 비롯된 것이구나
하는 깨달음을 얻게 됩니다. 그 어딘가가 바로 집단무의식을 말하
는 것이지요. 결국 융은 청년의 환상이 인류의 집단무의식으로부
터 비롯된 것이라고 결론을 내리게 되지요."

"그러니까 최면중에 제가 본 그 풍경들도 집단무의식과 연결되

어 있는 것이란 말이군요?"

"유사한 데가 있지 않습니까? 전혀 가보지도 않았던 피레네가 최면 속에 떠오른 것이 마치 그 청년이 페르시아 경전을 미리 읽었던 적이 없다는 사실과 비슷하지 않나요? 그 이야기를 접하는 순간 저는 크게 공감했어요. 안 먹고도 살아갈 수 있는 사람이 존재하듯 인간은 한계가 없는 존재입니다. 그 한계 없음의 근거를 제공하는 것이 바로 집단무의식이라는 것이지요. 인류의 집단무의식 속엔 인간에 대한 모든 정보가 담겨 있다는 말입니다."

한계가 없는 존재라는 말에 경도된 카모쉬는 최면에서 드러나는 모든 것을 사실로 확신하는 것 같았다. 그러나 하유는 그런 카모쉬의 확신에서 일종의 의지 같은 것을 읽었다. 역설적인 말이지만, 두드러지는 의지가 오히려 한계에 갇힌 인간의 실체를 드러내는 것처럼 느껴진 것이다.

"물질계에 있는 나는 많은 제약 속에 살아가지만 본래의 나, 그러니까 나의 순수의식은 한계가 없습니다. 나 자신이 한계를 만들지 않는 한 우리는 정말 한계 없는 존재입니다. 사람들은 대부분 자신이 한계가 없는 존재라는 그 사실을 믿으려 하질 않아요. 그래서 만들어낸 것이 바로 '신'이라고 저는 생각합니다. 신이 인간을 만든 것이 아니라 한계를 느끼는 인간의 두려움이 신을 만들어냈다는 말이지요. 신이란 결국 내 안에 있는 존재입니다. 그 사실을 받아들이는 사람들은 불가사의한 일이 결코 불가사의한 것만은 아니라는 사실을 깨닫게 되지요. 그러나 대부분의 우리는 나 스스로가 만든 한계에 갇혀 자신을 축소시킨 채 살아가지요. 우리가 최면중에 경험하는 불가사의한 일들은 환상이 아니라 인류의 집단의식 속에 저장되어 있는 실제적 진실이라는 것이 제 생각입니다."

하유 또한 머릿속으로는 인간이 한계가 없는 존재라고 믿고 싶다. 스스로 자신을 제약한 나머지 얼마나 위축된 삶을 살아왔던가. 미리 또한 그런 한계를 벗어나기 위해 시리우스 같은 외계의 별을 동경한 것인지도 모른다.

그러나 인간이 정말 그런 한계 없는 존재로 사는 것이 가능한 일일까? 바바지라는 신비한 존재를 만나 삶이 바뀌게 되었다는 빅토르는 특별한 경우이다. 그런 기적 같은 사건에 의해서가 아니라 수련이나 각성에 의해 인간이 한계가 없는 존재의 상태에 다다르는 것이 가능한 일일까? 한계가 없는 존재라는 말을 무진은 '깨달음을 얻은 존재'라는 말과 같은 것이라 설명했다. '깨닫기 위해서는 단지 내가 깨달은 존재라는 그 사실을 기억하기만 하면 된다'라고 가르치는 선사禪師들의 말을 인용하며 무진은 인간의 본성이 원래 '깨달아 있는 상태'라는 사실을 강조했던 것이다. 그러나 그런 말을 하는 무진 자신은 어떤가. 하유는 한계 없는 존재의 상태를 향해 정진하던 무진이 리엔이라는 덫에 걸려 좌초되었다는 생각을 지울 수가 없다. 그러나 그것 또한 무진 스스로 찾아낸 인연의 결과일 뿐 누구를 탓할 수 있는 일은 아니다.

　20세기 최고의 영능력가였던 에드거 케이시는 '의식적 마음은 물질인 육체에 갇혀 있기 때문에 오직 무의식적 마음만이 물질의 장벽을 뛰어넘을 수 있다'고 말했다. 에드거 케이시가 말하는 무의식적 마음 또한 한계가 없는 존재 상태를 가리키는 말이다. 그런 무의식적 마음이 정보를 꺼내오는 창고가 바로 융이 말하는 집단무의식일 것이다. 인류의 모든 구성원에겐 대대로 물려받은 기억의 창고가 있으니 그 기억 창고에 저장된 이미지를 융은 원형archetype이라 부르는 것이다.

별들의 평원

이제 그만 갈 시간이 되었다는 생각으로 하유가 몸을 일으킨다. 미얀마행 스케줄이 자동차의 속도계처럼 자신을 채근한다. 내일 아침, 스무 명의 인원을 인솔해 항공기를 타야 한다. 스무 개의 여권을 들고 출국 수속을 하고, 여섯 시간의 비행 뒤 양곤에 도착하면 공항에 대기시킨 버스에 올라 인원 점검을 하는 빡빡한 스케줄을 소화해야 하는 것이다.

일어서는 하유를 보며 카모쉬가 손가락을 까딱거려 리모컨을 누른다. 까딱거리는 손가락을 보자 방금 들었던 융 이야기가 떠오른다. 시계추처럼 까딱거리며 이쪽과 저쪽으로 움직이는 태양의 남근.

"오디오를 끄면 마치 어둠이 내리는 것 같아요. 뮤는 노래의 제목을 시리우스의 지명에서 따왔다고 해요."

"시리우스라고요?"

"네. 빛나는 별이지요. 마이오, 트리나모, 유투스, 사비나, 네오라마……"

"그게 시리우스별의 지명이라는 말입니까?"

미리가 지도 위에 적어놓던 도시 이름들이 그것이었다.

"정말 그런 것인지는 알 수가 없지요. 그렇다니 그런가 할 뿐이지요. 예술가의 상상력을 누가 막을 수가 있겠습니까."

시리우스를 말하는 사람은 많다. 지구보다 훨씬 앞선 문화를 가진 별이라거나, 그들이 지구를 돕고 있다거나, 시리우스에서 온 외계인들이 바이칼 호수에 정착해 살았고, 그들이 한반도까지 내려왔다거나 하는 이야기가 여기저기 퍼져 있다. 그러나 누구도 시리우스에 가보고 온 사람은 없다.

2012년을 낡은 세상이 끝나는 시점이라 말하는 과학자도 있다. 그들은 우주의 무한 에너지를 개발하고 행성 간의 이동이 가능해지는 새로운 시대가 열리는 기점이 2012년이라고 주장했다. 그들의 말대로라면 언젠가 행성과 행성이 서로 교류하는 시대가 열릴 것이다. 인류가 기적이라고 말했던 많은 것들이 기적이 아니라 실현 가능한 실제적 현실이라는 것이 밝혀질 날도 올 것이다. 그러나 하유는 그 모든 추측과 상상 또한 한계를 가진 인간이 그 한계 밖을 갈구하는 염원 같은 것으로 인식했다. 간절할수록 염원은 현실로 이루어질 가능성이 높긴 하다. 염원의 에너지가 새로운 세계라는 현실을 끌어당기는 창조력을 가지고 있기 때문이다.

실내를 감싸던 신비로운 기운은 차츰 건조한 느낌으로 바뀌었다. 여운은 짧고, 음악이 사라지자 수많은 음표들이 춤추며 만들어내던 공간은 팍팍한 현실의 공간으로 탈바꿈했다. 알고 보면 음악이란 진동수가 다른 각각의 음을 적절히 배열하고 화음을 만들어 조화시켜놓은 것에 불과하다. 그 배열과 조화에 숨결을 불어넣는 이가 바로 예술가이다. 그가 가진 영혼의 깊이에 따라 음악은 단순한 진동으로부터 살아 있는 예술이 되는 것이다. 뮤의 목소리가 사라진 자리에서 카모쉬는 공허감을 느낀다. 그것은 어쩌면 태생적 공허함일지도 모른다. 그것이 아니라면 공허함은 어린 시절 어머니의 부재가 빚어놓은 상처 같은 것이리라.

휴대폰의 전원을 켜 시간을 확인하며 하유는 방금까지 음악을 생산하던 스피커를 힐끗 본다. 어둠이 깊어졌고, 준비해야 할 것들은 많다. 병원에 들를 틈도 없이 집으로 가야겠구나, 라고 생각하며 하유는 카모쉬에게 인사를 건넨다. 왠지 비어 있는 듯한 그의 눈빛을 보자 문득 무진 생각이 났다. 전생의 무엇인가를 확인하겠다며 둔황을 찾아갔던 이가 무진이다. 머리를 기르고 환속한 그에게 최면을 걸어보면 어떨까. 그는 아마 누구보다 더 많은 전생을 기억해낼 것이다.

주머니에 손을 넣어 자동차 키를 확인하며 하유는 문 쪽으로 걸어갔다. 실내화를 벗어 신발장에 넣은 뒤 구두로 갈아신자 카모쉬가 손을 내민다. 은은한 허브 향 사이로 부드럽고 따뜻한 손이 느껴졌다. 깨어나지 못하고 있는 미리 생각을 하는지 그가 조금 길게 인사를 덧붙였다.

"우리의 의식은 로프에 매달려 있지요. 로프의 이쪽에 있는 몸과 저쪽으로 가 있는 의식, 그 둘을 연결하는 끈을 놓아버리는 순간 가닿는 곳을 사람들은 저승이라 부릅니다. 그곳에는 우리가 다음 생을 위해 지난 생의 경험을 학습하고 통합하는 공간이 있지요. 미얀마 다녀오신 뒤 다시 만날 것을 기대합니다."

카페 쪽으로 나 있는 문을 밀자 벽에 설치해놓은 스테인드글라스가 눈에 들어왔다. 물결치듯 하늘로 올라가는 나뭇잎 무늬들은 샤갈의 것과 흡사하다. 그린과 블루가 섞인 빛깔 앞에서 하유는 잠깐 머뭇거렸다. 그 사이에 카페엔 손님들이 들어차 있다. 문 하나를 사이에 두고 한쪽에선 무의식을 탐험하는 최면의 세계가 펼쳐지고, 또다른 한쪽에선 술의 힘을 빌려 자아를 위안하는 에고의 세계가 펼쳐지는 것이다.

주차장으로 가는 엘리베이터 속에서 하유는 카모쉬의 마지막 말을 떠올렸다. 로프와 분리되는 순간 의식이 진입하는 세계를 사람들은 죽음이라 부른다. 육안으론 볼 수 없는 그 로프를 놓아버리는 순간 인간은 지상의 속박에서 벗어나 자유를 얻을 것이다. 한계가 없는 존재란 결국 이 생을 떠난 존재인 것은 아닐까?

키를 꽂다 말고 하유는 자동차 앞 유리에 붙어 있는 풀여치 한 마리를 발견한다. 저 여린 것이 콘크리트로 뒤덮인 여기까지 어떻게 날아온 것일까? 반사적으로 와이퍼를 작동해 여치를 털어내려던 하유의 손이 빨간 신호등을 만난 듯 정지한다. 차 밖으로 나와 조심스레 여치를 잡는 손가락이 미세하게 떨린다. 손가락 사이에 낀 여치는 가냘펐지만 생명의 떨림이 전해온다. 크건 작건, 어리석건 똑똑하건, 모든 존재는 다 동일하게 고귀하다. 모든 생명은 그렇게 떨림으로 구성되어 있으며 각각의 고유한 떨림이 파동이 되고, 파장을 그리며 우주를 진동시킨다.

손가락 사이에 여치를 끼운 채 시동을 건 하유는 주차장 바깥으로 차를 몰아 여치를 놓아준다. 바깥은 이제 어둡고 깜깜한 밤이다. 어두운 밤의 색을 사람들은 까맣다고 말한다. 그러나 그것이 정말 까만 것인지 아닌지는 알 수 없다. 우주는 쏟아지는 빛으로 찬란하고, 빛은 무한한 스펙트럼을 가지고 있다. 인간은 다만 육안으로 볼 수 있는 것만을 인지할 뿐 한계 없는 존재라는 것은 아득한 꿈일지도 모른다.

고통의 신비

새가 집 안으로 날아와 어깨에 앉은 꿈을 꾼 적이 있다. 꿈이 너무 생생해 새와 나누던 말이 하나하나 떠오른다. 어떤 날은 추락한 새에게 질문을 던진 적도 있다. 괜찮니? 어쩌다 그렇게 곤두박질쳤니? 다시 날아갈 힘은 있니? 투명한 유리창에 부딪쳐 정신을 잃은 새는 한동안 물도 먹지 못했다. 눈 내려 세상이 모두 하얗게 덮여버린 날은 짐승들이 걱정이다. 차가운 눈 속에 저 아이들은 어디서 잘까? 어디서 잠자니? 어디다 무덤을 남기는 거니?

어린 시절, 카모쉬는 그렇게 새에게 말을 건네며 지냈다. 주위를 둘러보면 세상은 온통 설국이고 아이는 고독했다. 기다려도 엄마는 오지 않고, 엄마가 없다는 사실은 차츰 어둠의 더께로 쌓여갔다. 때로 혼자 부르는 노랫소리를 듣고 새들이 정말 어깨에 내려앉기도 했다. 모이를 손에 든 채 새들을 부르기 위해 카모쉬는 입술을 내밀고 휘파람 불듯 소리를 냈다. 50~15,000Hz의 주파수대를 사용하는 인간은 500~40,000Hz 대에서 울리는 새소리를 정확하게 알아들을 수 없다. 인간과 새소리의 스펙트럼이 500~15,000Hz 대에서만 겹치기 때문이다. 인간이 듣는 새소리는 실제로 새가 내는 소리와는 차이가 나는 것이다.

놀랍게도 어린 카모쉬의 예민한 청각과 휘파람 소리는 새가 사용하는 높은 주파수의 음역에 근접해 있었다. 기계적으로 측정해보지는 않았지만 그의 귀와 입술의 움직임이 인간의 한계인 15,000Hz 이상의 음역에서 움직였다는 사실을 누가 이해할 수 있겠는가. 그렇듯 소리에 민감했던 그가 침묵이라는 뜻의 카모쉬라는 아이디를 사용하는 것도 아이러니하다면 아이러니한 일이다.

하유를 보낸 뒤 카모쉬는 카페로 나와 스페인에서 생산된 '레드 그란 레세르바' 한 병을 꺼냈다. 카미노를 떠올리자 와인 생각이 난 것이다. 팜플로나에서 시작해 푸엔테 라 레이나, 에스테야, 로그로뇨, 그리고 부르고스로 이어지는 순례길은 스페인에서 가장 유명한 와인 산지인 리오하 지역을 통과하고 있다. 그곳 팜플로나에서 카모쉬는 자신의 생모 요안나를 만났다.

"여기 리오하의 와인은 오크 향이 강하단다. 카미노를 걷다보면 리오하 지역의 중심 도시인 로그로뇨를 지나가게 돼. 네가 원하면 자동차로 그곳에 갔다 올 수도 있단다. 리오하에서도 로그로뇨는

빼놓을 수 없는 곳이니까."

혼자 앉아 글라스에 와인을 따르며 카모쉬는 생모가 하던 말을 하나하나 복기해본다. 벌써 몇 번째인지 모른다. 상기된 표정으로 자신을 바라보던 그녀의 모습을 떠올릴 때마다 가슴엔 차가운 물방울이 돋아난다.

"이건 순수하게 리오하 지역에서 생산되는 포도 품종인 비루아 virua로 만든 와인이란다."

향을 맡아보라는 듯 요안나는 숨을 크게 들이마시며 와인 잔에 한번 코를 댄 뒤 카모쉬에게 내밀었다.

"그러니까 스페인엔 처음 온 거지?"

"네."

"그럼 유럽은? 스페인 말고 다른 곳에 간 적은 있니?"

샤갈의 스테인드글라스 생각이 났다. 그러나 풍문을 따라 마인츠까지 갔던 사실을 밝히고 싶진 않다.

"유럽은 두번째예요."

"여기 팜플로나에서 너를 만날 것이라고는 정말 상상도 못했다."

마드리드공항에서 아토차역까지는 오 유로를 주고 전철을 탔다. 다시 아토차역에서 기차로 세 시간 사십 분, 팜플로나역에 도착하자 약속대로 요안나가 나와 있었다. 노란 원피스 차림의 그녀는 역 입구에 걸려 있는 둥근 시계 밑에 모딜리아니의 그림처럼 서 있었다. 팔과 다리가 긴 여자였다. 순간적으로 카모쉬는 둥근 원 속의 시곗바늘이 초현실주의 그림처럼 늘어지는 착각을 했다. 붉은 벽돌색 외관의 역 입구엔 '팜플로나—이루나'라는 커다란 활자가 박혀 있고, 그 뒤로 일제강점기에 지은 서울역에나 있을 법한 커다란 원형 시계가 걸려 있다. 샤갈의 스테인드글라스가 있는 슈테판성당을 다녀온 지 오 년 만의 일이다.

"요안나? 맞죠?"

카모쉬가 처음 생모에게 한 말은 신원 확인이었다. 모자라고 하지만 네 살 때 헤어지고 삼십 년을 훌쩍 넘는 세월이 지났으니 생면부지나 다름없었다.

"아, 정말 네가 왔구나. 살아 있으니 내가 너를, 이렇게 너를 만나게 되는구나."

담담한 카모쉬와 달리 요안나의 목소리는 낭랑했고, 흥분되어 있었다. 다가가기도 전에 알아본 건지 그녀는 들고 있던 파라솔을 흔들며 두 팔을 크게 벌렸다. "께딸, 께딸." 스페인어로 인사하며 안으려는 생모로부터 물러선 카모쉬는 "올라? 안녕하세요? 세례명이 요안나? 맞죠?" 하고 확인부터 했다.

"캐나다에 살았다고 들었다. 학교는 어디에서 다녔니?"

"에드먼턴이요."

"아, 좋은 곳에 있었구나. 거긴 옐로나이프 가는 길목이잖니?"

"어떻게 아세요?"

"오로라를 보러 옐로나이프까지 갔던 적이 있어. 그때 에드먼턴에 네가 있다는 걸 알기만 했었어도 만날 수 있었을 텐데."

미소만 보이기로 작정한 사람 같았다. 카페를 찾아 자리에 앉을 때까지 계속해서 입꼬리에 웃음을 매달고 있는 요안나가 카모쉬는 비굴하게 느껴졌다.

"너무 잘 웃는군요."

"왜? 엄마를 찌푸린 얼굴로 상상했니?"

"이렇게 잘 웃는 사람인 줄은, 뜻밖이네요."

"웃는 게 좋지 않니?"

자식을 버린 뒤에도 그렇게 웃고 다녔느냐는 말이 목구멍까지 올라왔다.

"옐로나이프에서 사흘 있었는데 구름 때문에 오로라를 제대로 본 날은 하루뿐이었어. 너무 춥기도 했고. 그때 엉뚱하게 팜플로나 생각을 했단다. 그릴에 구운 마늘과 올리브유 뿌린 빵이 떠올랐어. 마늘을 먹으면 열이 나잖아."

이 무슨 엉뚱한 소리인가? 깔깔거리며 웃음이라도 터뜨릴 듯 과장된 요안나의 표정을 카모쉬가 아닌 무진이 봤다면 아마 '2번' 하며 번호를 붙였을 것이다. 요안나의 번호로 추정되는 2번 유형들은 대체로 친절한 사람들이다. 상대에게 친절을 베풀고, 그 친절을 통해 자신의 존재를 인식시키려 하는 그들은 따뜻하고 부드럽지만 스트레스를 받으면 앙칼진 모습을 보인다. 이들 2번 유형은 끊임없이 타인에게 관심을 갖고 도와주길 좋아하지만 남에게 주의를 보내느라 정작 자신의 문제를 잊어버리는 경향이 있다. 이성적 판단보다 감정에 쉽게 반응하는 이들은 누군가에게 필요한 사람이 됨으로써 비로소 자신이 가치 있는 존재가 되는 양 착각하는 것이다.

"친절한 사람이라는 말을 많이 듣겠네요?"

"이 정도 친절은 오랜만에 만난 아들에게 당연한 일 아닐까?"

"오랜만이 아니라 처음이죠."

"그렇지. 이렇게 크고 나선 처음이니 정말 안타깝고 미안한 일이구나."

"그게 미안한 일이라면 이렇게 갑자기 아들이라는 말을 듣는 것도 사실은 미안한 일이지요."

요안나의 표정이 흔들렸다. 짧지만 뭔가를 생각하듯 그늘이 비치던 그녀는 그러나 와인 잔을 들어 좀더 카모쉬 쪽으로 옮겨놓으며 다시 원래의 미소 띤 표정으로 돌아갔다.

"엄마라고 부르는 것도 어색한 일이겠네, 그럼?"

그 말끝에 카모쉬는 아버지의 얼굴이 떠올랐다. 버림받은 남자의 심정이 어땠을까? 그러나 아버지는 한 번도 어린 카모쉬에게 집 나간 엄마 이야기를 한 적이 없다. "난 왜 엄마가 없죠?" "원래 없는 거란다." 엄마에 대해 카모쉬가 기억하는 유일한 대화는 그거였다. 원래 없는 거라는 아버지의 말에 의문을 품는 순간 카모쉬는 청년이 되어 있었다.

"어색하겠죠. 아무것도 기억에 남아 있는 것이 없으니까요."

"그렇겠지. 그때 넌 너무 어렸고, 사실은 나도 세상에 대해 아무것도 모르던 시절이었어. 넌 이해할 수 없겠지만, 내 나이 그때 겨우 스물일곱이었단다. 정말, 정말 미안하구나."

"미안할 건 없어요. 기억에 없다는 건 원래 없었던 것이니까요."

기억되지 않는 한 존재할 수 있는 것은 아무것도 없다. 과거의 근원은 현재이며 그것은 지금 이 순간 내가 지어내지 않는 한 존재하지 않는다. 인간은 끊임없이 계속되는 현재만을 살 뿐이다. 최면이나 그 어떤 수단을 통해 과거로 시간 여행을 한다 한들 그것이 결코 과거의 삶을 현재의 삶으로 바꾸어놓을 수는 없다.

카모쉬는 모든 것이 기억 속에 있는 동안만 존재한다는 사실을 확인하듯 꾹꾹 머리 속에 눌러놓았다. 그러나 자신을 향해 보내는 요안나의 미소가 아버지의 그것과 닮았다는 생각을 지울 수 없는 것은 무엇 때문인가. 그건 배신자가 지을 수 있는 미소가 아니다. 달관이나 체념의 흔적이 묻어 있는 미소 앞에서 카모쉬는 잠깐 혼란을 느낀다.

"기억하지 않는 한 아무것도 일어난 일은 없어." 그렇게 말하며 아버지는 미소를 짓곤 했다. 그건 결코 배반당한 남자가 지을 수 있는 미소가 아니었다. 자식까지 내팽개친 채 성당의 사제를 따라 사라진 여자를 죽을 때까지 잊지 않던 남자. 그러나 그는 그런 일이 없었다고 말했다. "내가 기억하지 못하는데 그런 일이 언제 일어났다고 그래?" 그러나 카모쉬의 기억 속에서 아버지는 '일어나지 않은 일'이 아니라 언제나 '일어난 일'이었다. 드러내지 않았을 뿐 아버지가 한 번도 요안나를 잊은 적이 없기 때문이다. 결코 감정을 밖으로 드러내는 사람이 아니었던 그는 아마 9번 유형일 것이다.

9번 유형들은 대체로 평화롭고 원만하게 보인다. Yes와 No를 분명하게 하지 않는 이들은 뭔가를 거절하는 순간 세상과 자신과의 관계가 끊어질지 모른다는 두려움을 가지고 있다. 세상에 아무런 손해도 입히지 않을 것처럼 보이는 이들의 문제점은 자신을 그다지 중요하지 않은 존재로 여겨 스스로 2선으로 물러나며 자신을 방치하는 데 있다. 있는지 없는지 모르기 쉬운 사람들이지만, 그러나 뜻밖의 일에서 자기를 고집하는 그들의 고집을 당해낼 사람은 없다. 원하지 않은 일에 선명하게 No를 표시하기보다 그것을 하지 않는 방식으로 이들은 자신의 존재를 세상에 드러낸다.

스스로 자기 존재를 감춤으로써 세상의 소문으로부터 비켜나고자 했던 건지, 요안나가 사라진 이후 아버지는 그때까지와는 다른 삶을 살았다. 마치 빼앗길 것을 두려워하는 사람처럼 카모쉬를 지구의 반대편으로 유학 보낸 뒤 부동산 투자에 몰두하며 한생을 보냈다.

"여기 리오하 지역의 와인 중에 최상급인 '레드 그란 레세르바'는 오 년이 지나야 출시할 수 있는 최상급 와인이란다. 오크통에서 이 년을 숙성시키고 병 속에서 삼 년을 숙성시켜야만 출시가 허락되지."

2번 유형의 따뜻하고 친절한 여자, 한때 오르가니스트이기도 했던 요안나는 궁금하지도 않은 와인에 대해 과장된 설명까지 곁들이며 아들의 환심을 사려 애쓴다.

"속이 탈 땐 세르베자도 좋아. 맥주를 여기선 세르베자라 부르지. 술안주로는 타파스를 곁들여 먹는 것도 괜찮단다. 토르티야는 어떨까? 스페인의 토르티야는 정말 맛있단다. 배 고프진 않니?"

카모쉬가 과도하게 느끼건 말건 요안나의 친절은 계속되었다. 카페 바깥으로 정면으로 광장이 보였고, 여긴 유럽이야 하고 내세우기라도 하듯 벤치에 앉은 젊은이들은 거리낌없는 포옹으로 삶의 순간을 만끽하고 있었다. 머리 위로 선글라스를 얹은 채 요안나는 카페의 다리 긴 의자에 올라앉아 아들을 만난 기쁨에 도취되어 있었다. 염색을 한 머리카락은 황금빛을 엿보는 브라운이고, 피부는 햇빛에 적당히 그을려 팽팽했다. 요안나의 눈을 바로 보게 된 카모쉬는 자신의 눈이 엄마의 눈을 빼다박았다는 사실을 알아차린다. 나이에 비해 팽팽하게 보이는 피부와 달리 눈가의 잔주름을 감추지 못한 그녀는 카모쉬가 상상했던 모습과는 차이가 있다.

"눈가에 주름살이 많네요, 뭐."

마치 '늙으니 별수가 없네요'라고 비꼬기라도 하듯 카모쉬가 한마디했다.

"늙었지? 내가 많이 늙었지? 실망했니?"

"아니요. 무슨 기대가 있다고 실망하겠어요."

"엄마가 젊은 모습을 보여줘야 하는데. 이렇게 커서 처음 만나는 네게 멋진 모습을 보여줘야 하는데……"

이 사람이 내 엄마라니? 아무것도 모르던 철부지를 버리고 간 여자가 바로 이 사람이라니…… 뜨거운 아궁이를 만지듯 원망감에 손을 대고 있는 카모쉬의 머릿속으로 다시 아버지의 얼굴이 스쳐간다.

"알고 있겠지만, 여기 팜플로나는 헤밍웨이가 머물던 곳이란다. 그 사실 하나만으로도 매력적이지 않니? 소몰이로 유명한 산페르민 축제가 열리는 곳이 바로 여기야. 시드니 셸던의 소설 『시간의 모래밭』도 여기를 배경으로 썼고. 이 카페도 헤밍웨이가 오던 곳이란다."

문학소녀처럼 들떠 있는 목소리는 아마 가식일 것이다. 과장된 친절로 죄책감을 감춘 채 요안나는 와인 이야기를 끝내고 이제 헤밍웨이를 이야기하고 있다. 거리 곳곳엔 헤밍웨이의 이름을 내건 가게가 보였고, 지금 앉아 있는 카페 '이루나' 역시 그가 커피를 마셨던 곳으로 유명하다. 녹록지 않은 시간의 무게가 느껴지는 실내는 짙은 밤색의 바 위로 고풍스러운 샹들리에가 매달려 있다.

"헤밍웨이가 자기 누나를 증오했다는 건 아세요?"

"왜 그랬던 거지?"

"그러면 어린 시절 여자옷을 입고 자랐다는 사실은요?"

"그건 또 왜 그랬던 거지?"

"그 사람의 상처도 모르면서 어떻게 매력을 느낀다는 것이죠?"

누르고 있던 비난이 입술 밖으로 올라왔다. 상대의 상처를 모르면서 그 사람을 알고 있다는 것은 거짓이다. 누군가와 만난다는 것은 그 사람의 상처와 만나는 것이다. 부드럽고 여성적인 2번 유형인 요안나와 달리 헤밍웨이는 남성적인 에너지가 넘치는 8번 유형의 인물이다. 실제로 사냥이나 권투 같은 공격적인 일에 취미를 가졌던 그는 1차 대전에 참전하기도 하는 등 스스로 남성적이라고 여기는 일에 몰두했다. 그러나 그런 헤밍웨이에 대해 어떤 이는 '평생 자신이 제대로 된 남자가 아니면 어쩌나 하는 두려움을 가지고 있었던 것 같다'는 평을 하기도 한다. 겉으로 보기에 화끈하고 대범한 성격 같지만 스트레스를 받으면 움츠러드는 8번 유형들은 궁지에 몰리면 극도로 냉소적으로 변하기도 한다.

"그래. 네 말대로야. 내가 헤밍웨이를 어떻게 알겠니. 누군가를 안다는 건 참으로 어려운 일이니까. 안다는 말은 이해한다는 말이고. 그건 곧 사랑한다는 말이지."

냉소적인 아들의 태도에 주눅든 건지 요안나의 목소리가 낮아졌다. 손가락으로 두어 번 테이블을 두드리며 생각에 잠기던 요안 나는 턱을 조금 치켜들며 허공을 올려봤다.

"헤밍웨이는 엄마가 너무 강했지. 알고 있단다. 엄마의 문제가 어린 시절 헤밍웨이의 성격 형성에 커다란 영향을 끼쳤다는 사실을. 아버지가 결국 그 강한 엄마 때문에 자살할 정도였으니까 오죽했겠니."

턱을 치켜들었지만 그러나 요안나는 품고 있던 이야기를 삼켜 버린다. 그 한마디가 몰고 올 파장 때문이다. 이 이야기를 카모쉬에게 해야 하나 말아야 하나 고민했지만 묻어두기로 결정한 것이다. 모든 것이 묻혀버린 지금에 와서 밝힌다 한들 뭐가 달라지겠는가.

"그렇게 형성된 성격이 결국 그 사람의 운명을 만든다는 사실도 알겠네요. 그럼?"

"그런 것일까? 성격이 정말 운명을 만드는 것일까?"

"길 가다 벼락 맞아 죽는 운명 같은 건 모르겠지만, 적어도 성격이 운명에 지대한 영향을 끼친다는 것은 사실이지요."

"네 번씩이나 결혼했던 헤밍웨이도 말년엔 심한 정신적 혼란에 빠져 몇 번씩 자살 시도를 했었지. 그것도 운명일까?"

헤밍웨이처럼 여자옷을 입고 자란 것은 아니지만 카모쉬 또한 자신의 정체성 때문에 혼란스럽던 성장기를 보냈다. 최면을 배우고 영성적인 일을 하며 자신을 가다듬었지만 마인츠의 성당까지 날아가 엄마를 찾으려 했던 것도 어린 시절에 엉켜버린 실타래가 풀리지 않을까 하는 기대 때문이었다.

"오르간은 이제 버린 모양이죠?"

"오르간? 내가 버린 게 아니고 오르간이 나를 버린 것이지. 더 이상 내가 설 자리가 없어."

슬픈 표정을 짓는 요안나를 보자 카모쉬의 입술이 파르르 떨렸다. '내가 버린 게 아니고 오르간이 버린 것이라고? 그렇다면 나한텐 어떻게 했지? 나는? 그리고 아버진 누가 버린 것이지?' 더이상 오르간 연주를 할 자리가 없다는 자신의 말에 슬픔을 느끼는 듯 요안나는 카모쉬의 분노를 눈치채지 못한다.

"버림받은 사람이 감당해야 할 고통에 대해 생각해본 적이 있긴 해요?"

"고통? 버림받은 사람의 고통이라고 말했니?"

그 순간 바에 앉아 있던 사내 하나가 갑자기 일어서서 커다랗게 소리를 지르며 손뼉을 쳤다. "그라씨아스, 무차스 그라씨아스!" 두 손을 머리 위로 올려 손뼉 치는 사내를 따라 앞자리의 누군가가 와인 잔을 치켜들었다. '그라씨아스 데 라 비따!' 카모쉬의 눈에서 파랗게 불꽃이 인다.

"상관하지 마. 기분좋은 일이 있나봐. 인생에게 감사한다는 소리야. 그라씨아스 데 라 비따, 고맙다는 거야 인생이."

"인생이 고맙다고요?"

"그래."

"감사할 만한 인생을 살았다고 생각하세요?"

"인생이란 결국 다 고마운 것이란다. 우리도 이렇게 만나게 되었고. 그것만으로도 고맙지 않니?"

"정말 그런 말을 할 자격이 있다고 생각하세요?"

"자격이 없는 사람은 고마워할 수도 없는 걸까? 난 이제 내가 걸어온 인생에 감사하며 산단다."

다시 아버지 생각이 났다. 아버지는 결코 고마워하며 산 것 같진 않다. 그러나 유학에서 돌아오자 아버지는 "네가 내 곁에 있는 것이 좋구나"라고 말했다. 마치 카모쉬가 어딘가로 사라질 것이 두렵기라도 하다는 듯 아버지는 일기를 쓰듯 문자를 보내며 카모쉬의 소재를 확인했다.

"버림받은 사람의 고통에 대해 알기나 하면서 그런 소릴 하냐고요?"

"고통이라면 네가 받은 고통을 말하는 것이니, 아니면 강경식씨 이야길 하고 싶은 것이니?"

실명을 부름으로써 마치 부자 사이를 갈라놓을 수 있기라도 하다는 듯 요안나는 '네 아버지'라는 말 대신 강경식이라는 이름 석 자를 호명했다.

"강경식씨라고요?"

"그래. 신기하게도 떠오르네. 내겐 이미 잊혀진 이름인 줄 알았는데."

"고통받은 사람에 대해 그렇게 말할 수밖에 없나요?"

"고통은 누가 누구에게 주거나 받을 수 있는 건 아니야. 나 외에 그 누구도 나를 버릴 수 없듯 고통도 나 외에 누구도 내게 고통을 줄 수 없어."

"궤변은 그만두시지요. 고통받은 사람이 있으면 고통을 준 사람도 있는 것이 당연한 일이지요. 버린 사람이 있으면 버림받은 사람도 있는 법이고요. 고통을 주고도 그걸 깨닫지 못한다면 그건 사람도 아니에요."

"아이 께 아그라데쎄르 꼰 엘 돌로르! 난 이 말을 좋아해. 스페인 말로 고통에게 감사해야 한다는 뜻이란다. 고통도 알고 보면 은 총이지. 그게 바로 고통의 신비란다. 고통을 통해 비로소 우리는 세상과 삶의 신비를 깨닫게 돼. 나도 한때 세상으로부터 내가 버림받았다고 생각했지만 그게 아니었어. 내가 나를 버리지 않는 한 나를 버릴 수 있는 사람은 없단다. 모든 건 다 하느님의 섭리일 뿐이야."

"절 버린 건 기억이 안 나세요?"

"난 결코 너를 버리지 않았다."

"그렇겠죠. 버린 것이 아니라 바람이 나서 방치했을 뿐이지."

"바람? 네가 알고 있는 것이 전부가 아니란다."

단 한 번도 엄마에 관한 이야기를 꺼내지 않던 아버지는 임종이 가까워져서야 한마디를 했다. "무덤까지 네 엄마를 안고 가야겠다. 이게 다 내 업이다."

무슨 뜻인가? 뭘 안고 가겠다는 것인가? 알아들을 수 없는 아버지의 그 말을 카모쉬는 집착이나 회한 같은 것이라 짐작했을 뿐이다.

"너무 오래된 일이고, 지금에 와서 네가 그걸 이해할 수도 없는 일이고, 인생엔 때로 밝혀서 좋지 않은 일도 있단다. 네가 모르는 일도 있어."

"모른다고요? 모른다면 그래, 아는 걸 좀 말해보세요. 그때 그 사제, 그 신부는 어쩌고요? 모르긴 도대체 뭘 모른다는 말이죠?"

어떤 소문은 세월이 가도 죽지 않고 살아남는다. 사람들은 대체로 그 시절의 윤리나 가치관에 충격을 준 사건에 대해 잘 잊지 않는 법이다.

"파드레? 지금 신부님이라고 말한 것이니? 무슨 말이니 그건?"

무슨 말이냐고? 그걸 꼭 내 입으로 설명해야 하나? 파문을 당해도 시원치 않을 죄를 범하고도 성당에 나가 오르간을 연주했던 여자가 누군데? 그러나 뻔뻔스러울 만큼 요안나는 차분해져 있다.

"도덕적으로 살지 못했다고 힐난하는 게 아니라는 것쯤은 알고 있겠죠?"

"그건 또 무슨 말이니?"

"기억상실증에라도 걸린 건가요? 아니면 기억하고 싶지 않다는

264

말인가요?"

"네가 뭘 말하고 싶어하는 것인지 알 수 없다만, 도덕이라는 것은 사회가 합의해놓은 신념일 뿐이야. 타인의 잣대로 나 자신을 판단하고 싶진 않아. 어쩔 수 없이 너와 헤어지긴 했지만 결코 난 비난받을 만한 일을 하진 않았어. 각자의 도덕적 기준은 얼마나 삶에 진실했느냐가 그 기준이 되어야 해."

요안나의 눈에 물기가 스며난다. 안개꽃 같은 아련함이 시야를 흐리게 만들며 옛생각에 빠진 것이다. 멀고 아득한, 바다 같은 슬픔이 추억과 함께 밀려온다. 버림받았다고 말하는 자식에게 그 버림의 이유가 된 자신의 사랑을 말할 수 있는 뻔뻔함이 그녀에겐 없다.

"자기의 도덕적 기준에 맞지 않다고 해서 쉽게 누군가를 비난하는 사람들이야말로 비난받아야 할 사람들이야. 우린 모두 각자의 진실을 살고 있을 뿐 타인의 진실이 진실이 아니라고 말할 수 있는 자격은 오직 신에게만 있어."

이것도 카르마이다. 진실에 대한 모든 갈등은 카르마의 힘에 의해 잉태되고 전개된다. 그것만이 진실이라고 굳게 믿는 행위야말로 진실과는 거리가 먼 집착이며 무지일 수도 있다. 그러나 분노 때문에 카모쉬는 자신을 지배하고 있는 힘의 정체를 느낄 새가 없다. 눌러뒀던 원망감이 카모쉬로 하여금 그동안 쌓아올린 내공을 무너지게 한 것이다. 준비해둔 한마디를 혀끝으로 밀어올리며 천천히 자리에서 일어선 카모쉬가 방아쇠를 당기듯 마지막 한마디를 요안나를 향해 내뱉는다.

꿈

    잠깐 잠이 들었던 하유는 깜짝 놀라 일어났다. 호텔 침대 위였다. 여행 닷새째, 사방은 깜깜했고, 충전하느라 꽂아놓은 휴대폰의 전원만 초록빛 외눈을 깜빡거리고 있다. 잠들기 전 쏟아지는 비 때문에 날씨 걱정을 했는데 조용한 걸 보면 소나기였던 모양이다. 채 가시지 않은 비 냄새가 코끝으로 몰려왔다. 우기와 건기가 몸을 바꾸는 한산한 때를 맞춰서 왔지만 가이드 입장에선 매번 날씨 걱정을 하지 않을 수가 없다. 잠결에 놀라 고개를 쳐드는 바람에 삐끗한 목 쪽으로 약하게 통증이 느껴졌다. 불을 켜자 천장 위에 매달린 선풍기가 느리게 돌아간다. 자기 전 뿌린 모기약 냄새가 선풍기 날개를 따라 아직도 날아다니고 있다.

    꿈을 꾸다 깬 것은 아니었다. 감은 눈 속에서 마치 쫘악, 셔터를 내리듯 막이 하나 소리내며 닫히는 바람에 놀라서 깬 것이다. 눈

속에 셔터가 있다는 걸 안 것은 처음이다. 감아도 깜깜한데, 그 깜깜함보다 더 깊은 깜깜함이 힘주어 내린 셔터처럼 단숨에 내려갔다. 마치 우주의 문이 닫히는 것 같았다. 미얀마 시간으로 새벽 한시 삼십분, 한국은 네시쯤 됐을 것이다. 불길한 직감이 과녁을 맞힌 화살같이 날아와 꽂혔다. 다급하게 폰을 찾아 카톡을 확인했지만, 해리는 여전히 묵묵부답, 보낸 내용만 순서대로 있을 뿐 상대가 확인한 흔적은 없다. 망설이던 하유는 덜덜, 손을 떨며 해리의 번호를 눌렀다.

세상 모든 것이 다 잠든 것 같은 이역만리, 비가 쏟아진 양곤의 밤은 속까지 몽땅 까말 것 같은 흑단이다. 깨어 있는 우주의 한 지점을 찾아 삐리리릭 삐리리릭, 신호음이 날아갔다. 그러나 해리는 끝내 응답하지 않았다. 어디에 숨어 있다 나타난 것인지 조각조각 깨어진 생각들이 마구 머리를 찔러댔다.

뒤에 안 사실이지만, 무진과 마찬가지로 리엔 또한 좋아하던 이의 죽음을 꿈속에서 미리 겪은 적이 있다고 했다.

"영화에도 예고편이 있듯 죽기 전에 그 사람의 혼이 미리 자신을 사랑하는 사람들에게 와서 일종의 예고를 하는 것 아닐까요?"

리엔은 그렇게 말했다. 그 일로 해맑아야 할 시절을 그녀는 슬픔과 상실감으로 보냈다고 했다. 2003년 만우절, 거짓말 같은 일이 리엔의 현실 속에서 일어난 것이다. 그건 꿈속에서 본 죽음이 현실 속의 죽음으로 재현된 사건이었다.

"꿈에 누가 새처럼 허공을 날아 추락하는 것을 봤다며 엄마가 말했어요. 그런데 그 사람, 아무래도 네가 좋아하는 사람인 것 같아. 그렇게 말하셨어요. 만우절이니까 엄마가 헛꿈을 꾼 거지 뭐, 저는 그렇게 답했고요. 물론 좀 불안하긴 했어요. 워낙 엄마 꿈이 잘 맞았거든요."

"그런데 그게 정말 현실이 된 것이로군?"

"네. 너무나 충격을 받았어요. 그게, 그 꿈의 주인공이 꺼거가 될 줄이야. 그땐 정말 미치는 줄 알았어요."

많은 세월이 지났건만 리엔은 여전히 그를 꺼거(오빠)라고 불렀다. 그러나 리엔의 꺼거가 누구인지 알게 되자 무진은 어이가 없다는 표정을 지었다.

"도대체 그 사람 나이가 얼만데 꺼거라고 부르지? 리엔과 이십 년도 더 차이가 날 것 같은데?"

"나이가 얼마건 그게 무슨 문제예요? 그분은 영원히 제 꺼거예요."

"영원한 꺼거라. 영원한 게 있긴 할까?"

"있어요. 사랑이란 영원하기 때문에 사랑인 거예요."

조금도 망설임 없이 튀어나오는 리엔의 대답에 무진은 웃음을 터뜨릴 수밖에 없었다.

리엔을 충격에 빠트렸던 그 사건은 무비 스타 장국영의 죽음이었다. 2003년 만우절 날 그가 새처럼 빌딩에서 뛰어내린 것이다. 홍콩의 한 호텔에서 투신한 장국영, 장궈룽의 죽음은 세계 곳곳에 있던 그의 팬들을 충격과 슬픔 속으로 몰아넣은 사건이다. 그는 우울증을 앓고 있었고, 홍콩의 여배우 마오슌쥔毛舜筠 이후 여자가 아닌 남자인 탕허더唐鶴德와 연인 관계라는 스캔들에 시달렸다. 장국영이 죽은 뒤 탕허더는 아직도 그를 사랑하느냐는 기자의 질문에 인상적인 말을 남긴다. "아직? 아직은 무슨 뜻이죠? 나는 처음부터 끝까지 그를 사랑했습니다. 지금까지 그랬고 앞으로도 그럴 것입니다."

리엔은 그날 이후 자신의 삶이 크게 바뀌었다고 했다.

"그러니까 그건 아이에서 어른이 되는 통과의례 같은 것이었는지도 몰라요. 울고, 울고 또 울었는데, 눈물을 닦던 어느 날, 이제 난 어른이 되는구나 하고 느꼈으니까요. 이런 마음 니넝리지에마?"

이해하겠냐고 묻는 리엔이 황당하게 느껴져 무진은 실소를 흘린다.

"그 나이엔 누구나 열렬하게 좋아하는 가수나 배우가 있는 법이지. 그런데 리엔의 그 꺼거가 양성애자였다는데 그래도 좋아하는 마음이 변하지 않았어?"

"전 순전히 꺼거를 좋아한 거지. 꺼거의 상황이나 조건 같은 것

을 따졌던 건 아니에요. 오직 꺼거였기 때문에 좋았던 것뿐이에
요."

"꺼거가 양성애자였는 줄 알면서도 좋아했단 말인가, 그럼?"

"그게 무슨 상관이에요. 저는 단지 장궈룽이라는 한 인간을 좋
아했던 것이라니까요. 그가 여자를 사랑했건, 남자를 사랑했건 그
게 내가 좋아하는 인간의 본질에 무슨 영향을 끼칠 수가 있겠어
요?"

발갛게 달아오르며 얼굴까지 붉히는 리엔을 바라보는 무진의
눈길이 소중한 무엇인가에 닿은 듯 그윽해졌다.

"대단하군. 그런데 장궈룽이 타살된 것이라는 루머가 지금까지
나오는데 리엔은 어떻게 생각해?"

무진은 C를 떠올렸다. 거기나 여기나 유명인의 죽음 뒤엔 루머
가 따르는 모양이다. 어쩌면 루머를 통해 사람들은 죽음에 대한 알
리바이를 만들고 싶어하는지도 모른다. 알리바이가 없는 죽음이
란 얼마나 쓸쓸한가. 루머도 없이 태어난 이 세상은 또 얼마나 쓸
쓸한가. 루머 하나 없이 사라져가는 수많은 사람들을 생각하며 무
진은 C 생각에 빠진다.

"맞아요. 그런 루머 있어요. 영 모르시는 건 아니네요. 탕허더가
유산 때문에 우리 꺼거를 살해했다는 거잖아요. 그런데 그건 정말
루머예요. 지금까지 사랑했고 앞으로도 사랑할 것이라는 탕허더의
말을 나는 믿어요. 꺼거가 죽은 뒤에도 탕허더는 여전히 꺼거와 같

이 살던 그 집에 그대로 살고 있어요. 사랑은 시공을 초월하는 것이지요. 사랑하는 이가 떠났다고 해서 사랑까지 사라진 건 아니니까요. 어떤 사랑은 죽음을 통해 완성되는 경우도 있어요."

"죽음을 통해 완성된다고?"

"네."

"막고굴이나 천불동에 벽화를 그린 화공들은 타클라마칸이라는 죽음의 사막을 건너가기 위해 아마 그런 심정으로 불화를 그리지 않았을까요? 죽어서라도 그림을 완성시키겠다는 각오 같은 것 말이에요."

왜 그런 생각이 떠올랐을까? 동굴에 그려진 벽화를 볼 때마다 무진 또한 화공들 마음 깊이 숨어 있었을 사랑에 대해 생각했다. 지극한 정성으로 그림을 그리며 누군가를 떠올렸을 그들 또한 사랑 없이는 완강한 침묵의 벽을 넘을 수 없었을 것이다. 고색창연한 역사의 그늘을 벗고 그들은 어느 날 윤회의 바퀴에 실려 다시 현실 속 사랑으로 태어난다. 지금 리옌과 자신 또한 그런 인연이라고 무진은 믿고 싶었다. 전생의 그들은 한 사람은 화공, 그리고 한 사람은 그 화공이 그린 벽화 속 여인인 것이다.

"그런데 장국영은 정말 왜 그랬을까?"

"사랑하는 사람을 두고 왜 그랬냐는 거죠? 왜 죽음을 선택한 것인지는 저도 모르죠. 본인이 아니면 어떻게 알겠어요. 제게 아픔을 준 것은 꺼거가 이 세상에서 사라졌다는 그 사실 하나뿐, 세상의 소문을 다 받아들이기엔 제 귀가 너무 작아요."

자신의 귀를 가리키며 리옌이 하하 웃었다. 그 소리가 너무 커 옆 테이블에 앉아 있던 남자가 두 사람을 쳐다봤다. 무심한 눈길이었지만 무진은 눈빛 속에서 왠지 질책하는 소리가 담겨 있다고 느꼈다. 승복을 입고 있기 때문일까? 승복을 입고 무엇인가를 하는 순간 무진은 자주 그런 눈빛과 부딪쳐야 했다. 그건 아마 내 생각이겠지. 내가 만든 분별심이겠지. 내가 머릿속에 그어놓은 금이 이 선을 넘어선 안 돼, 하며 뭔가를 제약하는 것이겠지. 그런 스스로의 제약이 타인의 시선을 부정적으로 끌어당겨 스스로 질책이라 판단하는 것이겠지. 자유를 찾기 위해 입은 승복이 오히려 자유를 속박하다니. 입고 있는 승복이 무진은 점점 거추장스러워지기 시작했다. 무진을 흘겨보듯 쳐다봤던 옆 테이블의 남자는 카모쉬였다. 삼 년 만에 뮤를 만난 그 또한 그때 그 순간 파탄의 박물관에 있었던 것이다.

"그런데 왜 리옌도 아닌 엄마 꿈에 장국영이 나타난 걸까?"

"그야 마음이 서로 교류했기 때문이죠. 꺼거의 마음과 제 마음, 그리고 엄마의 마음과 제 마음 말이에요. 마음은 못 가는 곳이 없잖아요."

"마음이 통해서 꿈에 나타났단 말인가 그럼?"

"당연한 거죠."

"장국영은 리옌이나 리옌 엄마를 알지도 못했을 것인데?"

"왜 알지 못해요. 얼굴은 모르지만 그 아래 마음은 다 통하고 있었을 건데요, 뭐."

그렇게 나오는 데는 할말이 없었다. 평소 무진이 즐겨 말하던 모든 것이 연결되어 있다는 주장을 리옌은 다 통하고 있다는 말로 대신했다. 그녀 역시 한 잔의 차를 마시며 티그리스강 전체를 마시고 있는 것이다.

"그걸 동시성 현상이라고 말한다는 것을 뒤에야 알았어요. 한국에 가서 유체이탈이나 전생 같은 강의를 듣고 나서요. 꿈에서 본 것을 현실 속에서 겪게 되는 일을 동시성 현상이라고 부르는 건 선생님도 알고 있을 거예요."

융의 이론이었다. 꿈에서 본 일이 현실 속에서 그대로 재현되는 것 같은 우연의 일치를 융은 '동시성 현상'이라고 불렀다. 과학의 잣대로는 단지 우연히 그렇게 맞아떨어진 일이라고 무시해버릴 뿐 그 이상의 의미를 부여하지 않는 사건에다 융은 인과의 법칙을 뛰어넘는 새로운 관점을 제공한 것이다.

융의 그런 관점은 인과의 질서에 묶여 인류가 미처 알아차리지 못한 또다른 질서가 동시성 현상 속에 숨어 있다는 사실을 간파한다. 결과가 있으면 반드시 그 원인이 있어야 한다고 생각하는 현대과학은 융이 말한 동시성 현상에 대해 이해할 수가 없다. 모든 걸 과학적인 사고에 기대어 이해하고 판단하는 현대인들 또한 원인 없는 결과를 납득하지 못한다. 그러나 동시성 현상과 관련해 융은 그것을 우연의 일치라 폄하하는 서양의 이해 방식이 '일종의 선입견이며 편향적이어서 수정되어야 할지 모른다'라고 말하고 있다. 또한 그는 '무의식은 의식이 아는 것보다 더 많은 것을 알고 있다'고 지적하며 인류의 집단무의식은 이미 모든 것을 경험한 듯 알고 있는 '선험적인 앎'을 가지고 있으니 그것을 '절대적인 앎'이라고 했다. 무진은 바로 이 절대적인 앎(絕對知)이야 말로 시간과 공간을 초월하는 것으로, 자신이 꿈을 통해 미리 본 C의 죽음이나 그 일을 계기로 얻게 된 역행 인지력 또한 거기서부터 비롯된다고 믿기 시작한 것이다.

어떻게 보면 그것은 구태여 불법佛法을 통해 배우지 않아도 되는 심리학적, 과학적, 아니면 영성적 주제일지도 모른다. 그래서 무진은 승복을 벗었다는 것이다. 구태여 그 옷을 입고 있지 않고서도 할 수 있는 일을 거추장스러운 옷을 껴입고 해야 할 이유가 없다는 것이다. 그러나 하유는 무진의 그런 말이 왠지 변명같이 들렸다. 무진에게 여자가 생겼다는 사실을 알았기 때문이다. 함께 자면서도 성행위를 하지 않고 있다는 사실을 강조하고 있지만, 그건 승복을 입고 있던 당시 무진의 마지막 자존심 같은 것이었을 뿐 그런 의지가 언제까지 갈지에 대해선 무진 자신도 장담할 수 없었을지 모른다. 자존심이란 대체로 음양의 조화 앞에서 무력해지는 법이니 그런 식의 의지는 결코 자연스러운 것이 아니다. 자연스럽지 않다는 것은 우주의 질서에 어긋난다는 말이다.

그 시각, 옆 테이블에 있던 카모쉬와 뮤 또한 무진과 리엔이 나누는 이야기와 크게 다르지 않은 이야기를 하고 있었다. 인연이 맞지 않아 서로 상대를 모르고 있었지만, 두 개의 테이블에서 오가던 이야기는 그것이 어느 테이블에서 나누는 대화인지 크게 구분이 필요 없는 내용이었다.

"전생 기억이란 퍼즐을 맞추는 것과 같아요. 우리가 잃어버린, 아니 잊고 있는 퍼즐 조각을 전생 기억을 통해 찾아내는 것이지요. 그것이 아니고선 도저히 생의 모순들을 납득할 수가 없으니까요. 우리가 사는 이 생은 정말 모순으로 가득차 있습니다. 악한 자는 벌을 받고, 착하게 살면 복을 받아야 하는데, 눈앞에 일어나고 있는 현실은 그렇지 않을 때가 많습니다. 그래서 카르마의 원리를 모르면 그런 모순들을 도저히 납득할 수가 없는 것이지요. 전생을 모르고는 이빨 빠지듯 빠져 있는 퍼즐의 조각들을 맞출 수가 없다는 말입니다. 전생에 지은 카르마의 과보를 뒤늦게 이번 생에서 받는 경우 납득할 수 없는 모순으로 느껴질 수밖에 없지요. 퍼즐 조각이 맞지를 않으니까요. 그러나 도저히 이해가 되지 않는 인간관계의 모순도 전생으로 가서 보면 그만한 이유가 있다는 것을 알게됩니다. 예를 들어서 이유 없이 나를 힘들게 하는 그 사람이 왜 내게 그런 것인지 전생을 볼 수만 있다면 얽혀 있는 그 관계에 대한 납득이 가능하다는 말입니다. 그것을 납득할 때 비로소 퍼즐은 맞아들어가게 되지요."

"초자연적인 사건이라고밖엔 달리 표현이 안 되는 일이에요. 우리의 인연도 어떻게 보면 정말 판타지 같은 이야기니까요."

"믿고 안 믿고는 역시 개인의 선택이지요. 그러나 전생의 기억을 찾고 나서야 지금까지 맞춰지지 않던 생의 퍼즐이 맞아들어간다고 여기는 사람들이 많습니다."

새

날씨는 청명했고 햇살은 따갑다. 파라솔을 가진 분들은 꼭 들고 나오시고 얼굴에 선크림 바르는 것 잊지 마세요. 버스에 오르는 한 사람, 한 사람에게 하유는 같은 말을 반복하고 있었다. 해리로부터 카톡이 날아온 건 바간의 탑들을 보기 위해 버스가 막 호텔을 나서려 할 때였다. 진동하는 느낌에 폰을 확인하자 해리가 보낸 메시지였다.

—미리 사망, 17일 발인

메시지의 내용은 지극히 간단했다. 애써 미소를 지으며 손님들을 바라보던 하유의 감정이 그대로 무너져 앉는다. 사망이라니. 미리가 죽었다니 이게 무슨 말도 안되는 소리인가. 아직 때가 안 되었다고 말하던 카모쉬의 말에 의지해 여기까지 왔는데 사망이라니 이게 무슨 날벼락 같은 말인가.

잘못 읽은 건 아닌지, 하유는 카톡의 내용을 확인하고 또 확인했다. 그러나 쉼표까지 다 더해봐야 열 자. 내용의 길이는 확인하고 말고 할 수준이 아니었다. 이건 아니야. 뭔가가 잘못됐어. 아닐 거야. 이건 나를 힘들게 하기 위해 해리가 악감정으로 보낸 메시지일 거야.

무수히 아니라는 생각을 반복하면서도 하유는 그러나 내색도 하지 못하고 손님 배려에 신경을 써야 했다. 아프면서도 아픈 기색을 할 수 없는 게 가이드의 숙명이다. 감정은 무너져도, 이성은 무너지는 그것과는 별도로 움직이며 안내하고, 설명해야 하는 직업을 하유는 가지고 있는 것이다.

여기서도 두 개의 '나'가 존재한다. 웃는 얼굴과 슬픈 얼굴이 그것이다. 그것은 책의 양장본 커버를 벗기고 읽는 사람과 그대로 둔 채 읽는 사람의 차이 같은 것과는 차원이 다르다. 생존과 관련된 일이기 때문이다. 모든 생존은 거룩하니 그것은 하나의 얼굴로 헤쳐나갈 수 있는 것이 아니다. 얼굴을 바꿔가면서도 생존을 유지해야 하는, 인간은 결코 하나로 살 수 있는 존재가 못 된다. 거짓말을 안 하고 사는 사람이 존재할 수 없듯 하나로 사는 인간 또한 존재할 수가 없다. 바간에 남아 있는 2000기가 넘는 탑이 제각각 모양이 다르듯 인간은 모두 모양이 다르다.

믿어지지 않았다. 바간의 불탑과, 사원과, 그들의 역사와 문화를 설명하는 틈틈이 하유는 해리에게 전화를 했다. 이건 아니야.

이건 나를 곤경에 빠트리게 하기 위해 거짓말을 하는 거야. 무수히
액정을 눌러 해리를 호출했지만 그녀는 끝내 묵묵부답이다. 때로
침묵만큼 절망적인 것이 없다. 침묵은 불안의 늪에다 커다란 돌멩
이를 빠트리는 일이다. 깊이를 알 수 없는 늪 속의 돌멩이는 다시
는 세상의 빛을 보지 못한다.

　"새장을 자주 옮기는 것은 좋지 않단다. 환경이 바뀔 때마다 새
는 신경이 날카로워지지."

　불탑 위를 날아가는 새를 보는 순간 문득 엄마 목소리가 들려왔
다. 탑 위로 올라간 손님들을 기다리는 동안 회상에 빠진 것이다.
미리 때문이다. 미리에 대한 생각이 엄마를 연상시킨 것은 무엇 때
문일까.

　"새는 섬세하고 약한 생명체란다. 사랑을 쏟지 않으면 키울 수
가 없어."

　마당에 꽃을 피워놓던 봄이 올라가는 수은주에 밀려 어느새 수
줍음을 잃어갈 무렵이었다. 마실 물을 새장 안으로 밀어넣으며 혼
잣말하는 엄마를 하유는 물끄러미 바라만 보고 있었다. 엷은 연둣
빛이던 산들의 몸이 점점 짙어지고 있다.

　손에 좁쌀 한 움큼을 쥔 채 아이가 조롱을 향해 다가간다. 아이
의 앙증맞은 손바닥이 모이통 앞에서 단풍잎처럼 펴진다. 체온에
녹아 좁쌀들은 여전히 손에 붙어 있다. 제때제때 똥을 치우고 청소

해도 새장이 있는 방에선 늘 냄새가 났다.

"새가 병이 들었는지 아닌지는 항문을 보면 알 수 있단다. 항문 쪽이 젖어 있을 때는 대개 장이 탈이 난 거지."

조롱 속에 갇혀 있는 새를 가리키며 엄마가 말했다. 막 봉오리 맺은 모란이 대문 앞을 지키고 있다. 아련하고 아득한 옛집 같은 향수를 하유는 이곳 바깥에 오면 느낀다. 그만큼 평화로운 곳이다. 말년이 되면 이곳에 와서 살다 가야지. 올 때마다 하유는 그런 생각을 했다.

"사람이 손짓만 해도 운다고 해서 울새라고 불리는 새가 있단다. 울새뿐 아니라 휘파람새도 길들이면 울음소리를 내지. 좋은 울음소리를 들으려면 울음소리가 좋은 모델이 있어야 해. 훌륭한 소리를 내는 새를 구해다가 자꾸 울음소리를 들려줘야 하지."

엄마는 끝없이 혼잣말을 계속했다. 관심도 없는 내용이었지만 하유는 세월 지난 지금까지 그것을 잊지 못하고 있다.

"카나리아가 번식할 계절이 왔는데, 카나리아가 번식할 계절이 왔는데……"

카나리아가 번식을 시작하는 봄날, 아버지는 중얼거리는 엄마를 견디지 못해 조롱 속의 새들을 다 날려보냈다. 갑자기 창공에 내팽개쳐진 새들은 당황한 듯 잠깐, 지붕에 앉았다가 이내 하늘 멀리 사라져갔다. 그렇게 새장의 새가 다 날아간 뒤 엄마의 혼잣말은 사라지고 말았다. 그때부터 엄마는 받는 이도 없는 편지를 써서 우체통에 넣기 시작했다.

편지는 고스란히 수취인 불명으로 되돌아왔다. 돌아오는 편지를 찢어버리며 아버지는 누구에게 하는지 모를 욕설을 허공을 향해 퍼부어대곤 했다. 손짓만 하면 우는 울새처럼 하유가 아버지만 보면 울기 시작했던 것도 그 즈음이었다.

"편지나 그림에 몰두하는 건 좋은 일이지요. 뭔가에 집중함으로써 아마 심리적 불안으로부터 놓여나고 싶어하는 걸 거예요. 집중한다는 건 내적 성장을 위해서도 중요한 것이랍니다. 어떤 상황에서 아이가 아주 깊은 집중력을 경험하게 되면 완전히 변하게 돼요."

엄마를 따라 끝없이 편지를 쓰는 하유를 향해 누군가 그런 말을 했다. 아동학자 몬테소리가 했던 이야기를 옮긴 것이다. 어른이 되어서도 하유는 편지 쓰기를 좋아했다. 컴퓨터로 쓰는 메일이 아닌 손으로 또박또박 쓰는 편지가 스스로를 치유했다는 사실을 하유는 미리를 만난 뒤 깨달았다.

"그렇게 자꾸 편지를 쓰는 것은 좋지 않은 버릇이야. 편지를 즐기는 사람은 불행해지기 쉬워."

하유와 달리 미리는 밑도 끝도 없이 그런 말을 했다. 카나리아와 엄마, 그리고 편지를 쓰는 하유가 딱해 보였을지도 모를 일이다.

무중력

"다시 만날 땐 중력이 없는 세상에서 만나요."

헤어지며 뮤는 그렇게 말했다. 다시 몇 년의 시간이 흘러갈지 몰랐다. 채널링을 하듯 카모쉬는 아마 아스트랄의 세계에서나 그녀를 호출해야 될 것이다.

"꿈속에서나 보자는 말 같군요."

"우리의 카르마는 그런 것 아닌가요? 만나면 곧 헤어져야 하는."

그 말을 남긴 채 뮤는 일어섰다. 공연이 끝났으니 그녀는 아마 자신의 숙소로 돌아갈 것이다.

"창으로 안나푸르나가 걸려 있어요. 낮에도, 밤에도 만년설을 이고 있는 산을 보면 노래가 저절로 마음속에 고여요. 호수에 담긴 황혼의 설산이나 아침노을에 물든 분홍빛 산은 신성하고 황홀해요."

"언제까지 거기서 살 생각이에요?"

"중력으로부터 자유로워질 때까지요."

끝내 분명한 주거지를 가르쳐주지 않던 그녀는 그렇게 말하며 웃었다. 풍요의 여신이라는 뜻을 가진 안나푸르나 기슭에서 그녀는 한동안 그렇게 살 모양이다.

"카르마로부터 벗어나려면 어떻게 해야 한다고 생각하세요?"

"카르마는 카르마, 저는 다만 노래 부를 뿐이에요. 카르마를 어떻게 벗어날 수가 있겠어요. 별을 노래해도 우린 여기에 묶여 살 수밖에 없어요. 거대한 카르마가 우릴 이 별에 묶어놓았으니까요."

"거대한 카르마라? 원죄 같은 걸 말하고 싶은가요?"

"그래요. 원죄라는 것도 어쩌면 카르마를 말하는 것인지도 모르지요. 사람들은 그것으로부터 벗어나려고 애쓰니까요."

"그래서 노래한다는 말이군요? 카르마로부터 벗어나기 위해서."

"노래는 제게 대상을 창조하는 힘이에요. 언어가 표현할 수 없는 느낌을 노래는 전달해요. 언어로 그리는 그림이 제겐 노래예요. 노래엔 색깔이 있으니까요."

거리의 무대였지만 파탄에서 열린 뮤의 콘서트는 특별했다. 역사가 아로새겨진 거리의 계단 위로 무대가 있고, 돌계단을 밟고 올라가면 신상이 서 있는 그곳은 평소 온갖 낭인들이 모이는 공간이기도 했다. 그녀를 위해 따로 세팅한 오디오는 거리의 소음 속에서도 충분히 소리를 전달했고, 신비한 그녀의 음색은 오래된 왕궁과 조각들 사이로 무늬를 남기며 번져나갔다.

그러나 무대 뒤로 들어왔던 그녀는 다시 무대 밖으로 걸어나가고 있다. 카모쉬 안으로 들어왔던 그녀도 카모쉬 밖으로 걸어나가고 있다. 삶은 그런 것이다. 들어왔다가 나가면서 모든 것은 무늬를 남긴다. 그것은 수정하거나 삭제할 수 없는 거대한 카르마다.

"그런데 이게 무슨 카르마지?"

뮤와 헤어지고 나자 카모쉬는 그렇게 중얼거렸다.

"만나면 꼭 헤어져야 하는 이게 대체 무슨 카르마 때문에 그런 것이냐고?"

그렇게도 중얼거렸다. 그러나 이 생의 명멸하는 존재는 모두 만나면 꼭 헤어질 수밖에 없다. 생자필멸, 회자정리, 인생 자체가 거대한 카르마인 것이다.

"존재란 모든 생명체의 가장 깊은 곳에 있는, 눈에 보이지 않는 본질, 불멸의 그 무엇을 뜻하는 것이지."

카모쉬와 달리 광장의 다른 한쪽에선 무진이 그렇게 중얼거리고 있었다. 광장 가득 노래가 흘렀고, 리옌은 노래에 빠진 듯 무진에게 기대어 있었다. 에크하르트 톨레*의 말을 빌려 무진은 존재란

* 『지금 이 순간을 살아라』 『고요함의 지혜』 등으로 잘 알려진 현대의 영성가.

눈에 보이지 않는 것이라 정의를 내리고 있는 것이다. 그의 화법은 그렇게 누군가의 명언과 함께할 때 빛을 발했다. 마치 태양의 빛을 받아 빛나는 행성처럼.

"카페에서 봤던 그 여자예요."

무진의 곁에 있던 리옌이 말했다. 리옌의 눈길이 가닿는 곳엔 노래하는 뮤가 있다.

"우아하고 신비스러운 분위기의 여자예요."

"글쎄, 불멸의 존재 같아."

"뭐가요?"

"저 여자의 노래."

"마음을 신성하게 만드는 힘이 있네요."

"그런데, 몇 번일까? 난 그걸 생각하고 있었어."

"사람을 번호로 부르는 건 기분 나빠요."

"기분 나쁠 건 없어. 숫자는 중성이니 편견 없이 누군가를 부르기엔 제격이지."

누군가가 에니어그램은 '우리가 얽혀 있는 게임을 폭로하는 것'이라 말한 이가 있다. 성격은 드라마를 만든다. 그냥 버리고 가면 될 쓰레기를 쓰레기가 아닌 양 집착하여 눈물과 욕설이 뒤범벅된 배신의 드라마를 쓰기도 하고, 이유 없는 우월감에 빠져 좌충우돌하며 세상의 모든 이를 아래로 내려다보는 자아도취의 연기를 생산하기도 한다. 스스로 덮어쓴 가면을 가면인 줄 모르고 이건 다 성격 탓이야 하며 자책 아닌 자책을 일삼기도 하며 스스로 만든 거짓 이미지를 지키기 위해 생을 소모한다. 모든 것은 게임이다. 그러나 게임을 하면서도 사람들은 그것이 게임인 줄 모른다. 인생은 게임이 끝난 뒤에야 비로소 그것이 게임이었다는 사실을 알게 되는, 어리석은 게임이다. 무진이 말하는 중성의 숫자는 게임의 주인공들을 객관화시키기 위한 분별심 없는 기호이다.

티어스 인 헤븐

정말 그랬던 것일까? 에릭 클랩튼은 아파트 베란다에서 떨어져 죽은 아들을 두려움 때문에 쳐다보지 못하고 그냥 지나갔다고 한다.

그가 아들을 잃은 슬픔으로 작곡한 〈Tears in Heaven〉을 들으며 하유는 이해하지 못했던 에릭 클랩튼을 비로소 이해할 수 있었다. 미리가 죽어 나간 병원 근처를 하유 또한 두려움 때문에 가볼 수가 없었기 때문이다.

이때의 두려움은 슬픔과 다시 마주치기를 회피하는 마음의 부담이다. 부피가 커지면 슬픔은 공포로 변한다. 이름하여 슬픔의 공포. 아버지에 이어 어머니까지 가신 뒤 공포로부터 달아나기 위해 외국을 떠돌았고, 가이드라는 직업까지 얻었다. 그래도 여전히 두려움은 맹수처럼 친해지지 않는다. 그런 하유에게 무진은 티베트의 한 스승 이야기를 들려준 적이 있다.

"제자들과 함께 사원으로 가던 스승 앞에 맹견 한 마리가 나타났지. 금방이라도 묶인 줄을 끊고 달려올 것 같은 맹견을 보자 겁에 질린 제자들은 왔던 길로 되돌아서 달아나고 싶은 마음이었어. 호랑이 같이 이빨을 드러내며 으르렁거리고 있는 맹견을 상상해봐. 그건 개가 아니라 맹수지. 그런데 정말 줄이 끊어졌고, 무서운 속도로 맹견이 달려오기 시작했어. 이럴 때 하유 너 같으면 어떻게 했겠어?"

"아마 달아났겠죠."

"그렇지. 누구라도 그럴 거야 아마. 그런데 스승은 그러지 않았어. 뒤돌아 달아나려는 사람들과 달리 스승은 달려오는 맹견을 향해 놀라운 속도를 내며 달려가기 시작했지. 사람들이 만류할 틈도 없이. 그런데 여기서 반전이 일어나. 도망갈 줄 알았는데 갑자기 마주보며 달려오는 상대와 마주치자 오히려 맹견이 놀라서 꽁무니를 뺐다는 거지. 자기를 무서워하지 않는 존재를 처음 만난 맹견이 두려움을 느낀 거야. 여기서 우리가 배워야 할 게 뭐겠어. 피하지 않고 정면으로 마주보는 순간 두려움은 사라지거나 그 크기가 줄어든다는 것, 그런 것 아니겠어. 맹견이 형편없는 똥개로 변하듯 두려움도 그런 것이라는 말이지."

여행에서 돌아온 서울은 삭막했고, 곁에 있다가 떠난 사람의 빈

자리는 크기만 하다. 그러나 그전에도 미리가 곁에 있었던 건 아니다. 상황이 달라진 건 없다. 달라진 건 생각일 뿐, 미리가 세상을 떠났다는 것도 환상이나 마찬가지다. 사는 것도 환상, 죽는 것도 환상, 언제 살갑게 같이 살기나 했던가. 하유는 예전에 그랬듯이 애써 미리가 어딘가에 그대로 있을 것이라고 믿으며 자신을 위로했다. 변한 것은 없다. 없었던 사람이 다시 없을 뿐, 갔다가 돌아오면 허전하고, 그 허전함을 제대로 느낄 사이도 없이 다시 모객을 하고 여행 준비를 해야 하는 삶은 아무것도 달라진 것이 없다.

여행이라 부르기엔 주저되는 가이드로서의 일정은 관광이라 불러야 마땅하다. 그러나 손님들과 달리 하유에겐 그것 또한 여행이다. 관광객이라는 이름의 다양한 인간을 경험하는 인생 여행. 반복되는 그것이 마치 윤회 같다고 느낄 때쯤 하유는 미리가 죽은 것이 아니라 다른 별로 간 것이라고 스스로를 설득하는 데 절반쯤 성공했다. 별로 가는 것은 미리가 원하던 일 아닌가. 또한 그런 식으로 스스로를 설득하는 일은 익숙한 것이기도 했다. 아버지에 이어 어머니의 죽음까지 경험하며 터득한 그것은 하유에겐 생존의 비법 같은 것이다.

슬픔이 새어나오지 않도록 마음의 문에 굳게 자물쇠를 잠그는 것도 비법이라면 비법이다. 열쇠라곤 망각밖에 달리 없다. 비밀번호가 필요 없는 망각의 문은 무의식이라는 깊은 터널과 연결되어 있다. 아프거나 슬픈 스스로를 깊은 터널로 밀어넣으며 인간은 누구나 잊어야만 살 수 있다. 그런 점에서 망각은 죽음이 아니라 또다른 생이다. 그것이 환생이건 재생이건 터널의 시작은 다른 한쪽에서 보면 시작이 아니라 끝이며, 끝인 동시에 시작이다. 여행에서 돌아오면 기다렸다는 듯 자동차의 배터리가 방전되고, 보험회사에 연락해 다시 배터리를 충전하며 하유의 터널은 끝이 난다. 그러나 누구도 윤회에서 벗어날 수 없듯 터널은 다시 새로운 여행이라는 세상과 연결되니 다람쥐가 굴리는 쳇바퀴같이 하유는 오직 돌고 도는 것밖에 달리 길이 없었다.

   ─태양 표면의 흑점이 오백 일 동안이나 없어졌다고 합니다. 흑점이 없어지면 우주로부터 쏟아지는 우주방사선이 지구로 더 많이 유입됩니다. 우주가 급격한 속도로 변화하고 있습니다. 태양과 가까운 수성에서는 엄청난 자기장과 얼음들이 발견되고, 금성은 삼십 년 동안 스물다섯 배 이상이나 밝아졌으며 토성은 칠 개월 이상 태풍이 지속된 것으로 관측되고 있습니다. 그밖의 별들도 마찬가지입니다. 태양계의 이런 변화가 뭘 의미하는 것인지 알 수 없지만, 지구의 주파수가 높아짐에 따라 인간의 뇌파가 우주의 주파수와 공명하기는 더욱 쉬워졌습니다. 명상을 하면 뇌의 주파수가 떨어져 지구 주파수에 근접하게 됩니다. 명상을 하면 의식의 수준이 높아지고 초월적인 경험이 가능하듯이 지구 주파수가 높아지면 영적 각성이 일어나고, 인간의 의식이 열려 우주의 에너지를 받

아들일 가능성이 커지고 있다는 말입니다.

유튜브를 검색하자 변화하는 우주에 대한 이야기가 나온다. 태양계의 변화에 따라 지구 주파수가 높아지고, 주파수가 변화함으로써 인간의 의식에도 변화가 온다는 내용이다. 각성된 인간의 의식이 우주의 파동과 공명하는 순간 무한한 창조 에너지가 발현될 것이다.

변화하는 우주의 파동에 공명해 미리는 일찌감치 별로 돌아간 것인지도 모른다. 몸은 한 줌 재가 되어 사라진다 해도 몸에 깃들어 있던 영혼까지 사라지기야 하겠는가. 미리에게 있어서 별은 의식이 만들어낸 하나의 창조였을 가능성이 크다. 실제로 시리우스별에 지구보다 앞선 문명을 가진 사람들이 살고 있다는 사실을 누가 증명할 수 있겠는가. 그것은 믿음의 차원이지 실증의 차원이 아니다. 지구에 살고 있는 3차원적 존재들이 그것을 증명해내기란 불가능하다. 그러나 미리는 믿음으로써 자신의 의식 속에 시리우스를 실증적 공간으로 창조했다. 미리의 의식 속에서 그곳은 오로지 진화된 생명체가 사는 앞서 있는 공간이다. 미리의 경우 믿음이 경험을 불러온 것이다. 경험함으로써 믿음이 생기는 것이 아니라 믿음으로써 경험이 따라온다. 이때의 믿음은 창조 에너지다. 믿음으로써 무에서 유가 창조되는 것이다. 믿음으로써 시리우스는 생생한 현실이 되었다. 믿지 않는 사람에게 그것은 먼 곳에서 반짝이는 행성일 뿐이지만, 그녀에게 그것은 돌아가야 할 고향이었던 것이다.

혹시 별로 돌아가겠다는 그녀의 믿음이 죽음이라는 극단적인 경험을 불러오게 한 것은 아닐까? 성프란치스코의 손바닥에 나타난 성흔을 기적이 아니라 믿음의 결과라고 분석한 사람도 있다. 말하자면, 그것은 절절하고 간절한 믿음이 신체에 영향을 미쳐 못 자국 같은 흔적으로 나타났다는 것이다. 믿음이 경험을 불러온다는 말이다.

젖어 있던 에릭 클랩튼의 목소리가 조금 높아진다. 노래를 부르지만 그는 어쩌면 화가 난 것인지도 모른다. 천국이 어디 있단 말인가? '세월은 당신을 파멸시킬 수도 있어요. 세월은 당신을 좌절시킬 수도 있어요. 그리고 세월은 당신 마음에 상처를 주고 애원하도록 만들기도 하지요. 저 문 너머에는 평화가 있으리라고 믿어요. 그리고 난 천국에는 더이상의 눈물이 없다는 것을 알아요.' 커지는 에릭 클랩튼의 노래를 들으며 하유는 자신도 화가 나 있는 것일 수도 있다는 사실을 깨달았다. 인간이 세상에서 겪어야 할 좌절은 끝이 없을지도 모른다는 생각이 마음을 불안하게 했던 것이다.

회귀

그동안 카모쉬는 인간의 의식에 대한 공부에 몰두했다. 의식 세계의 한 마스터가 진행하는 워크숍에 참가해 자신의 의식이 어느 수준에 가 있는지를 체크해보기도 했다. 스스로의 의식이 3밀도에서 그다음 단계인 4밀도로 진화되고 있는지 여부를 측정하기 위한 방법으로 마스터는 몇 가지 사항을 체크해보라고 했다. 밀도*는 혼의 진화 정도를 나타내는 것으로, 1밀도는 광물이나 식물, 2밀도는 동물의 혼, 그리고 3밀도는 인간의 의식 상태를 나타내는 것이다. 체크리스트에 있는 질문 몇 가지를 골라보며 카모쉬는 자신이 어느 단계에 와 있는지를 점검했다.

---

* 일본 센트럴선의 운영자인 '유지 후지타' 선생의 이론으로, 여기서 소개되는 밀도의 개념과 의식에 대한 체크리스트는 2019년 한국에서 있었던 선생의 강의에서 발췌, 요약.

1. 시간이 정지된 듯한 평화로움을 느끼는 때가 있는가?
2. 동물이나 자연과의 연결감을 느끼는가?
3. 동시성을 느낄 때가 자주 있는가?
4. 카르마에 대해 깊이 인식하는가?
5. 집착으로부터 얼마나 쉽게 벗어날 수 있는가?

흔히 시간에 쫓긴다는 말을 많이 하지만, 멈추어 서서 돌아보면 쫓아오는 것은 아무것도 없다. 쫓기는 것은 마음이지 시간이 아니다. 시간은 결코 우리를 쫓아오지 않는다. 시간이 정지된 듯하다는 말은 결국 쫓기는 마음을 내려놓는 순간 찾아오는 마음의 평화와 이어진다. 시간에 대한 생각을 하며 카모쉬는 뮤와의 만남을 떠올렸다. 그녀를 만난 횟수는 딱 두 번, 얼굴을 마주 대하고 있었던 것은 불과 몇 시간이 안 되었다. 그러나 그 몇 시간 안 되는 만남의 길이는 그 어떤 시간보다 길었다.

시간의 길이에 대한 각성은 의식이 진화하는 과정중에 누구나 한번쯤 겪게 된다. 흔히 눈앞에 시계를 떠올리며 그것을 시간이라 여기지만, 그것이 실제 시간의 모습은 아니다. 시간은 결코 시계의 시침이나 분침이 가리키는 숫자가 아니다. 살아가면서 우리는 시간을 분할하고, 배열하고, 앞당기거나 미루지만 그것은 규격화된 사회의 약속 같은 것일 뿐 실제가 아니다. 시간의 길이 또한 상황에 따라 다르다. 미인 옆에 있을 땐 눈 깜빡할 사이에 가버리는 시간이 뜨거운 난로 옆에 서 있으면 한없이 느리기만 하다. 시간의 상대성 원리다.

각자가 느끼는 시간의 길이 또한 다르다. 인간은 각각 각자의 시간 속에 존재한다. 카모쉬와 뮤 또한 각자의 시간 속에 존재할 뿐 각자의 우주에서 보면 서로 다른 외계인이다. 그날, 파탄에서 헤어진 뒤 뮤는 다시 만날 기약조차 없다. 그러나 보지 못하고 있는 시간 또한 만남의 시간과 다름없다. 언제나 카모쉬의 마음속에 그녀가 있는 것이다. 마음속에 있는 한 우리는 같은 우주에 살고 있다.

3밀도의 삶을 사는 인간에겐 우주 또한 세 가지밖에 없다. 해리 팔머*는 이것을 '나의 우주'와 '타인의 우주' 그리고 '물질 우주'로 구분했다.

우리가 삶 속에서 겪는 갈등의 대부분은 이 세 가지 우주를 혼동하기 때문에 일어난다. 특히 인간관계의 모든 갈등은 나의 우주에서 통용되는 공식을 타인의 우주에 적용하려다가 발생한다. 나와 타인을 구별하지 못하고 타인을 나인 양 착각하는 것이다. 자기 우주에 빠져 있는 사람은 타인의 우주가 어떻게 생겼고, 어떻게 운용되는지 알 리가 없다. 그러나 타인이라는 우주를 인정하지 않는 한 인간관계의 갈등은 끝이 나지 않는다. 세상의 모든 불화는 거기

---

* 미국의 작가이자 심리학자로 의식 개발 프로그램 'Avatar'의 창시자.

서부터 비롯되며 세상의 모든 분쟁 또한 그것 때문에 발생한다.

물질 우주 또한 마찬가지다. 물질 우주의 대표적인 상징이 화폐다. 돈 버는 것을 뜻대로 할 수 있는 사람이 몇이나 되겠는가. 뜻대로 돈을 버는 사람은 물질 우주에서 통용되는 소유와 분배의 공식을 터득한 사람이다. 비정하고 타산적이지만, 물질 우주 또한 두 가지 얼굴이 있다. 물질을 지배하는 자와 물질에 종속되는 자가 그 두 가지 얼굴이니 세상의 부호들은 대부분 후자의 길을 택해 의식의 진화를 멈춘다.

진화를 위한 체크리스트의 두번째 항목은 동물이나 자연과의 연결감에 대한 것이다. 일반적인 인간의 의식 단계인 3밀도를 넘어 4밀도에 가 있는 사람들은 동물이나 자연과의 교감이 가능하다. 성프란치스코처럼 새와 대화하고, 자연과 대화하는 경우가 그런 것이다. 성프란치스코를 떠올리며 카모쉬는 새나 동물도 최면이 가능할까 하는 생각을 한 적이 있다. 새의 마음을 읽어내고, 동물의 마음을 읽어낼 수만 있다면 그것 또한 불가능한 일은 아닐 것이다.

체크리스트의 세번째 항목은 동시성에 대한 질문이다. 이건 융의 이론과 같은 것이구나 하고 생각하며 카모쉬는 뮤의 전생 이야기를 떠올렸다. 우연히 그 사람 이야기를 했는데 눈앞에 그 사람이 나타나는 현상. 물리학적으로 말하자면 동시성이란 동시에 서로 다른 사건이 일어나는 것을 뜻한다. 그러나 여기서 말하는 동시성이란 예컨대 내가 어떤 사람을 떠올리거나 그 사람에 대해 말하는 순간 그 사람이 내 앞에 나타나는 그런 우연의 일치를 가리킨다. 우연의 일치란 알고 보면 우연이 아닌 필연이라는 것이 동시성 원리를 믿는 이들의 생각이다.

전생의 리우시췐을 최면 속에서 만났던 것도 동시성 현상일지 모른다. 우연히 그녀를 만났지만 그때의 우연은 필연으로 이어졌다. 전생의 리우시췐과 지금 생의 뮤, 그 두 사람에 대한 카모쉬의 사랑 또한 시간을 초월한 카르마 때문일 것이다. 떠올리는 순간 뮤가 눈앞에 나타날 수 있다면 얼마나 좋겠는가. 그러나 카모쉬는 이미 의식을 통해 뮤를 만나는 법을 터득하고 있다. 마음으로 그녀를 창조하면 되는 것이다. 이미지를 떠올리고, 그 이미지가 구체화되어 미묘한 그녀의 표정과 신비한 목소리가 생생하게 느껴지도록 주의 에너지를 강화시켜 실물처럼 대상을 창조하는 일에 익숙해진 것이다.

그녀를 떠올릴 때마다 플레이어에 음반을 넣고 노래를 들었다. 사랑이라고 말한다면 그것은 아주 고독한 사랑이며 짝사랑일 것이다. 마이오, 트리나모, 유투스, 사비나, 네오라마. 뮤의 CD에 나와 있는 노래 제목이 미리가 지도 위에 적어놓은 도시 이름과 같다는 것도 어쩌면 동시성 현상일 것이다. 하유와의 세션중에 등장했던 카미노의 지명들을 되짚으며 카모쉬는 문득 미리의 생사가 궁금해졌다. 하유에게 전화를 해볼까 하는 생각도 했지만 미뤄두고 있다. 언젠가 하유가 자신을 찾아올 것이라는 예감 때문이었다.

체크리스트의 네번째 사항은 카르마에 대해 깊이 인식하고 있는가?이다. 카르마를 인식한다는 것은 인과의 법칙에 대해 이해한다는 말과 같다. 모든 결과는 거슬러올라가면 다 원인이 있다. 그럼에도 불구하고 원인과 결과의 연결고리를 쉽게 수긍하지 못하는 것은 결과가 곧바로 나타나지 않기 때문이다. 모든 정보가 광속으로 날아가고, 날아오는 시대엔 카르마 또한 신속하게 결과가 나타나야 한다. 그러나 많은 시간이 지나가야 비로소 알 수 있는 결과도 있다. 업의 열매가 무르익기까지는 시간이 필요하기 때문이다. 열매는 때로 수많은 세월을 지나 비로소 그 모습을 드러낸다. 카르마의 결과인 업보는 마치 과일나무 묘목을 심은 뒤 적정한 시간이 지나야 열매가 열리듯 때가 무르익어야 나타나는 것이다. 카르마에 대해 깊이 인식한다는 것은 그런 업보의 원인과 결과를 꿰뚫어볼 수 있는 안목이 생긴다는 말이다.

다섯번째로 체크할 사항은 집착으로부터 얼마나 쉽게 벗어날 수 있는지를 점검하는 일이다. 집착으로부터 벗어나는 일은 진화의 승패를 좌우한다. 그것이 어떤 것이건 집착이 강한 경우 의식은 진화할 수 없다. 원숭이를 잡는 방법에 이런 것이 있다. 상자 뚜껑에 가늘고 길게 홈을 뚫어놓고, 그 속에 원숭이가 좋아할 만한 먹이를 넣어둔다. 홈 사이로 손을 쫙 펴고 밀어넣으면 먹이를 쥘 수 있도록 상자가 고안된 것이다. 그러나 어리석은 원숭이는 먹이를 쥔 채 상자 밖으로 손을 꺼내려 하지만 빠져나올 수가 없다. 길고 가늘게 뚫린 홈을 주먹 쥔 손이 벗어날 수 없기 때문이다. 주먹을 펴고 먹이를 놓기만 하면 되지만 그것을 하지 못해 원숭이는 버둥거리다가 결국 잡히고 만다. 마음의 집착 또한 그런 것이다.

마스터의 강의에서 카모쉬는 다스칼로스를 연상했다. 지중해의 성자라고 불리는 다스칼로스는 20세기인 1912년, 그리스 영토인 키프로스에서 태어난 실제 인물이다. 외양으로 보면 공무원 생활을 했던 평범한 사람이었지만 그는 마법사라고 불릴 정도로 탁월한 영적 능력을 가진 사람이었다. 자유자재로 유체이탈을 해 심령 세계를 넘나들었을 뿐만 아니라 수많은 사람을 치유하는 데 능력을 발휘했던 사람이 다스칼로스다.

우주의 비의를 꿰뚫고 있던 위대한 신비가이며 치유가였던 다스칼로스가 최면에 대해 했던 말을 우연히 접한 뒤 카모쉬는 그에 대한 서적을 탐독했다. 그는 '최면은 최면술사가 그에게 협조적이고 그가 하는 일을 받아들일 자세가 되어 있는 사람에게 말이나 어떤 도구의 도움을 받아 강력한 암시를 주는 것'이라고 했다. 다스칼로스는 '실제로 보이지 않는 것을 보이게 하는 것이 가능한 것과 마찬가지로 존재하는 물체나 사람의 몸을 보지 못하게 하는 것도 가능하다'는 말을 한다. 실제로 다스칼로스는 변신술을 목격한 적이 있다고 하는데, 자신을 보이지 않도록 하는 능력이나 공중부양 같은 능력을 가르치며 돈을 받고 있는 라마승을 아테네에서 만난 적이 있다는 것이다. 다스칼로스에 의하면 그런 능력 또한 강력한 암시와 염력에 의한 현상으로 그쪽 능력을 개발하기만 하면 불가능한 일이 아니라고 한다. 카르마에 대해서도 다스칼로스는 이런 말을 남기고 있다.

'이 생에서의 고통은 우리 자신의 카르마이거나, 사랑하는 사람의 고통스러운 카르마를 대신 지려는 각오의 결과이다. 당신의 행위를 돌이켜보라. 그것이 어떤 결과로 되돌아오는지를. 오늘 그것을 깨닫지 못한다면 내일, 또는 모레에는 깨닫게 될 것이다. 이것이 인과응보의 우주적 법칙이다.'*

다스칼로스의 말대로라면 카모쉬와 요안나의 인연 또한 카르마 때문에 빚어진 일이다. '내가 받은 상처를 그대로 돌려주고 싶어요.' 카모쉬가 그때 생모와 헤어지며 던진 말은 그것이었다. 마지막 총탄을 발사하기 위해 방아쇠를 당기듯 요안나의 가슴을 향해 날아간 그 말의 밑바닥엔 강한 원망이 깔려 있었다. 그러나 그 말을 한 뒤 카모쉬는 곧 후회했다. 그것이 또다른 카르마의 원인이 될 것이기 때문이다.

---

* 키리아코스 C. 마르키데스, 이균형 옮김, 『지중해의 성자 다스칼로스 1』, 정신세계사, 2007, 107쪽.

세상에 던진 말은 남김없이 우주의 아카식 레코드에 기록된다. 우주에서 일어난 모든 일은 그것을 기록하는 장치인 아카식 레코드에 기록되고 저장된다. 융이 말한 집단무의식 또한 그것과 다르지 않을 것이다. 우주라는 거대한 녹음기는 내가 던진 한마디, 한마디를 저장하고, 저장된 그것들은 때가 되면 업보라는 열매를 열리게 만드는 씨앗이 되는 것이다. 그러나 비수를 꽂듯 생모에게 원망의 실탄을 발사한 카모쉬와 달리 뮤는 자신을 버린 생모의 얼굴조차 알지 못했다. 아마 두 사람이 짊어지고 가야 할 카르마가 서로 달랐기 때문일 것이다. 각자 생모로부터 버림받은 두 사람이 우연히 만나게 된 것은 신의 뜻인가 아니면 그것 또한 동시성 원리와 연계된 것인가. 다스칼로스는 그것 또한 진화를 위한 것이라 말하고 있다.

'인생에 있어서 신의 의지란 생과 사, 그것뿐이다. 그밖의 모든 것은 우리가 전생으로부터 무엇을 가지고 왔으며, 그것을 현재의 생에서 어떻게 표현하거나 발전시키기로 마음먹느냐에 달려 있다. 거듭되는 환생은 자신이 누구인지를 깨달아 자아의식을 성취함으로써 자신의 근원으로 되돌아가기 위한 것이다. 진화를 위해 얼마나 많은 시간이 걸릴지는 그 자신에게 달린 문제다.'

카르마

가슴이
잃어버린 것을 슬퍼하며 울고 있을 때
영성靈性은
찾은 것이 기뻐 즐거워한다.

　　　　　　　　　　　　　　　—수피의 격언

　그때와 마찬가지로 실내엔 뮤의 노래가 흐르고 있었다. 맑고 낭
랑한 그 소리는 막 길어올린 샘물같이 마음의 때를 씻어내는 것 같
다. 이어폰을 귀에 꽂은 채 노래를 듣던 미리를 떠올리며 하유는
커피를 내리고 있는 카모쉬를 쳐다봤다. 미리의 의식이 아직 물질
계에 머물고 있을 것이라고 했던 카모쉬의 말을 하유는 기억하고

있다. 그러나 예측은 빗나갔고, 왔던 별로 돌아간 것인지 미리는 세상에 없다. 카모쉬를 다시 찾아온 것은 그것을 따지기 위해서는 아니다. 뭔가 미진한 이야기가 남은 듯 한 번쯤은 더 그를 만나야 할 것 같았기 때문이다.

"어떻게 생각하세요? 육체가 사라지고 나면 영혼은 자기가 원하던 별로 돌아가는 것일까요?"

정답을 기대하고 던진 질문은 아니었다. 죽고 난 뒤의 일에 무슨 정답이 있겠는가. 삶과 죽음이 품고 있는 비밀에 대해 카모쉬라면 뭔가 할말이 있을지도 모른다는 막연한 기대로 물었던 것뿐이다. 그러나 반응은 뜻밖이었다. 오랫동안 고심해왔던 질문이라도 되는 양 카모쉬는 단숨에 답을 했다.

"그건 불가능한 일이에요. 죽은 뒤 다른 별로 간다는 것은 낭만적인 상상일 순 있지만 실제로 일어날 수 있는 일은 아니에요."

예상외의 단호함에 하유가 놀랐다. 자기도 모르는 새 하유는 다른 별로 간다는 말을 믿고 있었던 것이다. 아니 믿고 있었다기보다 믿고 싶어했던 것이다. 죽음이란 말보다 왠지 그 말이 스스로를 위로했기 때문이다.

"단정적으로 말씀하시는군요."

"나 자신이 오래 생각해왔던 주제이기 때문입니다. 시리우스나 오리온, 플레이아데스 성운 등 별에 대한 이야기에 저 또한 관심이 크고요. 똑같은 질문을 저도 누군가에게 했던 적이 있어요."

워크숍을 주도하던 마스터에게 했던 질문이었다. 수호령守護靈과 지도령指導靈에 대해 설명하던 그에게 카모쉬는 느닷없이 하유와 같은 질문을 던졌고, 그 역시 질문에 거침없이 답했다. 그 답을 카모쉬는 지금 하유에게 되돌려주고 있는 것이다.

"왜 있을 수 없는 일일까요? 죽고 나면 몸은 사라지지만 보이지 않는 에너지 상태가 된 유체는 중력으로부터 자유로운 존재가 되어 다른 별로 갈 수도 있지 않을까요?"

"카르마 때문입니다. 지구의 카르마 때문에 우리는 다른 별에서 태어나지 못하지요. 우리가 살고 있는 이 지구 별은 숨쉬고 움직이는 거대한 생명체입니다. 자신만의 영과 카르마를 가지고 있지요. 그런데 인간이 이 별에게 저지른 짓을 생각해보세요. 문명이라는 이름으로 지구를 훼손하고 오염시키고 약탈했지요. 인류는 이제 그 대가를 지불해야 합니다. 인류와 지구의 관계 역시 거대한 카르마지요. 우리는 인류라는 이름의 집단 카르마로부터 자유로울 수가 없습니다. 죽고 나서도 인간은 지구의 대기권을 빠져나갈 수가 없는 것이지요. 설령 대기권 밖의 우주 공간 어딘가에서 죽는다 해도 윤회는 대기권 안에서 일어난다는 게 제 생각입니다. 우리의 다음 생 역시 지구에서 계속되겠지요."

"그렇다면 우리가 하지 않은 일에도 카르마가 따른다는 말인가요? 내가 하지 않은 일에도 책임을 져야 한다는 말입니까?"

"혹시 전생이 있다고 믿습니까?"

다 내린 커피를 내밀며 카모쉬가 전생 이야기를 꺼낸다. 다시 배경으로 깔리는 뮤의 노래를 듣는 순간 하유는, '이 사람 마음속엔 저 여자가 있구나' 직감한다. 직감이란 느닷없이 오는 것이라서 설명될 수 없는 무엇인가가 있다. 해리로부터 카톡을 받던 미얀마에서의 그날, 눈 속의 셔터가 좌악 소리를 내며 내려가는 것 같던 그 깜깜하던 순간이 떠올랐다. 불길한 직감은 언제나 정통했고, 과녁에 꽂힌 화살처럼 부르르, 진저리치며 찾아오곤 하는 것이다.

"전생이 있다는 말을 많이 하지만 알 수가 없어요. 있는 것 같기도 하고, 없는 것 같기도 하고."

전생 이야기를 하자 맨 먼저 떠오른 인물은 무진이다. 다시 둔황으로 간다며 연락을 했던 그는 대학 시절 전공을 살려 다시 그림을 시작했다는 말을 남긴 뒤 연락 두절이다. 리옌과 함께 둔황으로 가 막고굴의 불화를 모사하는 일을 할 것이라는 것이다. 오랫동안 그림을 놓았다가 다시 그림으로 돌아가는 그의 삶 자체가 윤회다.

"전생에 대한 이해가 없으면 카르마를 수긍하기가 힘들지요. 일반적으로 카르마란 어떤 일의 원인과 결과, 그리고 그 과정을 가리키는 말이지만, 때로는 전생 아니면 원인을 찾을 수도 없는 경우가 많으니까요. 우리는 성장을 위해 윤회를 거듭하며 지구 별에 다시 태어납니다. 전생이 없으면 윤회도 없는 거지요. 윤회가 없으면 아마 카르마도 없겠지요. 윤회는 성장을 위한 재학습의 기회입니다. 의식이 성장하기 위해 반복되는 일을 겪는다는 말이지요. 그런 의

미에서 카르마란 성장을 위해 우주가 만들어놓은 하나의 법칙입니다. 지금 지구의 카르마는 마치 지진을 일으키기 직전의 단층 같아요. 힘이 쌓이고 쌓여 단층을 뒤틀리게 하고, 그것이 지진으로 이어지듯 인류가 집단으로 만든 카르마가 엄청난 결과로 나타날 것 같아 두려워요."

들고 있던 커피를 내려놓은 카모쉬의 손이 이번엔 테이블 한쪽에 있던 카메라를 집어든다.

"이걸로 드라마까지 찍는다고 하더군요. 따뜻한 색감이 좋아 제가 선호하는 카메라죠. 그런데 우주에는 이것보다 더 성능 좋은 카메라가 있어요. 우리가 하는 모든 행동과 말을 레코딩하는 카메라가 우주에 있다는 거죠. 카르마는 바로 우주의 카메라를 통해 기록되고 저장된 내용을 극본으로 하는 드라마 같은 것이지요. 인생이라는 무대 위에서 전개되는 시트콤 같은 것이에요. 막장 드라마 같은 삶을 사는 사람도 있고, 스스로 의식을 정화시켜 진화의 길로 들어서는 사람도 있습니다. 인간은 태어나는 그 순간부터 시한부 인생을 살지만, 예측할 수 없는 그 시간 동안 커다란 성장을 이루는 사람이 있는가 하면 전생에 하던 악습을 그대로 반복하며 진화를 멈추는 이도 있지요."

테이블 위에 카메라를 놓은 카모쉬가 이번엔 크리스탈 하나를 집어든다.

"지구의 카르마를 다 알고 있는 것이 이것이지요. 지구 진화의 기록이 우리가 광물이라고 부르는 이 생명체에 고스란히 담겨 있답니다. 크리스탈을 지구의 DNA라고 부르는 사람도 있습니다. 그냥 고정된 실체로 보이지만 이 아이는 고유한 주파수로 진동하는 에너지 그 자체입니다. 오염된 주변을 정화시켜주는 역할을 하지요."

그러고 보니 뮤의 음성이 크리스탈과 닮아 있다. 맑은 크리스탈의 에너지처럼 그녀의 노래 또한 상처를 치유하는 힘이 있다. 크리스탈이 품고 있는 에너지를 되살리고, 그것을 정화하기 위해 카모쉬는 달빛에 크리스탈을 내어놓기도 한다. 한강을 건너 카모쉬의 푸른 공간을 비추는 달빛은 멀고 먼 거리를 건너와 크리스탈을 정화시킨다. 지구와 달의 거리는 지구 지름의 서른 배. 가까워지고 멀어지기를 반복하는 두 천체 간의 거리는 평균 38만 킬로미터가 넘는다. 그렇게 카모쉬는 달빛 속에서 뮤를 읽는다. 달빛과 그녀는 멀다는 점에서 유사하다. 고요의 측면에서도 그 둘은 유사하다. 뮤가 보낸 청정한 에너지로 카모쉬는 스스로를 정화했다.

달세뇨

달세뇨dal segno는 일종의 도돌이표다. 거기까지 가서 다시 돌아오라는 것이다. 음표 속에 멜로디를 감춰놓은 악보처럼 인생도 곳곳에 복병이 숨어 있고, 감춰진 도돌이표가 있다. 왔다가 다시 되돌아가거나, 간 만큼을 더 가야 할 때가 있는 것이다.

카모쉬를 만나고 돌아온 날, 하유는 꿈을 꾸다가 놀라서 깼다. 미안마인가 싶어 손을 펴 시트를 확인했다. 그러나 손에 닿은 건 호텔의 서걱거리는 시트가 아니라 덮고 자던 담요였다. 꼭 감은 눈 속에서 셔터가 내려가듯 쫘악, 막이 닫혔다. 미안마에서 경험했던 현상을 다시 겪은 것이다. 마치 우주의 문이 닫힌 것 같이 깜짝 놀라 깬 것도 마찬가지였다.

닫힌 문에 놀라 달아나고 만 것인지 꿈 내용이 생각나지 않았다. 머릿속이 하얗게 탈색된 듯 기억은 사라지고, 남은 것은 불길

하고 허망한 느낌뿐이었다. 허망함에 금세 눈물이 쏟아질 것 같았다. 출근하기 위해 거리를 걸으면서도 하유는 생각에 빠졌다. 하늘은 어둡고 바람은 스산했다. 관광객을 모으기 위해 홈페이지에 광고를 내고, 현지의 가이드와 정보를 주고받지만 샤허를 가겠다는 신청자는 많지 않다. 모든 이가 윤회나 환생을 믿지는 않는 것처럼 모든 사람이 티베트를 좋아하는 것은 아니다. 어쩌면 그것은 특별한 취향을 가진 사람들이 선호하는 기호품 같은 것인지도 모른다. 티베트를 선호하는 유형은 대체로 윤회나 환생 같은 것을 부인하지 않는다. 윤회를 부정하는 사람에게 윤회는 일어나지 않는다. 마찬가지로 전생을 부정하는 사람에게 전생이란 황당한 상상에 지나지 않는다. 인간은 자신이 믿는 대로 경험한다. 그것이 사실이라고 믿으면 사실이 되고, 사실이 아니라고 믿는 사람에게 그것은 사실이 아닐 뿐이다.

생각에 빠져 걷고 있던 하유의 눈앞에 '타로의 신비'라는 간판이 나타났다. 좁은 골목에 있는 그 간판이 불현듯 눈에 들어온 건 무엇 때문인가. '당신을 빛으로 이끕니다'라는 문구를 보는 순간 하유는 불길한 예감의 진원지를 파악하고 싶은 충동에 사로잡혀 건물의 계단을 올라갔다.

"타로는 점을 치는 도구가 아니라 나 자신의 깊은 내면의 목소리에 귀를 기울이게 하는 도구입니다. 내 안에 있는 신성을 끌어내고 나를 이끌어가는 영적인 가이드의 메시지를 전달하는 도구이지요."

스스로 힐러라고 부르는 타로 마스터는 여자였다. 용건을 말하자 강의를 하듯 한바탕 설명을 한 뒤 힐러는 카드를 섞으라고 지시했다. 섞은 카드를 간추려놓자 힐러가 물었다.

"어느 쪽을 위로 할까요?"

"무슨 말이죠?"

"선택한 쪽을 위쪽으로 해서 카드를 펼치려고 묻는 겁니다. 카드에 있는 상징이 역방향으로 나올 수도 있으니까요."

시키는 대로 하자 힐러는 카드를 부챗살처럼 쫙 펼쳐놓았다. 78장의 카드였다. 22장의 메이저 아르카나와 56장의 마이너 아르카나가 각각의 상징을 품은 채 하유 앞에 펼쳐졌다.

"아르카나라는 말은 비밀이라는 뜻의 라틴어이지요. 당신 앞에 지금 일흔여덟 장의 비밀이 펼쳐져 있습니다. 그중에서 한 장만 왼손으로 뽑아주시죠."

타로카드를 통해 하유가 알고 싶은 것은 불길한 예감에 대한 내용이다. 왜 이렇게 불길한 마음이 드는 건지 타로카드의 힘을 빌려서라도 그 의문을 풀고 싶은 것이다.

"소드 3이 나왔군요."

하트에 세 개의 검이 꽂혀 있는 카드였다. 붉은 하트를 꿰뚫은 검만 봐도 카드가 상징하는 내용이 좋은 것이 아니라는 직감에 하유는 긴장했다.

"관계가 깨어질 수가 있습니다. 그러나 그것을 좋다거나 나쁘다거나 하며 판단할 수 있는 것은 아닙니다. 타로카드는 카드를 선택하는 사람의 영적인 가이드들이 전해주는 메시지니까요. 단지 우리는 그 메시지에 겸허하게 귀기울이면 됩니다. 지금 선택하신 카드는 사람의 심장, 즉 혼이 깃든 장소에 물질세계의 칼이 꽂힌 상태를 나타냅니다. 이것은 당신이 성장과 진화를 위해 겪어야 할 아픔을 상징합니다. 사람의 의지로는 피할 수 없는 고통을 겪어야 하지만, 고통이 지나면 하트는 섬뜩한 붉은색에서 희망의 빛으로 바뀌고 칼들은 어딘가로 사라질 것입니다."

힐러의 눈빛이 깊고 아득하게 느껴졌다. 무엇인가를 꿰뚫어보는 눈이지만 심연엔 따뜻함이 숨어 있다. 영적인 가이드라는 말을 듣는 순간 무진이 떠올랐지만, 무진은 이제 가이드 역할을 사양하고 리옌에게로 갔다. 실제로 누가 누구를 가이드할 수 있겠는가. 비록 관광 가이드지만 길을 안내하는 가이드는 하유 자신이다. 누군가에게 기댄다 해도 종국엔 모두 혼자가 된다. 모든 길은 자기 혼자서 밝혀야 하는 것이다.

하유는 문득 자신의 직업이 예사롭지 않다고 느낀다. 타인을 바른 곳으로 인도하기 위해 길안내를 하는 것은 신성한 일이다. 관광지를 안내하는 여행 가이드도 이럴진대 인생의 길에 격려와 위로를 주는 힐러들은 어떻겠는가. 눈앞에 있는 타로 마스터에게 갑작스러운 경외감을 느끼며 하유는 정중하게 사례를 한 뒤 바깥으로 나왔다. 계단을 내려오자 지구라는 별에선 성장과 진화를 위해 겪어야 할 것이 왜 이렇게도 많은가 하는 생각이 다시 하유의 머리를 복잡하게 만든다. 도로에는 여전히 자동차가 밀리고, 입술을 굳게 닫은 굳은 표정의 인류가 바쁘게 길 위를 오가고 있다.

그때였다. 길 건너편 스타벅스 쪽을 바라보며 지하도를 건너려는 순간 섬광처럼 번쩍, 눈에 꽂히는 것이 있었다. 저도 모르게 하유는 으, 하고 소리를 질렀다.

미리였다. 커피를 손에 쥔 미리가 건너편 길 위에 서 있는 것이다. 눈을 의심했다. 죽은 사람이 길 위로 나타나다니. 다른 별로 가버린 것이라며 애써 잊으려 했던 여자가 거짓말처럼 갑자기 지구별에 모습을 드러낸 것이다. 으, 하고 내뱉었던 외마디소리가 채 사라지기도 전에 또 한번 하유는 비명을 질러야 했다. 미리 뒤를 따라나오는 남자 하나가 눈에 잡힌 것이다. 금방이라도 하늘로 솟구칠 듯 외계인 같은 남자 하나가 지구의 별다방 문을 열고 걸어나오는 것이었다. 눈을 의심했다. 온몸에 광채가 나는 듯한 남자는 지구인 같지 않았다. 미리가 시리우스에서 온 존재라고 말했던 이가 바로 저 남자일지도 모른다. 돌기둥이 된 듯 하유는 순간적으로 지하도 입구에 못박힌 채 건너편을 바라봤다. 두려움이 몰려왔다. 머릿속 톱니바퀴가 째깍거리며 시간을 잘라내고, 갑자기 무진 생각이 났다. 그날, 샤허에서 무진은 처음으로 리옌을 소개했다. "우린 곧 둔황으로 갈 거야." 무진은 그렇게 말했다. 죽은 줄 알았던 사람이 살아나고, 낯선 외계인이 보이고, 이게 뭐지 형? 무진이 곁에 있다면 묻고 싶었다. 머릿속에서 누군가가 길을 잃고 허둥대는 것 같았다. 팽이가 돌아가듯 핑그르르 머리가 돌아갔다. 그러나 정신을 차려야지 하며 고개를 좌우로 흔들어 다시 바라보는 순간 남자는 사라지고 없었다.

남자가 사라진 자리에 서 있는 이는 해리였다. 미리를 따라 해리가 별다방 밖으로 나온 것이다. 어질러놓은 서랍을 정리하듯 하유의 머리가 사태를 파악한 건 그 순간이었다. 그러나 악몽이라도 꾼 듯 미리야, 하고 큰 소리로 부르려 해도 소리가 나오질 않았다. 지하철 경복궁역 1번 출구, 대각선으로 스타벅스가 있는 건너편은 주위의 소음 때문에 불러도 들리지도 않을 정도의 거리다. 죽은 사람이 길 위에 서 있다니. 긴 횡단보도를 건너 제법 뛰어가야 하는 위치였다. 신호등을 기다릴 여유가 없는 하유는 미친듯 지하도를 뛰어내려가 건너편을 향해 달려갔다.

여자들을 태운 택시는 거짓말처럼 하유의 눈 밖으로 사라지고 없었다. 꿈을 꾼 것 같았다. 주저앉듯 의자에 앉은 채 하유는 택시가 사라진 창밖을 쳐다봤다. 어느새 스타벅스 안으로 들어와 앉은 것이다. 진동하는 소리에 비로소 커피를 주문했다는 사실이 생각났다. 무의식이 하는 짓인지 정신 나간 사람처럼 스타벅스로 들어오고, 커피를 주문하고, 진동벨을 받아든 채 의자에 주저앉아 있었던 것이다.

"사람의 의지로는 피할 수 없는 고통을 겪어야 하지만, 고통이
지나면 하트는 섬뜩한 붉은색에서 희망의 빛으로 바뀌고 칼들은
어딘가로 사라질 것입니다." 힐러가 일러준 말이 생각났다. 불길
한 마음을 피하기 위해 카드를 뽑았는데 카드 또한 칼에 심장이 찔
린 소드 3이 나왔던 것이다.

정말 허깨비를 본 것인가? 혼란에 빠져 스스로를 향해 거듭 의
문을 제기하던 하유는 홀연 거성병원 생각이 났다. 슬픔과 직면하
는 것이 두려워 피하기만 했던 곳. 병원이 생각나자 떠오른 건 안
드로메다였다. 우연히 만나 명함을 건네주던 안드로메다와의 인
연이 우연에서 필연으로 바뀌는 순간이다. 명함은 보관하고 있지
않았다. 병원 전화번호를 검색한 하유는 바로 거성병원 원무과로
전화를 했다.

"저, 안드로메다, 안드로메다라고, 거기서 근무를 한다고 알고
있는데요."

여전히 이름이 기억나지 않았다. 상담원과 통화를 원하시면 0번
을 눌러주세요. 안내하는 대로 번호를 누르자 튀어나온 상담원에
게 하유는 더듬거리며 그렇게 원무과의 안드로메다를 찾을 수밖
에 없었다.

"원무과요? 안드로메다라고요?"

그렇게 되묻는 것이 상식이었다. 안드로메다라니 그게 도대체

무슨 말이냐고 반문하는 것이 정상이었다. 그러나 세상의 모든 상식은 일종의 편견일 뿐 상담원의 답은 뜻밖이었다.

"기다리세요. 연결해드릴게요."

"아니, 그분 아세요?"

"네, 늘 그렇게들 찾으셔요."

강산이 변해도 변하지 않는 것이 있는 모양이다. 한 번 안드로메다는 영원한 안드로메다다. 연결된 상대는 틀림없는 안드로메다였다.

"아, 유하유, 앞으로 하나 뒤로 하나 마찬가지인 녀석, 웬일이지?"

녀석도 하유를 바로 알아봤다.

"뭐 알아보고 싶은 게 있어서. 그러니까 몇 달 전 너를 거기서 만났을 때 사실은 지인이 중환자실에 있어서 문병을 갔던 거였거든."

"그래, 그랬겠지. 그런데 아직도 입원중인가? 여긴 한 베드에 몇 달씩 있진 못하는데?"

"그게 아니고, 그때 그 사람에 대해 뭘 좀 알아보고 싶은 게 있어서."

성명을 밝히고 입원해 있던 시기를 알려주자 안드로메다는 금방 검색해볼 테니 끊지 말고 기다리라고 한다.

"퇴원했는데?"

돌아온 대답은 그것이었다.

"뭐? 퇴원을 했다고?"

"그래. 기록을 보니 중환자실에 있었네. 일반 병실로 내려왔다가 퇴원했어. 퇴원 뒤에 몇 번 통원 치료를 하긴 했네. 그러고는 끝이야. 괜찮아졌나보지."

"사망한 건 아니고?"

"사망은 무슨 사망. 이 사람아, 죽었으면 우리 병원에서 나간 뒤죽었겠지."

공황 상태가 왔다. 마치 주차 요금을 정산한 뒤 기계에 카드를 그대로 꽂아둔 채 주차장을 빠져나온 듯, 하유의 물리적인 뇌는 기쁨과 슬픔을 삭제 당한 채 당혹감에 휩싸였다. 별에 가 있어야 할 여자가 스타벅스에서 나오다니?

잘못 본 게 아니었다. 시간에 대한 혼동으로부터 비롯된 기시감 같은 것도 아니다. 해리까지 보였으니 환상이라고 우기기엔 등장인물의 신원 또한 분명했다. 계절이 몇 번 바뀌었건만 옷차림 또한 예전에 입던 바지 차림 그대로였다. 그때, 그 옷을 입은 채 미리는 이렇게 내뱉지 않았던가. "세상은 실체가 없다는 사실을 아직도 모르겠어? 모든 게 환상이라는 걸 모르겠냐고. 실체가 없는데 감정이 남아 있다 한들 그게 진실이겠냐고."

그녀의 말이 맞다. 실체가 없는데 남아 있는 감정이 어찌 진실일 수 있겠는가. 그녀 옆에 서 있던 낯선 외계인도, 외계인이 내뿜던 광채도 눈을 들어 다시 보니 사라지고 없었다. 사라지고 없는 건 다 환상이다. 지금 내 곁에 없는 사람은 모두 환상이다. 과거란 오직 머릿속에만 존재할 뿐 비록 역사의 한 페이지로 기록된다 해도 지금 없는 건 영원히 없는 것이다. 누구도 시간에다 금을 그을 수 없듯 실제와 환상 간엔 경계가 없다. 경계를 구분하는 건 오직 그쪽과 이쪽이 다르다고 판단하는 머릿속 분별심뿐. 분별심을 버리면 둘은 하나다.

그러나 실제와 환상에 대한 혼란으로 하유는 환각제라도 먹었던 건 아닌가 자신을 의심했다. 쿨하게 헤어지자고 했던 여자가 결코 쿨하지 않은 죽음의 터널을 빠져나와 신기루처럼 나타났다가 다시 사라진 것이다. 갈등을 피하려 하는 9번 유형의 속성 탓인지 하유의 마음은 이제 그만 눈앞에서 일어난 일을 없었던 일인 양 부인하고 싶어진다. 그것이 정말 미리였다면 불길했던 예감 또한 불길한 것이 아니라 환생이나 재생을 뜻하는 희망의 신호 같은 것일지도 모른다.

그러나 그건 너무 앞서간 속단이었다. 타로카드 소드 3의 불길한 상징이 들어맞은 건 미리 쪽이 아니었다. 입도 대지 않은 커피를 그대로 둔 채 거리로 나오자 주머니 속의 휴대폰이 "전화 왔어요, 전화 왔어요"라고 다급하게 소리를 질러댄 것이다.

"타 쓰러, 타 쓰러."

전화를 받자 중국말이 들려왔다.

"라오스 취스러, 라오스 취스러."

타 쓰러, 그가 죽었다는 말이다. 뒤이어 흐느낌과 함께 들려온 라오스 취스러는 선생님이 돌아가셨다는 말이다. 몸의 왼쪽에 있는 하유의 하트에 중국으로부터 날아온 새로운 검이 정통으로 꽂혔다. 칼은 타로카드에서 본 것과 같이 심장을 관통하는 날카로운 것이다. 목소리의 주인이 리엔이었던 것이다.

"아니 무슨 말이에요? 한국말로 해요 한국말로."

당황한 하유의 목소리가 경적 소리만큼 커졌다. 신호가 바뀌지도 않았는데 횡단보도에 발을 들이민 하유를 향해 자동차 하나가 신경질적으로 경적을 울린 것이다.

"여기 베이징이에요. 선생님이 돌아가셨어요. 교통사고로요. 얼른 와주세요. 얼른 와주세요."

문장은 짧았지만 핵심은 다 말했다. 가장 정확한 문장은 가장 짧은 문장이다. 그러나 정확하다고 해서 꼭 아름다운 것은 아니다. 아름답기는커녕 리엔의 짧은 문장은 가차없이 하유의 온몸을 흔들어놓았다.

북경에 와서 어떻게 병원을 찾아야 하는지를 두서없이 설명한 뒤 리엔의 전화는 끊겼다. 두서없는 것은 역시 아름답지 않다. 아름다운 것은 진실한 것이다. 모든 아름다움은 진실이라는 속성을 가지고 있다. 하유의 마음은 자꾸 리엔의 말이 진실이 아니라는 데 방점을 찍고 싶어한다. 진실은 하나다. 아니 꼭 그런 것은 아니다.

세상의 진실은 결코 하나가 아니다. 진실은 사람의 숫자만큼 많다. 각자의 진실이 다 다르기 때문이다. 진실이나 정의를 부르짖지만 사람들은 꼭 그걸 원하지는 않는다. 사람들이 진실로 원하는 것은 진실보다 자신의 욕망을 충족시키는 어떤 것들이다. 진실이나 정의는 크게 소리를 내긴 하지만 순위에선 항상 밀린다.

무슨 말을 해야 할지 넋이 빠진 하유는 횡단보도로부터 멀찌감치 물러나와 망연히 허공을 쳐다봤다. 막고굴의 오래된 불화가 허공을 바라보는 눈 속에서 날개를 펼친 듯 둥둥 떠가고 있다. 저것들을 모사하겠다고 무진은 둔황으로 간 것이다. 우리는 진화하기 위해 이 별에 왔어. 무진의 말이었는지 미리의 말이었는지 허공에 누가 빠르게 글씨를 휘갈겨놓았다.

베이징서우두국제공항엔 비가 내리고 있었다. 공항 터미널을 빠져나온 하유는 TAXI라고 적혀 있는 표지판을 따라 걸었다. 바가지를 쓰지 않으려면 베이징선 미터기가 달린 노란 택시를 타야 한다. 택시에 앉아 행선지를 말하고 나자 불현듯 간밤에 꾼 꿈 내용이 떠올랐다. 생각나지 않던 꿈의 내용이 느닷없이 떠오른 것이다.

꿈에 나온 인물은 C였다. 날개 형! 하고 하유는 잠꼬대처럼 그를 불렀던 것 같기도 하다. C는 칼을 든 채 무진을 쫓아가고 있었다. C를 피해 달아나는 무진의 표정이 눈물로 얼룩졌다. 두 사람

사이에 얽혀 있는 카르마를 하유는 꿈속에서도 이해하지 못했다. "내가 잘못했어. 그 여자를 그렇게 한 건 다 내 잘못이야." 용서를 비는 무진을 향해 욕설을 퍼붓는 C를 보는 순간 하유는 잠에서 깼다. 그 여자라? C를 쫓아다니던 여자 하나가 떠올랐다. 예쁘고 단정한 여자였다. 너하곤 안 어울려. C를 향해 그렇게 말하는 무진의 눈길이 여자의 허벅지에 가 있는 것이 하유의 눈에 잡혔다. 짧은 치마 아래로 눈부신 여자의 살결이 빛났다. 콘서트마다 찾아오던 여자가 모습을 감춘 것은 그뒤였다. 여자의 부재가 계속되던 어느 날 C는 갑자기 출가를 한다며 집을 나갔다.

번화가인 왕푸징 거리를 지나 병원이 가까워지자 빗줄기는 더 굵어지고 있었다. 이대로 다 떠내려가버렸으면 좋겠어. 차창에 낀 김을 손으로 닦아내며 하유는 그렇게 중얼거렸다.

"관계가 깨어질 수가 있습니다. 그러나 그것을 꼭 좋다거나 나쁘다거나 하며 판단할 수 있는 것은 아닙니다. 단지 우리는 카드가 품고 있는 메시지에 겸허하게 귀기울이면 됩니다." 물살을 튀기며 자동차가 달리고, 카드를 해석하던 힐러의 말을 떠올리자 하유는 문득 "팔자와 반대로 가면 죽음인들 만나지 않으라는 법이 있겠나"라던 주지의 말이 생각났다. 팔자는 결국 운명을 뜻한다. 운명이라는 것이 과연 정해진 것일까? 착잡한 표정을 짓던 무진의 얼굴을 떠올리며 하유는 비에 젖은 거리를 내다봤다. 자동차는 달리고, 홍등을 내걸어놓은 가게 앞에 우산을 든 중국인 하나가 담배를 피우며 서 있다. 사내가 내뿜는 담배 연기가 푸르스름한 빛처럼 젖은 대기 속으로 흩어졌다. 그것이 마치 지상을 떠나는 인간의 혼처럼 느껴져 하유는 흐르는 눈물을 손가락으로 가만히 닦아내었다. 누구에게나 죽음은 느닷없고, 삶은 헝클어진 실타래 같이 모호하다.

몇 안 되는 무진의 유품 속에서 하유의 눈길을 끈 건 C의 유골 속에서 나온 사리였다. 지금까지 무진은 그것을 가죽으로 된 주머니에 넣어 간직하고 있었던 것이다. 그것이 깨달음의 깊이에 대한 징표 같은 것인지 아니면 단순한 결정체일 뿐인지는 중요하지 않다. 어디를 가나 무진이 그 가죽주머니를 신줏단지처럼 모시고 다녔다는 리엔의 말을 듣자 하유는 C를 바라보던 무진의 지극한 눈빛이 떠올랐다.

"선생님 마음속엔 그분만 있었어요."

다른 유품은 자신이 간직하겠다는 것인지 가죽주머니만을 건네며 리엔이 말했다.

"그게 무슨 말이죠?"

"같이 잤지만 선생님은 한 번도 같이 자지 않았어요."

"그건 또 무슨 뜻이죠?"

"선생님을 보며 꺼거 생각을 했어요. 꺼거와 같았어요. 선생님은."

"꺼거라니요?"

리옌이 꺼거라고 부르는 이가 장국영이라는 사실을 하유가 알리가 없다. 그가 자살한 홍콩의 인기 배우라는 사실만 어렴풋이 기억하고 있을 뿐 하유는 그에 대한 스토리엔 관심도 없고, 기억도 없는 것이다.

"그렇지만 탕허더가 했던 것처럼 저도 그렇게 할 거예요. 선생님과 저와의 인연이 이번 생엔 이렇게 끝났지만 탕허더 말처럼 나는 처음부터 끝까지 그를 사랑했어요. 지금까지 그랬고 앞으로도 그럴 것입니다."

리옌이 무슨 말을 하는 것인지 하유는 이해가 되지 않았다. 그가 동성애자로 장국영의 연인이었다는 사실을 안 것은 그뒤의 일이었다. 한국으로 돌아와 도대체 탕허더가 누구인지를 검색한 뒤 비로소 장국영과 그에 대한 이야기를 알게 된 것이다. 그제야 하유는 수수께끼가 풀린 듯 오랫동안 갸우뚱거렸던 무진과 C의 관계에 대해 답을 얻었다. 아, 그랬구나. 뭔가를 수긍하듯 아래위로 끄덕이는 하유의 머릿속으로 C를 바라보던 무진의 눈빛이 선명하게 살아났다.

죽었다고 믿었던 사람은 살아 있고, 잘살고 있다고 믿었던 사람은 거짓말같이 세상을 떠났다. 모든 것이 순간이다. 과거나 미래는 머릿속에 있는 시간일 뿐 실제로 존재하는 시간이 아니다. 존재하는 것은 오직 현재이며 과거도 미래도 사실은 현재가 만들어낸 가상의 장치다. 어떻게 보면 현재 또한 환상이며 존재하지 않는 것인지도 모른다. 영원이란 없고, 끝없이 계속되는 찰나를 이어가며 인간은 순간을 살 뿐이다.

하유는 스스로를 향해 묻고 또 묻는다. 삶과 죽음은 단순히 믿음의 차이다. 어딘가 살아 있다고 믿는 한 그는 살아 있는 것이다. 반면에 살아 있다 한들 살아 있지 않은 존재로 믿는다면 그는 살아 있는 것이 아니다. 미리는 한동안 하유에게 죽은 사람이었다. 다시 눈앞에 나타났지만 그녀가 정말 살아 있는 것이 맞는지 확신조차 없다. 이제 더 볼 수 없다는 현실은 무진이나 미리나 다를 바가 뭐 있는가. 동사무소나 구청 같은 관공서의 기록을 더듬어 미리의 행방을 찾아야 하는 것이 옳은 것인지 아닌지 하유는 판단을 할 수가 없다. 그런 하유의 마음속에서 누군가가 빈정거리듯 입을 열어 질문을 한다. 아직 미리를 사랑하느냐고? '아직? 아직은 무슨 뜻이죠? 나는 처음부터 끝까지 그를 사랑했습니다. 지금까지 그랬고 앞으로도 그럴 것입니다'라고 했던 탕허더의 말이 떠오르자 하유는 세차게 고개를 가로저었다. 모르겠다는 말이다. 돌이켜보니 아무것도 아는 것이 없다. 자신이 알고 있는 것이 아무것도 없다는 사실을 인정하며 하유는 목적지도 없는 길을 걷고 또 걸었다. 밤이 깊었는지 배가 고팠다. 배 속에서 느닷없이 여치 소리가 났다. 그날 자동차 앞 유리창에 붙어 있던 여치를 생각하며 하유는 삶이 참 보잘것없다는 생각을 했다.

작가의 말

"내 말 알아들었으면 눈 깜박거려보세요." 벽만 바라보며 누워 계신 노모에게 말한다. 뜨고 있지만 눈동자가 고정된 채 노모는 의식이 있는지, 없는지 구별하기조차 어렵다. "이제 곧 다른 별로 가실 거예요. 두려워하실 것도 없고, 미련 가질 것도 없어요. 슬프지만 우리 헤어질 때 안녕, 하고 웃으며 헤어져요. 알아듣겠으면 눈 깜박 해보세요." 벽만 보던 노모의 눈이 거짓말처럼 한 번, 깜빡거리고선 감긴다.

이제 어머니는 이 별을 떠나 다른 별로 가셨다. 시작했던 소설은 만 오 년 동안 중단되었고, 노모가 돌아가시자 이번엔 내게 병이 왔다. 극심한 어지러움증이 찾아왔고, 결국 한쪽 청력을 상실했다. 이 책은 삶의 그런 파란 속에 집필되었다. 끝내지 못할 것 같은 좌절감에 컴퓨터의 전원을 몇 번이나 껐지만, 어지러움이 줄어들자 불현듯 일어나 끝을 봤다. 삶의 여기저기를 밝혀주던 진리의 스승들, 그리고 책이 출간되기까지 작고 큰 도움 아끼지 않은 분들께 고마운 마음 표한다.

문학동네 장편소설
달세뇨
ⓒ 김재진 2019

초판 인쇄 2019년 12월 2일
초판 발행 2019년 12월 13일

지은이 김재진
펴낸이 염현숙

책임편집 김봉곤 | 편집 김영수 강윤정
디자인 엄자영 최미영 | 마케팅 정민호 박보람 나해진 최원석 우상욱
홍보 김희숙 김상만 오혜림 지문희 우상희
제작 강신은 김동욱 임현식 | 제작처 한영문화사(인쇄) 경일제책사(제본)

펴낸곳 (주)문학동네
출판등록 1993년 10월 22일 제406-2003-000045호
주소 10881 경기도 파주시 회동길 210
전자우편 editor@munhak.com | 대표전화 031) 955-8888 | 팩스 031) 955-8855
문의전화 031) 955-3576(마케팅) 031) 955-1920(편집)
문학동네카페 http://cafe.naver.com/mhdn
북클럽문학동네 http://bookclubmunhak.com

ISBN 978-89-546-5879-9 03810

www.munhak.com